Maldosas
Impecáveis
Perfeitas
Inacreditáveis
Perversas
Destruidoras
Impiedosas
Perigosas

SARA SHEPARD

Tradução
FAL AZEVEDO

Rocco

Para JSW

Título original
PRETTY LITTLE LIARS

Copyright do texto © 2006 by Alloy Entertainment e Sara Shepard

Todos os direitos reservados; nenhuma parte desta publicação pode ser reproduzida ou transmitida por meio eletrônico, mecânico, fotocópia, ou de outra forma sem a prévia autorização do editor.

Direitos para a língua portuguesa reservados
com exclusividade para o Brasil à
EDITORA ROCCO LTDA.
Rua Evaristo da Veiga, 65 – 11º andar
Passeio Corporate – Torre 1
20031-040 – Rio de Janeiro – RJ
Tel.: (21) 3525-2000 – Fax: (21) 3525-2001
rocco@rocco.com.br
www.rocco.com.br

Printed in Brazil/Impresso no Brasil

preparação de originais
AMANDA ORLANDO

CIP-Brasil Catalogação na publicsação
Sindicato Nacional dos Editores de Livros, RJ

S553m   Shepard, Sara, 1977-
Maldosas / Sara Shepard; tradução de Fal Azevedo. – 1ª ed.
– Rio de Janeiro: Rocco, 2021. (Pretty little liar; 1)
Tradução de: Pretty little liars
ISBN 978-65-5532-200-2
ISBN: 978-85-81220-91-8 (e-book)
1. Ficção americana. I. Azevedo, Fal. II. Título.
21-74426   CDD: 813   CDU: 82-3(73)

Camila Donis Hartmann – Bibliotecária – CRB-7/6472
O texto deste livro obedece às normas do
Acordo Ortográfico da Língua Portuguesa.

*Três pessoas podem guardar um segredo,
se duas delas estiverem mortas.*

— BENJAMIN FRANKLIN

COMO TUDO COMEÇOU

Imagine que estamos alguns anos atrás, no verão, entre o sétimo e o oitavo ano. Você está bronzeada de tanto tomar sol à beira da piscina, está usando seu suéter da Juicy (lembra de quando todo mundo tinha um?) e pensando em seu pretê, o garoto que estuda naquela escola cujo nome nós não mencionamos e que trabalha na Abercrombie do shopping. Você está comendo seu cereal matinal favorito, Cocoa Krispies, do jeitinho que mais gosta – mergulhado no leite desnatado – e vê a cara dessa garota na lateral da caixa de leite. DESAPARECIDA. Ela é bonitinha – provavelmente mais que você – e tem um ar briguento. Daí você pensa "Hum, talvez ela também goste de Cocoa Krispies empapado". E pode apostar que ela também acha o menino da Abercrombie bem lindo. Você se pergunta como alguém tão... hum, tão parecida com você, desapareceu. Você achava que só as meninas que participam de concursos de beleza acabassem na lateral de caixas de leite.

Bem, pense melhor.

Aria Montgomery afundou seu rosto no gramado da casa de sua amiga, Alison DiLaurentis.

– Delicioso – murmurou ela.

– Você está cheirando a grama? – perguntou Emily Fields, por trás dela, batendo a porta do Volvo de sua mãe para fechá-la, com um dos braços longos e sardentos.

– É um cheiro bom. – Aria jogou o cabelo cheio de mechas cor-de-rosa para trás e respirou o ar morno do fim de tarde.

– Cheiro de verão.

Emily deu tchauzinho para a mãe e ajeitou os jeans horrorosos que usava pendurados em seus quadris estreitos. Emily era da equipe de natação desde a Liga Infantil e, apesar de ficar incrível de maiô, jamais poderia vestir nada justo demais, nem remotamente bonito, como as outras meninas do sétimo ano. Isso porque os pais de Emily insistiam que a beleza vinha de dentro para fora (embora Emily tivesse certeza de que ser obrigada a esconder uma camiseta *baby look* que diz GAROTAS IRLANDESAS FAZEM TUDO MELHOR no fundo de sua gaveta de calcinhas não era algo que ajudasse alguém a construir o caráter).

– Ei, meninas. – Alison deu uma pirueta no jardim. Naquela tarde, seu cabelo estava preso num rabo de cavalo desleixado e ela ainda usava sua saia xadrez da festa de final de ano da equipe enrolada na cintura para parecer mais curta. Alison era a única menina do sétimo ano que conseguira entrar para o time da escola. Pegava carona para casa com as meninas mais velhas do Colégio Rosewood Day que ouviam o *rapper* Jay-Z em suas Cherokees o mais alto possível e espirravam perfume nela antes que descesse do carro para que ela não chegasse em casa cheirando a cigarros, o que revelaria que todas haviam fumado.

— O que eu estou perdendo? — perguntou Spencer Hastings, aparecendo por um buraco da cerca viva para se juntar às outras. Spencer morava na casa ao lado. Ela jogou seu longo cabelo num rabo de cavalo louro escuro e deu um gole em sua garrafa esportiva roxa. Spencer não havia ido para o time principal com Ali no outono, então tinha que jogar com as meninas do sétimo ano. Ela passara um ano se esforçando como louca no campo de hóquei, para aperfeiçoar suas manobras, e as meninas *sabiam* que ela havia praticado dribles no quintal antes de elas chegarem. Spencer odiava que alguém fosse melhor que ela em qualquer coisa. Especialmente se esse alguém fosse Alison.

— Esperem por mim!

Elas se viraram a tempo de ver Hanna Marin saindo da Mercedes de sua mãe. Ela tropeçou na própria mochila de livros e acenou toda animada com seus braços gorduchos. Desde que os pais de Hanna se divorciaram, no ano anterior, ela vinha aumentando de peso gradativamente, o que fazia com que suas roupas ficassem cada vez menores. E, embora Ali tenha revirado os olhos nessa hora, o restante das meninas fingiu que não percebeu. É isso que as boas amigas fazem.

Alison, Aria, Spencer, Emily e Hanna haviam se conhecido no ano anterior quando seus pais as inscreveram para trabalhar aos sábados à tarde nos projetos de caridade do Colégio Rosewood Day — todas, menos Spencer, que foi trabalhar lá porque quis. Mesmo que Alison não soubesse nada sobre as outras quatro, todas elas a conheciam. Ela era perfeita. Linda, espirituosa, inteligente. Popular. Os meninos queriam beijar Alison e as meninas — mesmo as mais velhas — queriam *ser* ela. Então, na primeira vez em que Ali riu de uma das brincadeiras de Aria, fez uma pergunta sobre natação para Emily, disse a Hanna que sua camiseta era adorável ou comentou que a caligrafia de Spencer era *muito* mais bonita que a dela, elas não puderam evitar e ficaram, bem... deslumbradas. Antes de Ali, as garotas se sentiam como as calças jeans de cintura alta e pregas de suas mães – estranhas e notadas pelas razões erradas. Mas, depois, Ali fez com que se sentissem como as roupas esportivas mais perfeitas do mundo, feitas pela Stella McCartney – aquelas que são tão caras que ninguém pode comprar.

Então, mais de um ano depois, no último dia do sétimo ano, elas não eram apenas as melhores amigas do mundo, eram *as* meninas do Rosewood Day. Muita coisa acontecera para que fosse assim. Todas as vezes em que dormiram nas casas umas das outras, todas as viagens para o campo tinham sido uma nova aventura. Até mesmo quando se reuniam na sala de estudos para, teoricamente, fazer o dever de casa, sempre acontecia algo memorável (ler a carta melosa do capitão do time do colégio para sua professora particular de matemática no sistema de alto-falantes da escola havia se tornado um clássico). Mas havia outras coisas que todas elas queriam esquecer. E havia *um* segredo em especial, sobre o qual elas não queriam nem falar a respeito. Ali dizia que eram os segredos que mantinham as cinco unidas como melhores amigas por toda a eternidade. E isso era verdade. Elas seriam amigas para sempre.

– Estou tão feliz que este dia acabou – gemeu Alison, depois de empurrar Spencer com delicadeza de volta pelo buraco da cerca viva. – Vamos para a sua casa de hóspedes.

– Estou tão feliz que o *sétimo ano* acabou – disse Aria, e então ela, Emily e Hanna seguiram Alison e Spencer até o galpão recém-reformado, onde a irmã mais velha de Spencer, Melissa, havia morado durante todo o ensino médio. Por sorte, ela tinha acabado de se formar e viajado para passar o verão em Praga, então o lugar era todo delas naquela noite.

De repente, elas ouviram um guincho:

— Alison! Ei, Alison! Ei, Spencer! — Alison se virou para olhar em direção à rua.

— Isso não — sussurrou ela.

— Isso não — Spencer, Emily e Aria repetiram.

Hanna fez cara feia.

— Droga.

"Isso não" era o jogo que Ali havia roubado do irmão dela, Jason, veterano em Rosewood Day. Jason e seus amigos jogavam nas festas da escola, enquanto avaliavam as garotas. Ser o último a dizer "isso não" queria dizer que você ia ter que ficar a noite toda com a menina mais feia, enquanto seus amigos ficavam com as bonitas, e quem ficasse com a feiosa era, na verdade, tão tonto e feio quanto ela. Na versão de Ali, as meninas diziam "isso não" toda vez que alguém feio, careta ou pobre chegasse perto delas.

Desta vez o "isso não" era para Mona Vanderwaal — uma imbecil cujo passatempo era tentar ficar amiga de Spencer e Alison — e suas duas amigas esquisitas, Chassey Bledsoe e Phi Templeton. Chassey era a garota que havia hackeado os computadores da escola e depois *ensinado* ao diretor como aumentar a segurança deles; e Phi Templeton ia a todos os lugares com um ioiô — não é preciso dizer mais nada. As três encararam as garotas do meio da rua quieta e suburbana. Mona estava montada em sua *scooter*, Chassey estava em uma *mountain bike* preta e Phi estava a pé — com seu ioiô, claro.

—Vocês aí, querem vir com a gente e assistir *Fear Factor*? — perguntou Mona.

— Desculpe — Alison disse, com candura. — Estamos meio ocupadas.

Chassey franziu a testa.

—Vocês não querem ver os caras comendo os besouros?

— Que nojo! — Spencer sussurrou para Aria, que então começou a fingir que comia piolhos invisíveis da cabeça de Hanna, como um macaco.

— Ah é, bem que a gente queria. — Alison tombou a cabeça. — Faz um tempo que a gente vem planejando passar a noite juntas. Mas quem sabe da próxima vez?

Mona olhou para a calçada:

— *Tá*, tudo bem.

—A gente se vê. — Alison deu meia-volta, revirando os olhos, e as outras garotas fizeram a mesma coisa.

Elas passaram pelo portão dos fundos da casa de Spencer. À esquerda delas, estava o quintal de Ali, onde os pais dela estavam construindo um gazebo capaz de abrigar vinte pessoas para aqueles seus piqueniques metidos a besta.

— Graças a Deus, os pedreiros não estão aqui. — Ali deu uma olhada numa empilhadeira amarela.

Emily mudou o tom de voz:

— Eles andaram dizendo gracinhas para você de novo?

— Calma aí, delegada — disse Alison. As outras deram risadinhas. Algumas vezes, elas a chamavam de Emily Delegada, porque ela virava um *pitbull* para defender Ali. Emily costumava achar graça naquilo também, mas ultimamente não ria mais com elas.

O ex-celeiro estava logo à frente. Era pequeno e aconchegante e tinha uma janela grande, que dava para os grandes espaços livres da propriedade, que possuía seu próprio moinho. Em Rosewood, na Pensilvânia, um subúrbio pequeno que fica a mais ou menos trinta quilômetros da Filadélfia, é mais provável que se viva numa casa de fazenda com vinte e cinco quartos, com piscinas azulejadas em mosaico e hidromassagem do que em uma casa pré-fabricada. Rosewood cheirava a lilases, a feno, a neve fresca e a lenha queimada no inverno. A região estava cheia de pinheiros altos, quilômetros e mais quilômetros de fazendas familiares bem rústicas, e raposas e coelhos bem fofinhos. Havia um shopping, propriedades em estilo colonial e uma porção de áreas ao ar livre, perfeitas para comemorar aniversários, formaturas e para festas que gostamos de dar sem motivo algum. E os meninos de Rosewood eram lindos e chegavam a brilhar de tão saudáveis. Pareciam todos saídos de um comercial de cuecas, de perfume ou de um catálogo esportivo da Abercrombie. Aquela era a nata da Filadélfia. Várias famílias ricas e tradicionais, com dinheiro antigo e escândalos mais antigos ainda.

Conforme as garotas se aproximavam da casa de hóspedes, ouviram risinhos vindos de lá.

Alguém guinchou:

— Eu já disse para você parar!

— Ah, meu Deus — Spencer gemeu. — O que é que ela está fazendo aqui?

Quando espiou pelo buraco da fechadura, Spencer viu Melissa, sua irmã mais velha, o orgulho e a alegria de seus pais, a filha perfeita, no sofá dando uns amassos em Ian Thomas, seu namorado gostosão. Spencer meteu o pé na porta e a forçou a abrir. A casa de hóspedes cheirava a musgo e a pipoca recém--estourada.

Melissa se virou.

— Que droga... — ela disse. Então, notou as outras e sorriu.

— Ah, oi, meninas.

As meninas deram uma olhada em Spencer. Ela sempre reclamava que Melissa era uma cobra venenosa, então, ficavam sempre alerta quando Melissa parecia gentil e doce.

Ian se levantou, espreguiçou-se e deu um sorriso forçado para Spencer.

— Ei — disse ele.

— Oi, Ian — Spencer respondeu numa voz muito mais alegre. — Eu não sabia que você estava aqui.

— Sim, você sabia — Ian sorriu, como se estivesse paquerando. — Você estava nos espionando.

Melissa arrumou seu cabelo loiro comprido e a faixa de seda preta na cabeça, encarando a irmã.

— E aí, quais as novidades? — perguntou ela, um pouco acusadoramente.

— É só... eu não queria me intrometer... — Spencer cuspiu as palavras. — Mas era para nós ficarmos aqui essa noite.

Ian bateu no braço de Spencer, brincando com ela.

— Eu só estava implicando com você — provocou ele.

Uma mancha vermelha subiu pelo pescoço dela. Ian tinha cabelo loiro, que estava sempre desarrumado, olhos cor de avelã, com um olhar sonolento, e os músculos do abdome realmente valiam um aperto.

— Uau — falou Ali, numa voz alta demais. Todas as cabeças se voltaram para ela. — Melissa, você e Ian formam um casal perfeito. Eu nunca falei, mas sempre pensei isso. Você não concorda, Spencer?

Spencer piscou.

— Hum — disse ela, baixinho.

Melissa encarou Ali por um segundo, confusa, e então se virou para Ian.

— Posso falar com você lá fora?

Ian engoliu sua cerveja Corona, enquanto as meninas assistiam. Eles bebiam secretamente das garrafas dos armários de bebidas de seus pais. Ele jogou fora a garrafa vazia e deu a elas um sorriso irônico, enquanto seguia Melissa para fora.

— *Adieu*, senhoras. — Ian deu uma piscada antes de fechar a porta atrás dele.

Alison fez um gesto como que tirando pó das mãos.

— Outro problema resolvido por Ali D. Você vai me agradecer agora, Spencer?

Spencer não respondeu. Ela estava muito ocupada olhando a janela da frente do celeiro. Vaga-lumes começavam a iluminar o céu, que estava ficando púrpura.

Hanna andou até a tigela de pipoca abandonada e pegou um punhado grande.

— Ian é *tão* gostoso. Ele é até mais gostoso que o Sean. — Sean Ackard era um dos caras mais bonitos do ano delas, e tema das constantes fantasias de Hanna.

—Você sabe o que eu ouvi? — perguntou Ali, se jogando pesadamente no sofá. — Que na verdade Sean gosta de garotas que têm um bom apetite.

Hanna se animou.

—Verdade?

— *Não* —Alison bufou.

Hanna jogou o punhado de pipoca de volta na tigela, bem devagar.

— Então, garotas — falou Ali. — Eu sei de uma coisa perfeita que nós podemos fazer.

— Eu espero que a gente não vá correr pelada de novo por aí. — Emily deu risadinhas.

Elas tinham feito aquilo um mês antes — num frio de rachar — e, embora Hanna tenha se recusado a tirar a camiseta e a calcinha que tinha um dos dias da semana bordado, o restante delas havia atravessado correndo um árido milharal sem absolutamente nenhuma peça de roupa.

— *Você* gostou bastante daquilo — murmurou Ali. O sorriso se apagou dos lábios de Emily. — Mas não, eu estava deixando isso para o último dia de aula. Eu aprendi como hipnotizar as pessoas.

— Hipnotizar — repetiu Spencer.

— A irmã do Matt me ensinou. — Ali olhou as fotos de Melissa e Ian em porta-retratos em cima da lareira. Seu namorado da semana, Matt, tinha o mesmo cabelo cor de areia de Ian.

— Como se faz? — perguntou Hanna.

— Desculpe, mas ela me fez jurar guardar segredo. — Ali se virou para ficar de frente para as meninas. — Vocês querem ver se funciona?

Aria franziu a testa, pegando um lugar numa almofada cor de lavanda que estava no chão.

— Eu não sei...

— Por que não? — Os olhos de Ali passaram rapidamente por um porquinho de pelúcia que pendia da bolsona de tricô púrpura de Aria. Ela estava sempre carregando coisas estranhas para todo o lado: animais de pelúcia, páginas sem sentido arrancadas de velhos romances, cartões-postais de lugares que ela nunca tinha visitado.

— A hipnose não faz você dizer coisas que não quer? — perguntou Aria.

— Existe alguma coisa que você não queira contar para a gente? — retrucou Ali. — E por que você ainda traz esse porquinho para tudo quanto é lugar? — Ela apontou para o bichinho.

Aria sacudiu os ombros e puxou o porquinho de pelúcia para fora da bolsa.

— Meu pai comprou Pigtunia na Alemanha para mim. Ela me dá conselhos sobre a minha vida amorosa. — Aria enfiou a mão dentro do boneco.

— Você está enfiando sua mão pelo traseiro dele — Ali gritou e Emily começou a dar risadinhas. — Além disso, por que você quer carregar por aí algo que o seu *pai* lhe deu?

— Não é engraçado. — Aria virou a cabeça rapidamente para encarar Emily.

Todas ficaram quietas por alguns segundos, e as meninas se encararam sem expressar nenhuma reação. Isso vinha acontecendo muito nos últimos tempos: alguém — normalmente Ali — mencionava algo, e outra pessoa ficava triste, mas todas eram tímidas demais para perguntar o que raios estava acontecendo. Spencer quebrou o silêncio.

— Ser hipnotizado? Hum... soa engraçado.

— *Você* não sabe nada sobre isso — Alison foi logo dizendo.

— Vamos lá, eu poderia fazer com vocês todas de uma vez.

Spencer puxou o cós da saia. Emily soprou o ar através dos dentes. Aria e Hanna trocaram um olhar. Ali sempre vinha com uma novidade — no verão anterior, foi fumar sementes de dentes-de-leão para ver se eram alucinógenas, e, no último outono, tinham ido nadar no lago Pecks, apesar de terem achado um corpo lá uma vez — mas a verdade era que elas, muitas vezes, não *queriam* fazer as coisas a que Alison as obrigava. Todas amavam Ali, mas algumas vezes também tinham ódio dela – por controlá-las de todas as formas em nome do feitiço que tinha espalhado sobre elas. Às vezes, na presença de Ali, não se sentiam exatamente verdadeiras. Elas meio que se sentiam como bonecas, com Ali controlando cada movimento que faziam. Cada uma delas já desejara, pelo menos uma vez, ter coragem de dizer não a Ali.

– Por favoooooooooooooor? – perguntou Ali, irritada. – Emily, você quer fazer isso, certo?

– Hum... – a voz de Emily tremeu. – Bem...

– Eu farei – intrometeu-se Hanna.

– Eu também – disse Emily, rapidamente.

Spencer e Aria concordaram com a cabeça, de má vontade.

Satisfeita, Alison apagou todas as luzes, com um movimento, e acendeu várias velas com perfume de baunilha, na mesinha de centro. Então, se afastou das meninas e sussurrou.

– Certo, pessoal, apenas relaxem – ela cantarolou, e as meninas se arrumaram num círculo sobre o tapete. – Seus batimentos cardíacos estão mais lentos. Tenham pensamentos calmos. Eu vou contar de trás para a frente a partir de cem e, assim que eu tocar cada uma, vocês estarão sob meu poder.

– Assustador – riu Emily, se sacudindo.

Alison começou.

– Cem... noventa e nove... noventa e oito...

Vinte e dois...

Onze...

Cinco...

Quatro...

Três...

Ela tocou a testa de Aria com a parte mais carnuda do polegar. Spencer descruzou as pernas. Aria moveu o pé esquerdo.

— Dois... — Ela tocou Hanna vagarosamente, depois Emily, e então caminhou em direção a Spencer. — Um.

Os olhos de Spencer se abriram de repente, antes que Alison pudesse alcançá-la. Ela ficou em pé, num pulo, e correu para a janela.

— O que está fazendo? — sussurrou Ali. — Você está estragando o clima.

— Está muito escuro aqui. — Spencer alcançou a janela e abriu as cortinas.

— Não. — Alison relaxou os ombros. — Tem que estar escuro, é assim que funciona.

— Ah, vamos lá, não é assim. — A cortina prendeu e Spencer deu um gemido junto com o puxão para soltá-la.

— Não. É assim.

Spencer colocou as mãos nos quadris.

— Eu quero que fique mais claro. Talvez todo mundo queira.

Alison olhou para as outras. Elas ainda tinham os olhos fechados.

Spencer não ia desistir.

— Não tem sempre que ser como você quer, sabe, Ali?

Alison soltou uma risada aguda.

— *Feche* as cortinas!

Spencer revirou os olhos.

— Por Deus, tome um calmante.

— Você acha que *eu* deveria tomar um calmante? — perguntou Alison.

Spencer e Alison se encararam por alguns momentos. Era uma daquelas brigas ridículas que podia ser sobre quem viu primeiro o novo vestido polo da Lacoste na Neiman Marcus, ou se as luzes cor de mel no cabelo de alguma menina eram ousadas demais, mas, na verdade, a briga tinha a ver mesmo com outra coisa. Algo muito maior.

Finalmente, Spencer apontou para a porta.

– Saia.

– Está bem. – Alison caminhou para fora.

– Que bom! – Mas, depois de alguns segundos, Spencer foi atrás dela. O ar da noite azulada estava parado, e ainda não havia nenhuma luz acesa na casa principal. Tudo estava quieto demais, até mesmo os grilos estavam calados, e Spencer podia ouvir a própria respiração.

– Espere um segundo! – gritou ela, depois de um momento, batendo a porta atrás dela. – Alison!

Mas Alison havia partido.

Quando ouviu a porta bater, Aria abriu os olhos.

– Ali? – chamou ela. – Meninas? – não houve reposta.

Aria olhou ao redor. Hanna e Emily estavam jogadas no carpete, e a porta estava aberta. Aria foi até a varanda. Não havia ninguém lá. Ela andou na ponta dos pés até os limites da propriedade de Ali. Os bosques se espalhavam à frente, e tudo estava silencioso.

– Ali? – murmurou. Nada. – Spencer?

Do lado de dentro, Hanna e Emily esfregavam os olhos.

– Eu tive o sonho mais estranho da minha vida – declarou Emily. – Quer dizer, acho que foi um sonho. Foi muito rápido. Alison caiu num poço muito fundo, e tinha umas plantas gigantes.

– Eu também tive esse sonho! – disse Hanna.

– *Sério?* – perguntou Emily.

Hanna fez que sim com a cabeça.

— Bem, mais ou menos. Havia uma planta gigante nele. E acho que vi Alison também. Podia ser sua sombra... mas, definitivamente, era *ela*.

— Uau! — sussurrou Emily. Elas se encararam com os olhos arregalados.

— Meninas? — Aria voltara. Estava muito pálida.

— Você está bem? — quis saber Emily.

— Onde está Alison? — Aria franziu a testa. — E Spencer?

— Não sabemos — respondeu Hanna.

Bem nesse momento, Spencer abriu a porta com violência e entrou de volta na casa. Todas as meninas deram um pulo.

— O que foi? — perguntou ela.

— Onde está Ali? — sussurrou Hanna.

— Eu não sei. — Spencer murmurou de volta. — Pensei... Eu não sei.

As meninas ficaram em silêncio. Tudo o que podiam ouvir eram os galhos das árvores se movendo além das janelas. Parecia o som de alguém raspando unhas longas contra um prato.

— Acho que quero ir para casa — falou Emily.

Na manhã seguinte, elas não tinham nenhuma notícia de Alison. As garotas se telefonaram para conversar, uma conversa a quatro desta vez, em vez de cinco.

— Você acha que ela está brava com a gente? — perguntou Hanna. — Ela estava estranha a noite toda.

— Provavelmente está na casa da Katy — cogitou Spencer. Katy era uma das amigas de Ali, do time de hóquei sobre a grama.

– Ou talvez ela esteja com Tiffany... aquela garota do acampamento – propôs Aria.

– Eu tenho certeza de que ela está em algum lugar se divertindo – disse Emily, calmamente.

Uma a uma, as meninas receberam ligações da sra. DiLaurentis, perguntando se tinham notícias de Ali. No começo, todas as meninas deram cobertura a ela. Era uma regra delas: tinham dado cobertura a Emily quando ela perdeu a hora num fim de semana e não voltou para casa às onze da noite; tinham acobertado Spencer quando ela pegou emprestado o casaco Ralph Lauren da Melissa e depois o esqueceu, acidentalmente, no banco do trem; e assim por diante. Mas quando cada uma desligava depois de falar com a sra. DiLaurentis, um sentimento amargo crescia em seu estômago. Alguma coisa parecia terrivelmente errada.

Naquela tarde, a sra. DiLaurentis ligou novamente, desta vez em pânico. À noite, os DiLaurentis chamaram a polícia, e na manhã seguinte, havia carros de polícia e vans das equipes da imprensa acampados no normalmente imaculado jardim dos DiLaurentis. Era o sonho de qualquer noticiário local: uma garota rica e bonita, perdida numa das cidades de classe alta mais seguras do país.

Hanna telefonou para Emily, depois de assistir às primeiras notícias sobre Ali.

– A polícia entrevistou você hoje?

– Sim – sussurrou Emily.

– Eu também dei entrevista. Você não falou a eles sobre... – Ela fez uma pausa. – Sobre *A Parada da Jenna*, falou?

– Não! – ofegou Emily. – Por quê? Você acha que eles sabem de alguma coisa?

— Eu... eles não poderiam! — sussurrou Hanna, depois de um segundo. — Nós somos as únicas que sabemos. Nós quatro e... Alison.

A polícia interrogou as meninas, assim como praticamente todo mundo de Rosewood, do instrutor de ginástica de Ali no segundo ano ao cara que uma vez vendeu Marlboros a ela no Wawa. Era o verão antes do oitavo ano, e as meninas deveriam estar paquerando garotos mais velhos em festas à beira da piscina, comendo espiga de milho nos quintais umas das outras e fazendo compras o dia inteiro no Shopping Center King James. Em vez disso, estavam chorando sozinhas em suas camas de dossel, ou olhando para o nada, encarando as paredes cobertas de fotos. Spencer entrou numa de arrumar o quarto, revendo sobre o que realmente havia sido sua briga com Ali e pensando no que poderia saber a respeito dela que nenhuma das outras sabia. Hanna passou horas no chão do quarto, escondendo pacotes de Cheetos vazios embaixo do colchão. Emily não conseguia parar de pensar numa carta que havia mandado a Ali antes de ela desaparecer. Será que Ali recebeu? Aria sentou-se em sua escrivaninha com Pigtunia. Lentamente, as meninas começaram a telefonar umas para as outras com menos frequência. O mesmo pensamento assombrava as quatro, mas não havia nada mais a ser dito entre elas.

O verão acabou, e veio outro ano escolar, que foi seguido pelo começo de outro verão. E nada de Ali. A polícia continuou com as buscas, mas sem alarde. A mídia perdeu o interesse e se voltou para a obsessão que rondava um triplo homicídio ocorrido no centro da cidade. Até mesmo os DiLaurentis se mudaram de Rosewood, mais ou menos dois anos e meio depois que Alison desapareceu. No que diz respeito a Spencer, Aria, Emily e Hanna, algo nelas também mudou. Agora, se elas passavam pela velha rua de Ali e davam uma olhada para a casa dela, não entravam mais no modo "choro instantâneo". Em vez disso, começaram a sentir algo mais.

Alívio.

Claro, Alison era *Alison*. Ela era o ombro onde chorar as mágoas, a única que você gostaria de ver ligando para o seu pretê para saber como ele se sentia sobre você, assim como também era dela a palavra final sobre se o seu novo jeans fazia sua bunda parecer maior. Mas as meninas também tinham medo dela. Ali sabia mais sobre elas do que qualquer outra pessoa, incluindo as coisas ruins que queriam enterrar – como um corpo. Era horrível pensar que Ali podia estar morta, mas... se estava, pelo menos seus segredos estariam seguros.

E estavam. Pelo menos, por três anos.

1

LARANJAS, PÊSSEGOS E LIMAS, AH, MEU DEUS

— Finalmente alguém comprou a velha casa dos DiLaurentis — disse a mãe de Emily Fields. Era sábado à tarde e a sra. Fields estava sentada à mesa da cozinha, com os óculos bifocais acomodados no nariz, fazendo suas contas tranquilamente.

Emily sentiu a Vanilla Coke que estava bebendo fazer cócegas em seu nariz.

— Acho que uma menina da sua idade se mudou para lá — continuou a sra. Fields. — Eu já ia entregar uma cesta de boas-vindas para eles. Talvez você queira ir em meu lugar. — A sra. Fields apontou para a monstruosidade envolta em papel celofane num canto da cozinha.

— Meu Deus, mãe, *não* — desde que se aposentara do cargo de professora na Escola Fundamental de Rosewood, no ano anterior, a mãe de Emily virara uma dessas senhoras que fazem parte de comitês de boas-vindas. Ela juntou um milhão de coisas — frutas secas, uma daquelas coisinhas achatadas de borracha para abrir potes, galinhas de cerâmica (a sra. Fields tinha obsessão por galinhas), um guia das ruas de Rosewood, e um monte de coisas — e arrumara tudo numa enorme cesta de vime para desejar boas-vindas. Ela era o protótipo das mães suburbanas — quer dizer, sem a caminhonete utilitária. Achava que aqueles carros eram uma ostentação, além de uns grandes bebedores de gasolina, então, dirigia um Volvo obsoleto.

A sra. Fields levantou-se e passou os dedos pelos cabelos de Emily danificados pelo cloro.

— Você ficaria muito chateada em ir lá para mim, docinho? Talvez fosse melhor eu mandar Carolyn?

Emily deu uma olhada em sua irmã, Carolyn, que era um ano mais velha que ela e que parecia bem confortável, acomodada em uma poltrona deliciosa na frente da televisão, assistindo a *Dr. Phil*. Emily balançou a cabeça.

— Não, tudo bem. Eu vou lá.

Claro, Emily resmungava de vez em quando e, muitas vezes, até revirava os olhos. Mas a verdade era que ela fazia tudo o que a mãe pedia. Era uma excelente aluna, quatro vezes campeã estadual em nado borboleta e uma filha superobediente. Seguir as regras e atender aos pedidos era algo natural para ela.

E, lá no fundo, ela *queria* uma razão para ir à casa de Alison mais uma vez. Enquanto o restante de Rosewood parecia começar a superar o desaparecimento de Ali, três anos, dois meses e doze dias atrás, Emily não tinha superado nada. Mesmo depois de todo aquele tempo, não podia sequer olhar o livro da sétima série sem desejar se encolher em seu quarto e ficar quietinha. Às vezes, nos dias chuvosos, Emily ainda lia os velhos bilhetes de Ali, que guardava numa caixa de tênis Adidas, debaixo da cama. Ela até mesmo guardava uma calça de veludo cotelê Citizen — que Ali havia lhe emprestado — em um cabide de madeira no armário, mesmo que já fossem pequena demais para ela. Passara os últimos anos solitários em Rosewood, desejando outra amiga como Ali, mas o mais provável era que aquilo nunca mais acontecesse. Ali não havia sido uma amiga perfeita, mas mesmo com todos os seus defeitos, seria difícil substituí-la.

Emily se aprumou e pegou as chaves do Volvo no gancho perto do telefone.

— Volto daqui a pouco — disse, enquanto fechava a porta da frente.

A primeira coisa que viu quando chegou à velha casa de estilo vitoriano de Alison, no topo de uma rua cheia de folhas secas, foi uma grande pilha no meio-fio, com uma placa ao lado que dizia "De graça!". Ela apertou os olhos, dando-se conta de que algumas daquelas coisas eram de Ali — reconheceu a poltrona branca de veludo do quarto da amiga. Os DiLaurentis haviam se mudado quase nove meses antes. E, pelo jeito, haviam deixado algumas coisas para trás.

Ela estacionou atrás de um enorme caminhão de mudança e saiu do Volvo.

— Uau — sussurrou, tentando não deixar que o lábio inferior tremesse.

Debaixo da poltrona havia várias pilhas de livros velhos. Emily se abaixou e olhou as lombadas. *The Red Badge of Courage. O príncipe e o mendigo.* Ela se lembrava de ter lido esses livros nas aulas de inglês do sétimo ano, com o sr. Pierce, e de conversar sobre simbolismo, metáforas e desfecho. Havia mais livros ali debaixo, e também alguns volumes que se pareciam com velhos cadernos. Havia caixas perto dos livros nas quais se podia ler: ROUPAS DE ALISON e TRABALHOS ESCOLARES DE ALISON.

Havia uma fita vermelha e azul saindo de uma cesta. Emily puxou um pedacinho dela. Era uma medalha de natação do sexto ano que ela deixara na casa de Alison certo dia, quando elas inventaram um jogo chamado Deusas Olímpicas do Sexo.

— Você quer ficar com isso?

Emily deu um pulo. Ela viu uma menina alta e magricela, de pele bronzeada e com cabelos escuros e encaracolados. A garota vestia uma camiseta amarela cuja alça caía em seu ombro, deixando à mostra a alça do sutiã, laranja e verde. Emily não tinha certeza, mas pensou que tinha o mesmo sutiã em casa. Era da Victoria's Secret e tinha pequenas laranjas, pêssegos e limas estampadas por toda a ahm... parte dos peitos.

A medalha de natação saiu de suas mãos e caiu no chão, fazendo barulho.

— Hum, não. — Ela se abaixou para pegá-la.

— Você pode pegar o que quiser daí. Viu a placa?

— Não, mesmo, está tudo bem.

A garota estendeu a mão.

— Maya St. Germain. Acabo de mudar para cá.

— Eu... — As palavras ficaram presas na garganta de Emily. — Eu sou Emily — por fim, conseguiu dizer, aceitando a mão estendida de Maya e cumprimentando-a. Parecia muito formal apertar a mão de uma menina e Emily não tinha certeza de já ter feito aquilo antes. Ela se sentia um pouco tonta. Será que havia comido pouco cereal de mel no café da manhã?

Maya mostrou as coisas no chão, com um gesto.

— Você acredita que toda essa tralha estava no meu quarto? Tive que tirar tudo de lá eu mesma. Que saco.

— É, todas essas coisas eram da Alison. — Emily quase sussurrou.

Maya abaixou para dar uma olhada na papelada e colocou a alça da camiseta de volta no lugar.

— Ela é sua amiga?

Emily ficou paralisada. *É?* Será que Maya não tinha ouvido falar sobre o desaparecimento de Ali?

— Ah... ela *era*. Há muito tempo. Ela e um bando de outras garotas que viviam por aqui — Emily explicou, deixando de fora a parte sobre o sequestro ou assassinato, ou o que possa ter acontecido, que nem ousava imaginar. — No sétimo ano. E agora estou indo para o segundo ano do ensino médio na Rosewood Day. — As aulas começariam depois do final de semana. E os treinos de natação também. O que significava três horas de voltas na piscina todo dia. Emily não queria nem pensar nisso.

— Vou estudar em Rosewood também! — Maya sorriu. Ela sentou-se na velha poltrona de veludo de Alison, e as molas fizeram barulho.

— No voo para cá, meus pais só falavam sobre como eu tenho sorte de ter entrado em Rosewood e como vai ser diferente do meu colégio na Califórnia. Tipo, aposto que vocês não têm comida mexicana por aqui, certo? Nós costumávamos ter na cantina da escola e, hummmmm, era tão bom. Vou ter que me acostumar com o Taco Bell. As *gorditas* que eles fazem me dão vontade de vomitar.

— Ah — sorriu Emily. Aquela garota falava um bocado. — É sim, a comida é uma droga.

Maya levantou da poltrona.

— Isso pode parecer estranho, já que eu acabei de conhecer você, mas será que você se importa de me ajudar a carregar o resto dessas caixas lá para o meu quarto?

Ela fez um gesto na direção de algumas caixas da empresa de mudanças Crate&Barrel, ao lado do caminhão.

Emily arregalou os olhos. Entrar no antigo quarto de Alison? Mas seria muito rude recusar ajuda, não seria?

— Ah, claro — respondeu ela, insegura.

O vestíbulo da casa ainda cheirava a sabonete Dove e a *pétalas secas* — exatamente como quando os DiLaurentis viviam lá. Emily parou na soleira e esperou que Maya lhe desse instruções, mesmo sabendo que poderia encontrar o velho quarto de Ali, no topo da escadaria, de olhos vendados. Caixas de mudança estavam por todos os lados, e dois galgos italianos magricelos latiram detrás de um portão, na cozinha.

— Deixa eles pra lá — disse Maya, subindo as escadas para seu quarto e segurando a porta aberta com seu quadril coberto por um tecido atoalhado.

Uau, tudo está igual, pensou Emily, enquanto entrava no quarto. Mas acontece que não estava: Maya havia posto sua cama *queen size* numa posição diferente, tinha um computador de tela plana enorme em sua escrivaninha e havia pôsteres colados por todo lado, cobrindo o velho papel de parede florido de Alison. Mas algo parecia igual, como se alguma coisa da velha amiga ainda flutuasse aqui. Emily se sentiu tonta e se apoiou contra a parede, para não cair.

— Pode colocar em qualquer lugar — disse Maya. Emily se forçou para ficar em pé, colocou a caixa aos pés da cama e olhou em volta.

— Gosto de seus pôsteres — comentou ela. A maioria era de cantoras e bandas: M.I.A., Black Eyed Peas, Gwen Stefani vestindo um uniforme de líder de torcida. — Eu amo a Gwen — completou ela.

— É — concordou Maya. — Meu namorado é completamente obcecado por ela. O nome dele é Justin, ele é de São Francisco, como eu.

— Ah, eu também tenho um namorado — acrescentou Emily. — O nome dele é Ben.

— Ah, é? — Maya sentou-se em sua cama. — Como ele é?

Emily tentou visualizar Ben, seu namorado há quatro meses. Ela o havia visto dois dias atrás — eles tinham assistido a *Doom*, em DVD, na casa dela. A mãe de Emily estava na sala ao lado, claro, fazendo aparições esporádicas para perguntar se eles queriam alguma coisa. Todos os amigos deles disseram que os dois deveriam sair juntos, então eles saíram.

— Ele é legal.

— Então, por que você não é mais amiga da menina que vivia aqui? — perguntou Maya.

Emily colocou seu cabelo louro-avermelhado atrás das orelhas. Uau. Então, Maya realmente não sabia nada sobre Alison. Se Emily começasse a falar sobre Ali, porém, poderia começar a chorar, o que seria bem esquisito. Mal conhecia Maya.

— Passei os últimos tempos meio afastada das minhas amigas do sétimo ano. Todo mundo mudou muito, eu acho.

Isso é que era atenuar as coisas. Sobre as outras melhores amigas de Emily, Spencer havia se tornado uma versão exageradamente perfeita de si mesma; a família de Aria havia se mudado do nada para a Islândia, no outono seguinte ao desaparecimento de Ali; e a esquisita-mas-adorável Hanna havia se tornado muito não esquisita, mas uma vaca completa. Hanna e sua nova melhor amiga, Mona Vanderwaal, haviam se transformado de forma radical no verão entre o oitavo e o nono anos. A mãe de Emily havia visto Hanna recentemente, entrando no Wawa, o supermercado local, e disse a Emily que Hanna parecia "mais vagabunda que aquela tal de Paris Hilton". Emily nunca tinha ouvido a mãe usar a palavra *vagabunda*.

— Sei como é quando nos afastamos. — Maya fez com que a cama balançasse para cima e para baixo quando se sentou. —

Como com meu namorado, sabe? Ele está com tanto medo de que eu vá abandoná-lo, agora que estamos em lados diferentes do país... é um bebezão.

— Meu namorado e eu estamos na equipe de natação, então nos vemos todo o tempo — respondeu Emily, procurando um lugar para se sentar também. *Talvez* o tempo todo *tenha sido exagero*, pensou.

—Você nada? — perguntou Maya. Ela a mediu com os olhos, o que fez Emily se sentir um pouco esquisita. — Aposto que você é boa mesmo. Você tem os ombros para isso.

— Ah, eu não sei. — Emily ficou vermelha e se inclinou na direção da escrivaninha branca de Maya.

—Você é boa, sim! — sorriu Maya. — Mas... se você é toda certinha, isso significa que vai me matar se eu fumar um pouco de erva?

— O quê? Agora? — Emily arregalou os olhos. — Mas, e seus pais?

— Eles foram ao supermercado. E meu irmão está por aí, em algum lugar, mas ele não liga. — Maya pegou uma latinha de balas Altoids debaixo do colchão. Ela se inclinou na janela que ficava ao lado da cama, pegou um baseado e o acendeu. A fumaça saía do quarto na direção do quintal, e formou uma nuvem espessa em torno do velho carvalho.

Maya voltou para dentro do quarto com o cigarrinho.

— Um tapinha?

Emily nunca havia fumado maconha na vida — ela sempre achou que, de alguma forma, seus pais poderiam *descobrir*, cheirando seu cabelo, obrigando-a a fazer xixi num potinho, sei lá. Mas, quando Maya tirou o baseado com graça de seus lábios cor de cereja, pareceu sexy. Emily queria parecer sexy também.

— Hum... tudo bem. — Emily foi para mais perto de Maya e pegou o baseado. Suas mãos se tocaram e seus olhos se encontraram. Os olhos de Maya eram verdes, com pontinhos amarelos, como os de um gato. A mão de Emily tremeu. Ela estava nervosa, mas colocou o baseado entre os lábios e deu uma tragada curta, como se estivesse bebendo Vanilla Coke de canudinho.

Mas aquilo não tinha gosto de Vanilla Coke. Parecia que ela havia inalado um pote inteiro de tempero vencido. Ela tossiu como um velho.

— Uau! — Maya pegou o baseado de volta. — É sua primeira vez?

Emily não conseguia respirar e só sacudiu a cabeça, engasgando. Ela ofegou um pouco mais, tentando puxar algum ar para dentro do peito. Finalmente, conseguiu sentir o ar alcançando seus pulmões de novo. Quando Maya virou o braço, Emily viu uma cicatriz branca e comprida descendo por seu pulso. *Uau*. Lembrava uma cobrinha albina em sua pele escura.

De repente, ouviu-se um barulho bem alto. Emily deu um pulo. E depois, ouviu o barulho de novo.

— O que foi isso? — ofegou ela.

Maya deu outra tragada e balançou a cabeça.

— São os pedreiros. Estamos aqui há um dia e meus pais já começaram as reformas — ela riu. — Você pirou como se achasse que os guardas estivessem entrando aqui. Você já foi presa antes?

— Não! — Emily caiu na risada; era uma ideia tão ridícula.

Maya sorriu e exalou a fumaça.

— Tenho que ir embora — disse Emily.

O sorriso de Maya se desfez.

— Por quê?

Emily se arrastou para fora da cama.

— Eu disse à minha mãe que ia ficar aqui só um pouquinho. Mas vejo você na escola na terça.

— Legal — respondeu Maya. — Talvez você possa me mostrar a escola.

Emily sorriu de volta.

— Claro.

Maya sorriu e deu tchauzinho para ela, acenando com os dedos.

— Você consegue sair daqui sozinha?

— Acho que sim. — Emily deu mais uma olhada no quarto de Ali... Quer dizer, do quarto de *Maya*, e desceu as escadas que conhecia tão bem.

E só depois de ter ido para o ar fresco, passado pelas coisas antigas de Ali no meio-fio e entrado no carro dos pais, foi que Emily viu a bendita cesta de boas-vindas da mãe, no banco de trás. *Dane-se*, ela pensou, colocando a cesta entre a cadeira velha de Alison e as caixas de livros. *Quem precisa de um guia para as pousadas de Rosewood, de qualquer forma? Maya já* mora *aqui.*

E, de repente, Emily ficou feliz por isso.

2

AS MENINAS ISLANDESAS SÃO FÁCEIS
(E AS FINLANDESAS TAMBÉM)

— Ah, meu Deus, *árvores*. Estou tão feliz em ver árvores enormes de novo.

O irmão de quinze anos de Aria Montgomery, Michelangelo, botou a cabeça para fora da janela do Outback da família como um *golden retriever*. Aria, seus pais, Ella e Byron — que sempre quiseram que seus filhos os chamassem por seus primeiros nomes — e Mike estavam voltando de carro do Aeroporto Internacional da Filadélfia. Eles haviam acabado de descer de um voo vindo de Reykjavík, Islândia. O pai de Aria era professor de história da arte, e a família tinha passado os últimos dois anos na Islândia, enquanto ele ajudava nas pesquisas para um documentário de televisão sobre a arte escandinava. Agora que estavam de volta, Mike estava deslumbrado com todas as paisagens da Pensilvânia. E isso significava... todas mesmo. Cada... coisinha... visível. A pousada de pedra do século XVIII onde se vendiam vasos ornamentais de cerâmica; as vaquinhas pretas, que olhavam silenciosas para o carro por detrás das cercas de madeira que ladeavam a estrada; o shopping em estilo New England que havia sido construído enquanto eles estavam fora. Até mesmo o velho e sujo Dunkin' Donuts, de vinte e cinco anos.

— Cara, eu não posso esperar para beber um café gelado! — Mike estava emocionado.

Aria gemeu. Mike havia se sentido solitário em seus dois anos na Islândia — dizia que todos os garotos daquele país eram "uns maricas que cavalgavam em uns cavalinhos gays", mas Aria tinha florescido lá. Um novo começo era exatamente do que estava precisando na época, então, ficou feliz quando seu pai informou que a família ia se mudar. Foi no outono, depois do desaparecimento, que Aria e as meninas haviam se afastado, e ela ficara sem nenhum amigo de verdade em uma escola cheia de pessoas que sempre conhecera.

Antes de ir para a Europa, Aria às vezes via garotos olhando para ela de longe, intrigados, mas depois eles desviavam os olhos. Com sua vivacidade, seu jeitão de bailarina, seus cabelos pretos lisos e seus lábios carnudos, Aria sabia que era bonita. As pessoas estavam sempre dizendo isso, mas então por que ela não tinha um encontro desde a festa da primavera do sétimo ano? Numa das últimas vezes em que ela e Spencer tinham saído juntas — num dos encontros esquisitos com as meninas, no verão depois que Ali desaparecera — Spencer disse a Aria que ela provavelmente teria muitos encontros se tentasse se adaptar pelo menos um pouquinho.

Mas Aria não sabia como se adaptar. Seus pais haviam enfiado em sua cabeça que ela era um indivíduo, não apenas parte do rebanho, e que devia ser ela mesma. O problema era que Aria não sabia quem era Aria. Desde os onze anos, tentara a Aria punk, a Aria diretora de documentário e, pouco antes de se mudar, ela tentara ser Aria, a típica garota de Rosewood, do tipo que anda a cavalo e veste camisa polo e usa bolsa *coach satchel* que era tudo o que os meninos de Rosewood amavam, mas também tudo o que Aria não era. Ainda bem que eles se mudaram para a Islândia duas semanas depois daquele desastre e, na Islândia, tudo, tudo, *tudo* mudara.

Seu pai aceitara a oferta de emprego na Islândia pouco depois de Aria começar o oitavo ano, e a família fez as malas. Ela suspeitava que eles tivessem partido tão de repente por causa de um segredo sobre seu pai que só ela – e Alison DiLaurentis – sabiam. Ela havia jurado que não ia pensar mais sobre isso no instante em que o avião da Icelandair decolou, e depois de viver em Reyjavík por alguns meses, Rosewood se transformou numa lembrança distante. Seus pais pareciam ter se apaixonado de novo, e até mesmo seu irmão provinciano aprendeu a falar islandês *e* francês. E Aria se apaixonou... algumas vezes, na verdade.

E daí se os meninos de Rosewood não gostavam de Aria? Os garotos islandeses – os ricos, cosmopolitas e fascinantes garotos islandeses – certamente gostavam. Assim que eles se mudaram para lá, ela conheceu um garoto chamado Hallbjorn. Ele era DJ, tinha dezessete anos, três pôneis e a estrutura física mais linda que Aria já vira na vida. Ele se ofereceu para levá-la para ver os gêiseres da Islândia e lá, quando eles viram um lançar um jorro de água quente produzindo uma enorme nuvem de vapor, ele a beijara. Depois de Hallbjorn veio Lars, que gostava de brincar com sua porquinha de pelúcia, Pigtunia – a única conselheira que Aria tinha em sua vida amorosa – e a levava para as melhores baladas no porto. Lá, ela se tornava a Aria islandesa, a melhor Aria de todas. Encontrou seu estilo – uma espécie de garota boêmia e festeira, com roupas cheias de camadas, botas de amarrar de cano alto e jeans APC, que comprara numa viagem a Paris – leu filósofos franceses e viajou no Eurail, com um mapa velho na mão e uma calcinha limpa na bolsa.

Mas agora, tudo que via de Rosewood pela janela do carro fazia com que relembrasse o passado que quis esquecer. Lá estava o Ferra's Cheesesteaks, onde passara horas com suas amigas do ensino fundamental. Lá estava o Country Clube com portões de pedra – seus pais não eram sócios, mas ela já tinha ido lá com Spencer e, uma vez, se sentindo ousada, Aria foi até o menino do qual gostava, Noel Kahn, e perguntou se ele queria dividir um sanduíche de sorvete com ela. Ele lhe deu um fora, claro.

E lá estava a rua ensolarada e margeada por árvores onde Alison DiLaurentis costumava morar. Quando o carro parou no semáforo, Aria deu uma olhada e pôde vê-la, a segunda casa da esquina. Ela pôde olhar só por um momento, antes de cobrir os olhos. Na Islândia, havia dias em que quase se esquecia de Ali, seus segredos e tudo o que acontecera. Estava de volta a Rosewood há menos de dez minutos e praticamente podia ouvir a voz de Ali a cada curva da rua e ver seu reflexo em todas as varandas envidraçadas. Ela afundou no assento, tentando não chorar.

Seu pai seguiu por mais algumas ruas e freou em frente à casa antiga deles, uma caixa marrom pós-moderna e séria, com um único janelão quadrado bem no meio – uma enorme decepção depois da casa geminada islandesa, azul clarinha e de frente para a água. Aria seguiu seus pais para dentro e eles foram cuidar da vida, cada um num canto. Ela ouviu Mike atender o celular do lado de fora e agitou suas mãos entre as partículas brilhantes de pó que flutuavam no ar.

— Mamãe! — Mike entrou correndo pela porta da frente. — Acabo de falar com Chad, e ele disse que os primeiros testes para a equipe de lacrosse serão hoje!
— Lacrosse? — Ella apareceu, vinda da sala de jantar. — Agora?
— É — confirmou Mike. — Estou indo para lá! — Ele disparou pela escada de ferro batido que levava a seu antigo quarto.
— Aria, querida? — a voz da mãe a fez se virar. — Você pode levá-lo até o treino?

Aria deixou escapar uma risadinha.
— Hum... mãe? Eu não tenho carteira de motorista.
— E daí? Você dirigia o tempo todo em Reykjavík. O campo de lacrosse fica apenas a alguns quilômetros de distância, não é? A pior coisa que pode acontecer é você atingir uma vaca. E espere por ele até o teste acabar.

Aria ficou quieta. Sua mãe parecia esgotada. Ela ouviu o pai na cozinha, abrindo e fechando armários e reclamando baixinho. Seus pais continuariam a se amar aqui, como haviam feito na Islândia? Ou as coisas voltariam a ser como antes?

— Tudo bem — murmurou. Ela jogou as malas na entrada da casa, pegou as chaves do carro e sentou-se no banco do motorista.

O irmão dela sentou-se ao seu lado, já vestindo seu equipamento. Ele puxou a capa do taco com muito entusiasmo e deu um sorriso maldoso e astuto.

— Feliz por estar de volta?

Aria apenas suspirou em resposta. Por todo o caminho, Mike ficou com as mãos pressionadas contra a janela do carro, gritando coisas como "Olha a casa do Caleb! Demoliram a rampa de skate!" e "O cocô das vacas ainda tem o mesmo cheiro!". Quando chegaram ao campo onde haveria o treino, ela mal havia estacionado quando Mike abriu a porta e pulou do carro na mesma hora.

Ela se recostou no banco, olhou pelo teto solar e suspirou.
— *Superanimada* por estar de volta — murmurou ela. Um balão de ar quente flutuava serenamente através das nuvens. Costumava ser delicioso olhar para eles, mas naquele dia ela o mirou, fechou um dos olhos e fingiu esmagar o balão entre o dedão e o indicador.

Um bando de meninos vestindo camisetas da Nike, shorts largos e boné de beisebol virados para trás passaram devagar pelo carro dela, na direção do vestiário. *Viu só?* Todos os garotos de Rosewood eram cópias exatas uns dos outros. Aria piscou. Um deles estava até mesmo vestindo a mesma camiseta da Nike da Universidade da Pensilvânia que Noel Kahn, o menino do sanduíche de sorvete por quem ela era apaixonada no oitavo ano, costumava usar. Ela deu uma olhada para o cabelo escuro e ondulado do garoto. Espera aí. Será que era... *ele?* Ah, Deus. Era mesmo. Aria não podia acreditar que ele estava vestindo a mesma camiseta que costumava usar quando tinha treze anos. Provavelmente, fazia isso para ter sorte ou por algum outro tipo de superstição esquisita de hóquei.

Noel deu uma olhada curiosa para ela, e depois andou na direção do carro e deu uma batidinha na janela. Ela a abriu.

—Você é aquela garota que veio do polo Norte. Aria, certo? Você não era amiga da Ali D.? – perguntou Noel.

O estômago de Aria pareceu afundar.

— Hum... – ela disse.

— Não, cara – James Freed, o segundo menino mais bonito de Rosewood apareceu atrás de Noel. – Ela não foi para o polo Norte, foi para a Finlândia. Você sabe, a terra daquela modelo chamada Svetlana. Uma que se parece com a Hanna.

Aria coçou a nuca. Hanna? Como em... Hanna *Marin*? Um apito soou e Noel chegou mais perto do carro para tocar no braço de Aria.

—Você vai ficar e assistir ao treino, não vai, Finlândia?

— Hum... *ja* — Aria disse.

— O que é isso? Um murmúrio sensual em finlandês? — James riu.

Aria revirou os olhos. Ela tinha certeza de que *ja* era sim em finlandês, mas claro que aqueles caras não iam saber disso.

— Divirta-se brincando com suas bolas — sorriu ela, cansada.

Os garotos se empurraram e depois saíram correndo, agitando os tacos de lacrosse de um lado para outro antes mesmo de chegarem ao campo. Aria olhou pela janela. Que ironia. Aquela era a primeira vez que flertara com um garoto em Rosewood — e *logo* Noel — e ela nem mesmo se importou.

Por entre as árvores, ela podia ver a ponta da torre que pertencia à capela em Hollis College, a pequena faculdade de ciências humanas, onde seu pai dava aulas. Na rua principal de Hollis havia um bar, o Snooker's. Ela se aprumou e olhou para o relógio. Duas e meia. Devia estar aberto. Ela podia ir até lá, beber uma ou duas cervejas e se divertir um pouco à sua própria maneira.

E, ei, talvez encher a cara de cerveja pudesse fazer os meninos de Rosewood parecerem interessantes.

Enquanto os bares de Reykjavík cheiravam a cerveja de trigo fresca, madeira antiga e cigarros franceses, o Snooker's cheirava a uma mistura de corpos mortos, cachorros-quentes podres e suor. E o Snooker's, como todos os lugares em Rosewood, trazia lembranças: numa sexta-feira à noite, Alison DiLaurentis havia desafiado Aria a ir ao Snooker's e pedir um drinque chamado Orgasmo Escandaloso. Aria esperou na fila atrás de um bando de garotos da faculdade e, quando o segurança na porta não a deixou entrar, ela gritou:

— Mas meu orgasmo escandaloso está lá dentro! — e então se deu conta do que acabara de dizer e voltou correndo para suas amigas que estavam curvadas se acabando de rir atrás de um carro no estacionamento. Elas riram tanto que ficaram com soluço.

— Uma cerveja Amstel — pediu ela ao barman, depois de passar pelas portas da entrada envidraçadas. Pelo jeito não havia necessidade de seguranças às duas e meia duma tarde de sábado. O barman deu-lhe uma olhada indagadora, mas depois colocou a garrafa de cerveja na frente dela e deixou para lá. Aria deu um grande gole. Tinha um gosto fraco e aguado. Ela cuspiu de volta no copo.

— Tudo bem com você?

Aria se virou. A três bancos de distância havia um cara de cabelo louro desgrenhado, e com os olhos azuis de um *husky siberiano*. Ele estava bebendo devagar num copo pequeno.

Aria franziu a testa.

— Sim, tudo, eu esqueci o gosto que este negócio tem por aqui. Estive na Europa por dois anos. A cerveja é melhor por lá.

— Europa? — o cara sorriu. Ele tinha um belo sorriso. — Onde?

Aria sorriu de volta.

— Islândia.

Os olhos dele brilharam.

— Certa vez eu passei algumas noites em Reykjavík, a caminho de Amsterdam. Fui a uma grande festa no porto.

Aria passou as mãos em torno de seu copo de 60 ml.
— Ah, sim — sorriu ela. — Eles têm as melhores festas por lá.
— Você estava lá para ver as luzes do norte?
— Claro — respondeu Aria. — E também o sol da meia-noite. Nós tínhamos umas raves incríveis no verão... com a melhor música. — Ela olhou para o copo dele. — O que você está bebendo?
— Uísque — disse ele, já fazendo sinal para o barman. — Quer um?

Ela concordou. O cara se mudou para três bancos mais perto dela. Ele tinha mãos bonitas, com dedos longos e unhas um pouco roídas. Usava um pequeno bottom no seu paletó de veludo que dizia MULHERES INTELIGENTES VOTAM!

— Então, você morou na Islândia? — Ele sorriu de novo. — Foi passar um ano longe de casa?

— Bem, não — respondeu Aria. O barman colocou o uísque escocês na frente dela. Ela deu um gole como se fosse cerveja. Sua garganta e seu peito queimaram na mesma hora. — Eu estava na Islândia porque... — Ela se interrompeu. — Sim, foi meu, ah... ano fora de casa.

Deixe que ele pense o que quiser.

— Que legal. — Ele balançou a cabeça. — E onde você morava antes disso?

Ela deu de ombros.

— Hum... aqui em Rosewood. — Ela sorriu e acrescentou, rapidamente: — Mas eu gostava muito mais de lá.

Ele concordou.

— Eu fiquei muito deprimido de ter que voltar para os Estados Unidos, depois de Amsterdam.

— Eu chorei todo o caminho de volta — admitiu Aria, sentindo-se ela mesma, a nova e melhorada Aria da Islândia, pela primeira vez desde que voltara. Não só ela estava falando com um cara bonito e inteligente sobre a Europa, mas também este poderia ser o único cara em Rosewood que não a conhecera como a Aria de Rosewood: a amiga esquisita da menina bonita que desaparecera.

— Então, você estuda por aqui? — perguntou ela.

— Acabo de me formar. — Ele limpou a boca com um guardanapo e acendeu um Camel. Ofereceu-lhe um do maço, mas ela balançou a cabeça. — E vou dar aulas.

Aria deu outro gole em seu uísque e viu que tinha acabado com sua dose. Uau.

— Eu gosto de ensinar, acho. Quando acabar a escola vou fazer isso ou, então, escrever para o teatro.

— Mesmo? Para o teatro? No que você vai se formar?

— Hum... em inglês? — O barman colocou outro uísque na frente dela.

— É isso que eu ensino! — Quando o cara disse isso, colocou a mão sobre o joelho dela. Aria ficou tão surpresa que recuou e quase entornou sua bebida. Ele tirou a mão. Ela corou.

— Desculpe — ele falou, de um jeito doce e encabulado. — Ah, e meu nome é Ezra.

— Aria. — De repente, seu nome pareceu engraçadíssimo. Ela riu, perdendo o equilíbrio.

— Opa! — Ezra a agarrou pelo braço para segurá-la.

Três doses depois, Aria e Ezra haviam resolvido que ambos haviam conhecido o mesmo barman marinheiro no bar Borg, em Reykjavík, adorado tomar banho na lagoa azul, cujas águas ricas em minerais eram mantidas quentes pelas fontes termais e os deixavam sonolentos, e até mesmo gostado de verdade do cheiro de ovo podre e enxofre das tais fontes. Os olhos de Ezra ficavam mais azuis a cada instante. Aria queria perguntar se ele tinha namorada. Ela se sentia quente e tinha certeza de que não era só por causa do uísque.

— Eu, hum, tenho que ir ao banheiro — disse Aria, meio bêbada.

Ezra sorriu.

— Posso ir junto?

Bem, isso respondia à pergunta sobre a namorada.

— Quero dizer, hum... — Ele coçou a nuca. — Isso foi muito ousado da minha parte? — Ele a olhou por sob as sobrancelhas franzidas.

A cabeça dela estava a mil. Encontros assim com estranhos não eram uma coisa que ela fazia, pelo menos não na América. Mas ela não havia dito que queria continuar sendo a Aria da Islândia?

Ela se levantou e o pegou pela mão. Eles se olharam por todo o caminho até o banheiro feminino do Snooker's. Havia papel higiênico jogado pelo chão do banheiro, que cheirava ainda pior que o resto do bar, mas Aria não deu a mínima. Quando Ezra a ergueu na pia e passou as pernas dela em volta de sua cintura, o único cheiro que ela conseguia sentir era o dele — uma mistura de uísque, canela e suor — e nada jamais tivera cheiro tão bom.

Como eles dizem na Finlândia, ou seja lá onde for, *ja*.

3

A PRIMEIRA VEZ DE HANNA

– E, ao que tudo indica, eles estavam fazendo sexo no quarto dos pais de Bethany!

Hanna Marin olhou para sua melhor amiga, Mona Vanderwaal, do outro lado da mesa. Faltavam dois dias para as aulas começarem e elas estavam bebendo vinho no terraço de estilo francês do café Rive Gauche, que ficava no Shopping King James, lendo a *Vogue* e a *Teen Vogue*, e fofocando. Mona sempre sabia as piores coisas sobre as pessoas, Hanna deu outro gole em seu vinho e notou que um cara de quarenta e poucos anos as encarava de modo lascivo. *Um típico Humbert Humbert, claro*, pensou Hanna, mas não disse em voz alta. Mona não entenderia a referência literária ao tiozão de *Lolita*, mas só porque Hanna era a garota mais popular de Rosewood não significava que ela não iria, de vez em quando, dar uma olhada na lista de livros que o colégio Rosewood Day recomendava para o verão, especialmente quando tomava sol na beira da piscina, sem nada para fazer. Além disso, *Lolita* era mesmo muito excitante.

Mona virou-se para ver para quem Hanna estava olhando. Seus lábios formaram um sorriso maldoso.

— Nós deveríamos nos exibir para ele.

—Vamos contar até três? — Os olhos âmbar de Hanna se arregalaram.

Mona confirmou com a cabeça. No "três", as garotas ergueram devagar as bainhas de suas minissaias, mostrando as calcinhas. Os olhos do Humbert saltaram e ele derrubou sua taça de *pinot noir* em sua calça cáqui, na altura da virilha.

— Merda! — gritou ele, antes de disparar em direção ao banheiro.

— Legal — disse Mona. Elas jogaram os guardanapos sobre suas saladas intactas e se levantaram para sair.

Elas haviam ficado amigas no verão entre o oitavo e o nono anos, quando ambas foram desclassificadas dos testes para líder de torcida de Rosewood. Jurando fazer parte da equipe no ano seguinte, decidiram perder bastante peso — assim, poderiam ser aquelas garotas bonitas e atrevidas que os garotos jogavam para cima. Mas quando ficaram magras e lindas, decidiram que ser líder de torcida era *passé* e que as líderes de torcida eram perdedoras, por isso, nem se incomodaram em tentar entrar para a equipe de novo.

Desde essa época, Hanna e Mona dividiam tudo uma com a outra — bem, quase tudo. Hanna nunca contara a Mona como conseguira perder peso tão rápido — era muito nojento para falar. Enquanto uma dieta rigorosa era uma coisa sexy e admirável, não havia *absolutamente nada* de glamouroso em comer toneladas de comida engordativa, gordurosa, cheia de queijo vagabundo e depois vomitar tudo. Mas Hanna tinha parado com aquele péssimo hábito, pelo menos por enquanto, então, não importava mesmo.

— Você sabe que aquele cara estava de pau duro — Mona sussurrou, arrumando as revistas em uma pilha. — O que você acha que o Sean vai pensar disso?

— Ele vai rir — respondeu Hanna.

Mona bufou.

— Ah, tá, se exibir para estranhos combina muito bem com um pacto de virgindade.

Hanna olhou para baixo, para seus sapatos roxos de salto Michael Kors. O pacto de virgindade. O namorado incrivelmente popular e muito gostoso, Sean Ackard — o garoto que ela queria desde o sétimo ano — vinha se comportando de um jeito estranho ultimamente. Ele sempre havia sido o Senhor Escoteiro Americano Bonzinho — voluntário no asilo e aquele que servia peru para os sem-teto no Dia de Ação de Graças — mas, na noite anterior, quando Hanna, Sean, Mona e um grupo de outros garotos e garotas estavam se divertindo na hidromassagem de Jim Freed e bebendo Coronas, Sean se mostrara comprometido demais com esse papo de Senhor Escoteiro Americano Bonzinho. Ele havia contado a todos, com certo orgulho de si mesmo, que assinara um pacto de virgindade e jurara não fazer sexo antes do casamento. Todos, inclusive Hanna, ficaram chocados demais para responder.

— Ele não está falando sério — disse Hanna, de forma confiante. Como poderia estar? Um monte de garotos assinava esse pacto; Hanna achava que era só uma mania passageira, como as pulseiras de Lance Armstrong ou os Yogalates.

— É o que você acha? — Mona deu um sorriso forçado para ela, tirando algumas mechas de seu cabelo comprido dos olhos. — Vamos ver o que vai acontecer na festa do Noel sexta-feira que vem.

Hanna rangeu os dentes. Parecia que Mona estava rindo dela.
— Quero fazer compras. — Ela se levantou.
— Que tal a Tiffany's? — sugeriu Mona.
— Ótima ideia.

Elas passearam pela novíssima seção de alto luxo do shopping King James, que tinha uma Burberry, uma Tiffany's, uma Gucci e uma Coach; tinha o cheiro do último perfume de Michael Kors no ar e estava lotada de lindas pré-vestibulandas com suas belas mães. Num passeio pelo shopping, algumas semanas atrás, Hanna havia visto sua antiga amiga, Spencer Hastings, perambulando por lá num novo Kate Spade, e se lembrou de como ela costumava encomendar coleções inteiras de bolsas incríveis direto de Nova York.

Hanna achou engraçado conhecer aquele tipo de detalhe sobre alguém que nem era mais sua amiga. Enquanto observava Spencer examinar com cuidado as malas de couro, Hanna se perguntou se Spencer estava pensando a mesma coisa que ela: que a nova ala do shopping era exatamente o tipo de lugar que Ali DiLaurentis iria amar. Hanna sempre pensava em todas as coisas que Ali tinha perdido — a fogueira ao ar livre; o aniversário de dezesseis anos de Lauren Ryan, comemorado numa festa com Karaokê na mansão da família dela; a volta dos sapatos de bico redondo; as capas de couro para iPod nano, da Chanel... aliás, iPods nano, no geral. E a coisa mais importante que Ali perdera? A transformação de Hanna, claro — e olha, foi *realmente* uma transformação digna de nota. Às vezes, quando Hanna se virava de um lado para o outro, em frente ao seu espelho de corpo inteiro, fingia que Ali estava sentada atrás dela, criticando suas roupas, do jeito que costumava fazer. Hanna havia desperdiçado muitos anos sendo uma perdedora pegajosa e gorducha, mas as coisas eram *muito* diferentes agora.

Ela e Mona entraram na Tiffany's; uma loja toda de vidros cromados e luzes brancas que faziam os diamantes perfeitos brilharem ainda mais. Mona circulou pelos mostradores e depois ergueu as sobrancelhas para Hanna.

— Talvez um colar?

— Que tal uma pulseira? — sussurrou Hanna.

— Perfeito.

Elas andaram até a vitrine e observaram uma pulseira prateada com fecho de coração.

— Tão linda — ofegou Mona.

— Interessadas? — perguntou uma vendedora muito elegante e um pouco mais velha.

— Ah, eu não sei — respondeu Hanna.

— Fica bem em você. — A mulher destrancou a vitrine e se abaixou para pegar a pulseira. — Está em todas as revistas.

Hanna cutucou Mona.

— Experimenta.

Mona a colocou em seu pulso.

— Realmente é linda.

Então, a mulher se virou para atender outro cliente. Quando ela fez isso, Mona tirou a pulseira de seu pulso e colocou dentro do bolso. Simples assim.

Hanna apertou os lábios e acenou para outra vendedora, uma loura, de batom coral.

— Posso experimentar aquela pulseira com pingentes?

— Claro! — A vendedora destrancou a vitrine. — Eu tenho uma igual.

— E que tal brincos que combinem, também? — Hanna apontou para um par na vitrine.

— Claro.

Mona tinha ido ver os diamantes. Hanna segurou os brincos e a pulseira em suas mãos. Juntos, somavam 350 dólares. De repente, um grupo grande de garotas japonesas se juntaram na frente do balcão, todas apontando para outra pulseira com pingente à mostra na vitrine. Hanna esquadrinhou o teto à procura de câmeras de segurança; e nas portas, para ver os detectores de metal.

— Ah, Hanna, venha ver o anel Lucida — Mona a chamou.

Hanna hesitou. O tempo pareceu parar. Ela colocou a pulseira no pulso e depois o escondeu na manga de sua camisa. Então, enfiou os brincos no moedeiro Louis Vitton cor de cereja com suas iniciais. O coração de Hanna estava disparado. Essa era a melhor parte de roubar coisas: a sensação de antecipação. Ela se sentia viva e agitada.

Mona mostrou um anel de diamante para ela.

— Não fica bem em mim?

Hanna agarrou seu braço.

— Vamos para a Coach.

— Você não quer experimentar um? - Mona fez beicinho.

— Não. — As bolsas estão chamando nossos nomes. Ela sentiu o fecho prateado da pulseira pressionando seu braço, de leve. Tinha que sair de lá enquanto as meninas japonesas ainda estavam amontoadas em volta do balcão. A vendedora sequer tinha olhado na direção dela.

— Tudo bem — respondeu Mona, fazendo um draminha. Ela devolveu o anel à vendedora, segurando-o pelo diamante, o que até Hanna sabia que não se devia fazer.

— Esses diamantes são pequenos demais — disse ela. — Sinto muito.

— Mas nós temos outros! — a vendedora ainda tentou.

—Vamos lá. — Hanna puxou Mona pelo braço.

Seu coração martelava dentro do peito, enquanto ela abria caminho para fora da Tiffany's. Sentia os pingentes da pulseira batendo em seu pulso, mas manteve a manga abaixada. Hanna estava bastante acostumada com esse tipo de coisa — primeiro roubando doces no Wawa; depois CDs na Tower; e logo em seguida, camisetas *baby look* da Ralph Lauren — e ela se sentia maior e mais agressiva a cada vez. Fechou os olhos e atravessou a porta da loja, abraçando a si mesma, enquanto esperava que os alarmes soassem.

Mas nada aconteceu. Elas tinham conseguido sair.

Mona apertou sua mão.

—Você também pegou uma?

— Claro. — Ela mostrou a pulseira em volta do pulso. — E esses aqui. — Ela abriu o moedeiro e mostrou os brincos a Mona.

— Caramba! — Os olhos de Mona se arregalaram.

Hanna sorriu. Algumas vezes era tão gostoso se exibir para a melhor amiga. Não querendo estragar sua sorte, ela se afastou rapidamente da Tiffany's e tentou ouvir se alguém vinha atrás delas. A única coisa que ouviu, porém, foram os barulhos da fonte e uma versão *instrumental* de "Oops! I did It Again".

Ah sim, eu fiz de novo, Hanna pensou.

4

SPENCER CAMINHA NA PRANCHA

— Querida, você não deveria comer mexilhões com as mãos. Não é educado.

Spencer Hastings olhou para a mãe, Verônica, do outro lado da mesa que, nervosa, arrumava o cabelo louro-acinzentado, perfeito, brilhante.

— Desculpe. — Spencer pegou o ridículo garfinho de mexilhão.

— Eu realmente não acho que Melissa deveria viver na casa da cidade, com toda aquela poeira — disse a sra. Hastings ao marido, ignorando o pedido de desculpas de Spencer.

Peter Hastings virou o pescoço para olhar em volta. Quando não estava advogando, ele pedalava furiosamente nas estradas secundárias de Rosewood, usando bermudas de ciclismo e camisetas justas e coloridas de spandex, balançando os punhos para os carros que passavam. Todo aquele exercício lhe dava dores crônicas nos ombros.

— Todo aquele barulho! Eu não sei como ela consegue estudar *qualquer* coisa lá — continuou a sra. Hastings.

Spencer e os pais estavam sentados no Moshulu, um restaurante a bordo de um veleiro, no porto da Filadélfia, esperando pela irmã de Spencer, Melissa, que os encontraria para jantar. Era um importante jantar de comemoração, porque Melissa havia se formado na U Penn um ano mais cedo e conseguira entrar para a Penn's Wharton School of Business. A casa no centro da Filadélfia estava sendo reformada, como um presente dos pais para Melissa.

Em apenas dois dias, Spencer começaria seu segundo ano no ensino médio em Rosewood, e teria de se render à grade escolar: cinco matérias de nível avançado, aulas de liderança, organização do comitê de caridade, a edição do livro do ano, testes de teatro, treinos de hóquei e enviar inscrições para os programas de verão o mais rápido possível, porque todo mundo sabia que o melhor jeito de entrar numa excelente faculdade era primeiro ser aceita em algum de seus cursos de verão. Mas havia um objetivo que Spencer deveria perseguir naquele ano: mudar-se para o ex-celeiro, agora casa de hóspedes, que ficava nos fundos da propriedade da família. De acordo com seus pais, essa era uma ótima forma de se preparar para a faculdade — olhe só como havia funcionado bem para Melissa! Rá. Mas Spencer estava feliz em seguir os passos da irmã nesse caso, desde que eles a levassem para fora, para a tranquila e iluminada casa de hóspedes, onde poderia escapar dos pais e de seus labradores, que não paravam de latir.

As irmãs nutriam uma pela outra uma antiga e silenciosa rivalidade, e Spencer estava sempre perdendo: Spencer vencera o Concurso Presidencial de Forma Física quatro vezes, no ensino fundamental; Melissa ganhara o mesmo concurso cinco vezes.

Spencer tirou segundo lugar na competição de geografia do sétimo ano; Melissa ficou em primeiro lugar. Spencer estava na equipe de edição do livro do ano, em todas as peças da escola e fazia cinco aulas de nível avançado naquele ano; Melissa havia feito isso tudo em seu segundo ano do ensino médio e ainda trabalhara na fazenda da mãe e treinara para a maratona da Filadélfia pelas pesquisas em leucemia. Não importava quão altas fossem as notas de Spencer, ou em quantas atividades extracurriculares estivesse envolvida, jamais alcançaria o nível de perfeição de Melissa.

Spencer pegou outro mexilhão com os dedos e jogou para dentro da boca. Seu pai amava aquele restaurante, com seus painéis de madeira escura, tapetes orientais grossos e o cheiro onipresente de manteiga, vinho tinto e maresia. Sentado ali, entre mastros e velas, parecia possível pular do navio direto para o cais. Spencer avistou o grande aquário borbulhante do outro lado do rio Delaware, em Camden, Nova Jersey. Um barco grande, com uma festa a bordo, passou por eles, todo decorado com luzinhas de Natal. Alguém soltou um rojão amarelo do convés dianteiro. Aquele barco estava muito mais divertido do que o dela.

– Qual é o nome do amigo de Melissa, mesmo? – murmurou a mãe.

– Acho que é Wren – respondeu Spencer. E em sua cabeça, ela acrescentou: Será que não poderiam escolher um nome menos ridículo para o menino?

– Ela me disse que ele está estudando para ser médico – orgulhava-se a mãe. – Na U Penn.

– Claro que ele está – Spencer cantarolou baixinho. Ela mordeu um pedaço de concha do mexilhão e estremeceu. Melissa estava trazendo seu namorado, com quem estava há apenas dois meses para jantar. A família ainda não o conhecia – ele tinha estado fora, visitando a família ou alguma coisa assim – mas os namorados de Melissa eram sempre a mesma coisa: belezas previsíveis, bem-educados e jogadores de golfe. Melissa não tinha um pingo de criatividade em seu corpo e obviamente estava sempre procurando as mesmas qualidades em seus namorados.

– Mamãe! – chamou uma voz conhecida, vinda de trás de Spencer.

Melissa deu a volta na mesa para dar um grande beijo em cada um de seus pais. Sua aparência não havia mudado desde o ensino médio: cabelo louro-acinzentado, cortado na altura do queixo, sem maquiagem, a não ser um pouco de base. Ela usava um vestido amarelo brega de decote quadrado, um casaquinho rosa com botões de pérola e sapatilhas quase bonitinhas.

– Querida! – exclamou a mãe.

– Mamãe, papai, esse é Wren. – Melissa mostrou a pessoa ao seu lado.

Spencer tentou evitar que seu queixo caísse. Não havia nada de ridículo ou de previsível em Wren. Ele era alto e magro, e estava vestindo uma lindíssima camisa Thomas Pink. Seu cabelo negro tinha um corte desgrenhado. Ele tinha uma pele linda, ossos da face bem marcados e olhos amendoados.

Wren cumprimentou os pais dela e depois se sentou à mesa. Melissa fez uma pergunta sobre para onde deveria ser mandada a conta do encanador, enquanto Spencer esperava para ser apresentada. Wren fingia interesse numa enorme taça de vinho.

– Eu sou Spencer – disse ela, por fim. Ela se perguntou se não estava com bafo de mexilhão. – A outra filha. – Spencer balançou a cabeça, mostrando o outro lado da mesa. – Aquela que eles mantêm presa no porão.

— Ah! — riu Wren. — Legal.

Foi um sotaque britânico o que ela acabara de ouvir?

— Não é estranho que eles não tenham perguntado nada sobre você? — Spencer fez um gesto, indicando seus pais. Agora eles estavam falando sobre empreiteiros e qual era o melhor tipo de madeira para o chão da sala de estar.

Wren deu de ombros e depois sussurrou:

— É, mais ou menos. — Ele piscou.

De repente, Melissa agarrou a mão de Wren.

— Ah, vejo que já a conheceu — disse ela, suavemente.

— Sim. — Ele sorriu. — Você não me disse que tinha uma irmã.

Claro que ela não dissera.

— Então, Melissa — disse a sra. Hastings —, papai e eu estávamos conversando sobre onde você deveria ficar durante a reforma. E eu acabo de pensar em algo. Por que você não volta para Rosewood e fica conosco por alguns meses? Você pode ir e vir da Penn, você sabe como é fácil.

Melissa franziu o nariz. *Por favor diga não, por favor diga não*, desejou Spencer.

— Bem... — Melissa ajeitou a alça do vestido amarelo. Quanto mais Spencer olhava para ele, mais a cor fazia Melissa parecer resfriada. Melissa deu uma olhada para Wren. — O negócio é que... Wren e eu vamos morar na casa da cidade... juntos.

— Ah! — A mãe sorriu para eles. — Bem... creio que Wren possa ficar conosco também... O que você acha, Peter?

Spencer teve que abraçar seus peitos para que o coração não explodisse. Eles estavam indo morar juntos? A irmã dela tinha mesmo muita coragem. Só podia imaginar o que aconteceria se *ela* jogasse uma bomba como aquela. A mãe *realmente* faria Spencer viver no porão – ou talvez no estábulo. Ela poderia viver no mesmo cercadinho que as cabras.

– Bom, eu acho que tudo bem – concordou o pai. *Inacreditável!* – Tenho certeza de que será tranquilo. A mamãe passa a maior parte do dia no estábulo e, claro, Spencer estará na escola.

– Você está na escola? – perguntou Wren. – Qual?

– Ela está no ensino médio – intrometeu-se Melissa. Ela deu uma longa olhada em Spencer, como se a estivesse avaliando. Do vestido de tênis Lacoste justo ao cabelo comprido, ondulado e louro-escuro, passando por seus brincos de diamantes de dois quilates. – Na mesma escola em que eu estudei. Ah, e eu nem perguntei, Spence. Você é a representante de classe este ano?

– Vice – murmurou Spencer. *Até parece* que Melissa não já sabia disso.

– Ah, e você não fica *muito feliz* que as coisas tenham acabado dessa forma? – Melissa perguntou.

– Não – respondeu Spencer, de forma direta. Ela concorreu ao cargo na última primavera, mas fora vencida e tivera que aceitar o posto de vice. Odiava perder no que quer que fosse.

Melissa balançou a cabeça.

– Você não entende, Spence, é muuuuuuuito trabalho. Quando eu era representante, mal tinha tempo para todas as outras coisas!

– Você tem muitas atividades, Spencer – murmurou a sra. Hastings. – Há o livro do ano e todos aqueles jogos de hóquei...

– Além do mais, Spence, você pode assumir se o representante, você sabe... morrer. – Melissa piscou para ela como se dividissem a piada, o que não era verdade.

Melissa se virou para os pais e disse:

— Mamãe. Tive uma ótima ideia. E se Wren e eu ficássemos no celeiro? Lá, não incomodaríamos vocês.

Spencer sentia como se alguém tivesse chutado seus ovários. O *celeiro*?

A sra. Hastings bateu levemente suas unhas à francesinha em sua boca perfeitamente delineada com batom.

— Hummm... — ela considerou antes de se virar de forma apaziguadora para Spencer. — Você pode esperar alguns meses, querida? Depois, o celeiro será todo seu.

— Oh! — Melissa pousou o garfo. — Eu não sabia que você ia se mudar para lá, Spence! Não quero causar problemas...

— Tudo bem — interrompeu Spencer, pegando seu copo com água gelada e dando um bom gole. Ela se controlou para não ter um ataque de raiva na frente dos pais e da perfeita Melissa. — Eu posso esperar.

— Mesmo? — perguntou Melissa. — É tão gentil de sua parte!

Radiante, a mãe apertou a mão de Spencer com sua mão magrinha e fria:

— Eu *sabia* que você entenderia.

— Vocês podem me dar licença? — Spencer empurrou sua cadeira para trás, meio tonta, e se levantou. — Eu já volto.

Ela andou pelo chão de madeira do barco, desceu a escada principal atapetada e saiu pela porta da frente. Precisava pisar em terra firme.

Na calçada, na rua Penn Landing, a linha do horizonte brilhava. Spencer se sentou num banco e praticou sua respiração de ioga. Depois, pegou a carteira e começou a organizar seu dinheiro. Ela virou todas as notas de um, cinco e vinte na mesma direção e as colocou em ordem alfabética, de acordo com a longa combinação alfanumérica impressa em verde nos cantos das notas. Fazer isso sempre melhorava seu astral. Quando acabou, deu uma olhada para a sala de jantar do navio. Seus pais estavam de frente para o rio, de modo que eles não podiam vê-la. Vasculhou em sua bolsa Hogan, procurando seu maço de Marlboro para emergências e acendeu um cigarro.

Irritada, ela dava um trago após o outro. Roubar o celeiro era ruim o suficiente, mas fazer isso de uma forma tão educada era *bem* a cara da Melissa – ela sempre havia sido bacana na aparência, mas, no fundo, era horrorosa. E ninguém mais conseguia ver isso além de Spencer.

Ela conseguira se vingar de Melissa apenas uma vez, poucas semanas antes do final do sétimo ano. Uma noite, Melissa e seu namorado da época, Ian Thomas, estavam estudando para as provas finais. Quando Ian foi embora, Spencer o encurralou do lado de fora, ao lado de sua picape, que ele havia estacionado atrás da pilha de toras de pinho. Ela só queria flertar com ele – Ian estava desperdiçando todo o seu tesão com sua monótona irmã certinha – então, ela deu um beijo leve em seu rosto. Mas quando ele a prendeu contra a porta do passageiro, ela não tentou escapar. Eles só pararam de se beijar porque o alarme do carro dele tocou.

Quando Spencer contou a Alison sobre isso, Ali disse que a amiga fizera uma coisa estúpida e que ela devia contar para Melissa. Spencer suspeitava de que Ali estava brava só porque elas tinham competido durante todo o ano sobre quem conseguia dar mais amassos em garotos mais velhos, e beijar Ian colocava Spencer na liderança.

Spencer respirou fundo. Ela odiava se lembrar daquela época. Mas a velha casa dos DiLaurentis ficava bem ao lado da deles, e uma das janelas do quarto de Ali dava para uma das janelas do quarto de Spencer – e era assim que Ali a vigiava vinte e quatro horas por dia, sete dias por semana. Tudo o que Spencer tinha que fazer era olhar pela janela e lá estava a Ali do sétimo ano, pendurando seu uniforme do hóquei bem ali onde Spencer pudesse vê-lo, ou zanzando pelo quarto, fofocando no telefone celular.

Spencer gostava de acreditar que mudara um bocado desde então. Elas todas haviam sido tão más – especialmente Alison – mas não *apenas* Alison. E a pior lembrança de todas era a *coisa*... A Parada com a Jenna. Pensar no que tinha acontecido fazia Spencer se sentir tão mal que desejava poder apagar aquilo de sua mente, como faziam no filme *Brilho eterno de uma mente sem lembranças*.

– Você não deveria estar fumando, sabe disso.

Ela se virou e lá estava Wren, de pé, bem ao lado dela. Spencer olhou para ele, surpresa.

– O que é que você está fazendo aqui embaixo?

– Eles estavam... – Ele juntou e separou os dedos das mãos, imitando bocas que não paravam de falar. – E eu recebi uma mensagem. – Ele pegou seu BlackBerry.

– Ah – disse Spencer. – É do hospital? Ouvi dizer que você é um grande médico.

– Bem, na verdade, não... eu sou apenas um calouro da faculdade de medicina. – Wren apontou para o cigarro dela. – Você se importa de me dar um trago?

Spencer deu um sorrisinho.

– Mas você acabou de me dizer para não fumar! – Ela estendeu o cigarro para ele.

– É, bem... – Wren deu uma boa tragada no cigarro. – Você está bem?

— Tanto faz. — Spencer não estava a fim de discutir sua vida com o novo "namorido" da irmã, que acabara de roubar seu celeiro. — Então, de onde você é?

— Do norte de Londres. Meu pai é coreano, imagine. Ele se mudou para a Inglaterra, para estudar em Oxford, e acabou ficando de vez. Todo mundo pergunta isso.

— Ah, eu não ia perguntar não — retrucou Spencer, apesar de ter *sim* pensado nisso. — Como você e minha irmã se conheceram?

— Num Starbucks. Ela estava na minha frente, na fila.

— Ah — fez Spencer. Que coisa mais brega.

— Ela estava comprando um *latte* — acrescentou Wren, chutando o meio-fio.

— Que legal. — Spencer fingiu se interessar pelo seu maço de cigarros.

— Foi há poucos meses. — Ele deu outra tragada fraquinha, sua mão tremia um pouco e seus olhos iam para todas as direções. — Eu comecei a gostar dela antes que ganhasse a casa na cidade.

— Certo. — Spencer achou que ele parecia um pouco nervoso. Talvez o cara estivesse tenso por conhecer os pais dela. Ou era o fato de ir morar com Melissa que o deixava estressado? Se Spencer fosse um garoto e tivesse que morar com Melissa, se jogaria do convés do Moshulu, no rio Delaware.

Ele devolveu o cigarro a ela.

— Espero que esteja ok com o fato de eu ir morar na sua casa.

— Ah, claro. Tanto faz.

Wren molhou os lábios.

— Talvez eu possa ajudá-la a superar seu vício em cigarros.

Spencer fungou.

— Eu não sou viciada.

— Claro que não. — Wren sorriu.

Spencer balançou a cabeça, enfaticamente.

— Não, eu nunca deixaria isso acontecer. — E era verdade: Spencer odiava se sentir fora de controle.

Wren sorriu.

— Bem, você parece mesmo alguém que sabe o que está fazendo.

— Eu sei.

— Você é assim em tudo? — perguntou Wren, com os olhos brilhando.

Havia algo sobre o jeito leve e provocativo com que ele dissera aquilo, que fez Spencer hesitar. Eles estavam... flertando? Olharam um para o outro por alguns segundos até que um grupo grande de pessoas saísse do barco e viesse para a rua. Spencer baixou os olhos.

— Então, você acha que é hora de voltarmos? — perguntou Wren.

Spencer hesitou e olhou para a rua, cheia de táxis prontinhos para levá-la a qualquer lugar que quisesse. Ela quase queria perguntar a Wren se não estava a fim de entrar num táxi daqueles com ela e ir a um jogo de baseball, no Citizens Bank Park, onde poderiam comer cachorros-quentes, gritar com os jogadores e contar quantos *strikeouts* os Phillies marcariam. Ela podia usar os ingressos de seu pai — ele não usava a maior parte deles, de qualquer forma — e ela apostava que Wren iria topar. Por que voltar para lá, se sua família continuaria a ignorá-los? Um táxi parou no semáforo, a apenas alguns metros deles. Ela olhou para o carro e depois para Wren.

Mas não, isso seria errado. E quem iria ocupar o lugar de vice-representante de classe, se ela fosse assassinada pela própria irmã?

— Depois de você. — Spencer segurou a porta para ele e ambos subiram a bordo mais uma vez.

5

DO COMEÇO AO FITZ

– Ei! Finlândia!

Na terça-feira, o primeiro dia de aula, Aria andava depressa para sua primeira aula de inglês. Ela se virou para ver Noel Kahn com seu uniforme de Rosewood Day – suéter e gravata – correndo em sua direção.

– Oi. – Aria o cumprimentou com a cabeça. E continuou andando.

– Você não ficou para o nosso treino aquele dia – disse Noel, emparelhando com ela.

– Você achou que eu ia assistir? – Aria olhou de lado para ele, que pareceu envergonhado.

– Sim. Nós jogamos bem. Eu fiz três gols.

– Que bom para você. – O rosto de Aria estava impassível. Era para ela ficar impressionada?

Continuou andando pelo corredor de Rosewood Day, com o qual ela infelizmente sonhara vezes demais quando estava na Islândia. Acima dela, o mesmo teto abobadado e cor de casca de ovo. Abaixo, o mesmo chão de madeira de fazenda. À sua direita e à sua esquerda estavam as mesmas fotos emolduradas dos antigos alunos de sempre e, à esquerda, fileiras incongruentes de armários de metal com cadeados. Até mesmo a música era igual, a *Abertura 1812,* tocava no sistema de alto-falantes – Rosewood tocava clássicos entre as aulas porque eram "mentalmente estimulantes". Exatamente as mesmas pessoas de sempre passavam por ela, pessoas que ela conhecera por centenas de anos... e todas as encaravam.

Aria baixou a cabeça. Desde que se mudara para a Islândia, no começo do oitavo ano, a última vez que havia sido vista por ali, ela fazia parte do grupo enlutado cuja melhor amiga havia desaparecido de um jeito esquisito. Naquele tempo, onde quer que fosse, as pessoas sussurravam em volta dela.

Agora, parecia que nunca havia partido. E quase parecia que Ali ainda estava lá. Aria prendeu a respiração quando viu um rabo de cavalo louro passando pelo canto do ginásio. E quando dobrou a esquina da oficina de cerâmica, onde ela e Ali costumavam se encontrar entre as aulas para fofocar, quase podia ouvir a voz da amiga dizendo "Ei, presta atenção!" Ela colocou a mão na testa para ver se tinha febre.

– E aí, qual é sua primeira aula? – perguntou Noel, ainda acompanhando Aria.

Ela olhou para ele, surpresa, e depois para o seu horário.

– Inglês.

– Eu também. Com o sr. Fitz?

– Sim – murmurou ela. – Ele é bom?

– *Sei lá.* Ele é novo. Ouvi dizer que ele tem uma bolsa de mestrado para alunos superdotados.

Aria olhou para ele cheia de suspeita. Desde quando Noel Kahn ligava para as credenciais de um professor? Ela virou o corredor e viu uma garota parada na porta da sala onde seria a aula de inglês. Ela parecia familiar e estranha ao mesmo tempo. Aquela garota era magra como uma modelo, tinha cabelo castanho-avermelhado comprido e vestia a saia xadrez azul do uniforme de Rosewood enrolada, sapatos de salto de plataforma roxos e uma pulseira da Tiffany's.

O coração de Aria disparou. Ela se preocupara em como reagiria quando encontrasse com suas velhas amigas de novo, e lá estava Hanna. O que *havia acontecido* com Hanna?

– Oi – cumprimentou Aria, de mansinho.

Hanna se virou e olhou Aria de cima a baixo, de seu corte de cabelo longo e desgrenhado à sua camisa branca da Rosewood Day, passando pelas pulseiras de baquelite e suas botas marrons de amarrar. Seu rosto estava sem expressão nenhuma, mas, então, ela sorriu.

– Ah, meu Deus! – disse Hanna. Pelo menos a voz excessivamente aguda de Hanna continuava igual. – Como estava a... onde você estava? Tchecoslováquia?

– Hum... é – respondeu Aria. Foi perto o suficiente.

– Que legal! – Hanna deu um sorriso contido.

– Parece que Kirsten foi embora de South Beach – interrompeu a garota que estava perto de Hanna. Aria virou a cabeça de lado, tentando reconhecê-la. Mona Vanderwaal? Na última vez em que Aria a vira, Mona tinha um bilhão de trancinhas na cabeça e dirigia uma lambreta. E agora, parecia ainda mais glamourosa que Hanna.

– É mesmo? – perguntou Hanna. Ela encolheu os ombros e se dirigiu a Aria e a Noel, que *ainda* estava ao lado de Aria. – Desculpem, galera, mas vocês podem nos dar licença?

Aria entrou na sala de aula e desabou na primeira carteira que viu. Ela abaixou a cabeça e respirou profundamente, para se acalmar.

"O inferno são os outros", cantarolou. Era sua citação favorita do filósofo francês Jean-Paul Sartre e o mantra perfeito para Rosewood.

Ela balançou para a frente e para trás por alguns segundos, de um jeito maluco. A única coisa que a fazia se sentir melhor era a lembrança de Ezra, aquele cara que ela conhecera no Snooker's. No bar, Ezra a seguira até o banheiro, agarrara seu rosto e a beijara. Suas bocas encaixavam-se perfeitamente – eles não bateram nos dentes um do outro nenhuma vez. As mãos dele dançaram pelas costas pequenas dela, por seu estômago, pelas suas pernas. Eles tiveram uma grande *conexão*. E tá, tudo bem, alguns poderiam dizer que... só suas línguas se conectaram... mas Aria sabia que havia mais ali.

Ela se sentia tão encantada pensando sobre a noite anterior, que chegou a escrever um haicai sobre Ezra para expressar seus sentimentos – haicais eram seu tipo favorito de poema. Depois, feliz com o resultado, ela o digitara em seu telefone e enviara para o número que Ezra lhe dera.

Aria deu um suspiro sofrido e olhou em volta da sala. O lugar cheirava a livros e a desinfetante. As enormes janelas envidraçadas davam para o gramado sul da propriedade da escola e para além disso, podia-se ver as colinas verdes e onduladas. Algumas árvores estavam ficando amarelas e alaranjadas. Havia um enorme pôster com dizeres shakespearianos perto do quadro-negro e um adesivo que dizia PESSOAS MÁS SÃO UM SACO, que alguém colara na parede. Parecia que o zelador tinha tentado raspá-lo dali, mas desistira no meio do caminho.

Era desespero mandar mensagens de texto para Ezra às duas e meia da manhã? Ela ainda não tivera resposta. Aria se arrependeu de deixar seu telefone na mochila e o pegou de volta. Na tela estava escrito NOVA MENSAGEM DE TEXTO. Seu estômago se contraiu de alívio, excitação e nervosismo, tudo ao mesmo tempo. Mas assim que ela clicou em LER, uma voz a interrompeu.

— Desculpe, mas você não pode usar o celular na escola.

Aria cobriu o telefone com as mãos e olhou para cima. Quem quer que tivesse dito aquilo — o novo professor, ela imaginava — dera as costas para a classe e estava escrevendo no quadro-negro. *Sr. Fitz*, ele havia escrito até então. Ele segurava um papel com a insígnia de Rosewood no topo. De costas, parecia jovem. Algumas outras meninas da classe lhe deram um olhar apreciativo, conforme iam encontrando um lugar para sentar. A agora fabulosa Hanna até assobiou.

— Eu sei, eu sou o cara novo — disse ele, escrevendo *"professor de inglês"* abaixo de seu nome — mas recebi esse comunicado da coordenação. Que diz alguma coisa sobre não ser permitido o uso de telefones celulares na escola. — E então, ele se virou. O comunicado saiu voando de sua mão até o chão de linóleo.

Imediatamente Aria sentiu a boca secar. De pé, diante da classe, estava Ezra, o cara do bar. Ezra, o cara para quem ela escrevera um haicai. O Ezra *dela*, parecendo magro e adorável, usando gravata e blazer de Rosewood, com o cabelo bem-penteado, os botões corretamente abotoados e uma pasta de couro com o planejamento das aulas debaixo do braço esquerdo. De pé, ao lado do quadro-negro, e escrevendo *"Sr. Fitz, professor de inglês"*.

Ele olhou para ela e seu rosto perdeu a cor.

— Puta merda.

A classe toda se virou para ver para quem ele estava olhando. Aria não queria olhar de volta para eles, então, olhou para baixo e viu a tal nova mensagem de texto:

Aria: surpresa! Imagino o que sua porquinha de pelúcia vai dizer sobre isso... —A

Puta merda mesmo.

6

EMILY É FRANCESA TAMBÉM

Terça-feira à tarde, Emily parou na frente de seu armário verde de metal, depois que o último sinal do dia havia tocado. O armário ainda tinha as mesmas coisas do ano anterior pregadas – o pôster da equipe de natação dos Estados Unidos; uma foto da Liv Tyler como Arwen, a elfa, e um imã que dizia BORBOLETINHAS NADAM NUAS. Seu namorado, Ben, parou bem ao lado dela.

– Quer alguma coisa do Wawa? – perguntou ele. Seu casaco da equipe de natação de Rosewood estava pendurado em seu corpo magro e musculoso, e seu cabelo louro estava despenteado.

– Não, estou bem – respondeu Emily. Como tinham treino depois das aulas, às três e meia, os integrantes da equipe de natação costumavam ficar na escola e mandar alguém até o Wawa, assim podiam consumir seus sanduíches gigantes/chás gelados/lanchinhos variados/chocolates com creme de amendoim antes de dar bilhões de voltas na piscina.

Um grupo de garotos deu uma parada para cumprimentar Ben, antes de continuar seu caminho para o estacionamento. Spencer Hastings, que estivera na classe de história de Ben no ano anterior, acenou. Emily acenou de volta, antes de se dar conta de que Spencer estava olhando para Ben, não para ela. Era difícil de acreditar que, depois de tudo que haviam passado juntas e de tantos segredos compartilhados, ela agora agia como se fossem estranhas.

Depois que todo mundo já havia passado, Ben se voltou para Emily e franziu a testa:

— Você está de casaco. Não está treinando?

— Hummm... — Emily fechou seu armário, girou o trinco e embaralhou os números da sua combinação do cadeado. — Sabe aquela garota para quem eu andei mostrando a escola hoje? Vou levá-la em casa porque é seu primeiro dia, essas coisas.

Ele abriu um sorriso forçado.

— Bem, *você* é mesmo um doce, não é? Os pais dos alunos em potencial pagam por esse tipo de tour, mas você está fazendo de graça.

— Ah, qual é... — sorriu Emily, desconfortável. — É um passeio de dez minutos.

Ben olhou para ela, acenando com a cabeça de modo vago por um momento.

— O que foi? Eu só estou tentando ser gentil!

— Legal — disse ele sorrindo, e tirou os olhos dela para acenar para Casey Kirschner, o capitão da equipe masculina de luta livre.

Maya apareceu um minuto depois de Ben descer as escadas e seguir para o estacionamento dos estudantes. Ela vestia um blazer branco por cima de sua camisa social de Rosewood e chinelos de borracha Oakley. As unhas de seus pés não estavam pintadas.

— Oi — ela a cumprimentou.

— Oi — Emily tentou parecer bem, mas se sentia desconfortável. Talvez devesse apenas ter ido treinar com Ben. Não era esquisito acompanhar Maya até a casa dela e depois voltar direto para a escola?

— Pronta? — perguntou Maya.

As garotas caminharam através do *campus*, que era basicamente um grupo de prédios muito velhos de tijolos numa estrada secundaria de Rosewood. Havia até mesmo uma torre de relógio em estilo gótico, que soava a cada hora. Mais cedo, Emily havia mostrado a Maya as coisas que toda escola particular tem. Ela também havia lhe mostrado coisas legais em Rosewood Day que os alunos novos geralmente tinham que se virar para descobrir, como o perigoso banheiro feminino do primeiro andar, que às vezes jorrava água como se fosse um gêiser, o lugar secreto dos alunos na colina, ideal para matar aula de educação física (não que Emily já tivesse feito isso), e a única máquina da escola que vendia Vanilla Coke, sua bebida favorita. Elas já tinham até uma piada interna sobre a modelo metida a besta dos cartazes antitabagismo pendurados na sala de espera da enfermaria da escola. Era gostoso ter uma piada particular novamente.

Naquele momento, enquanto cortavam caminho por um milharal abandonado para chegar à casa de Maya, Emily prestou atenção a cada detalhe do rosto da garota, de seu nariz empinado a sua pele cor de café, passando pelo colar que não ficava bem em seu pescoço. Suas mãos batiam umas contra as outras quando balançavam os braços.

— É tão diferente aqui. — disse Maya, farejando o ar. — Tem cheiro de Pinho Sol! — ela tirou o blazer de zuarte e enrolou as mangas da camisa. Emily soltou o cabelo, desejando que ele fosse escuro e ondulado como o de Maya, em vez de uma palha estragada pelo cloro, com uma leve sombra esverdeada se insinuando no louro-avermelhado. Emily também se sentia constrangida por seu corpo, que era forte, musculoso e não mais sequinho como antes. Ela não costumava ficar tão preocupada com sua aparência, nem quando estava de maiô, ou seja, quase nua.

— Todo mundo tem alguma coisa da qual *gosta* muito — continuou Maya. — Como uma menina, a Sarah, da minha turma de física. Ela está tentando montar uma banda e me convidou para entrar!

— Mesmo? E o que você toca?

— Guitarra — respondeu Maya. — Meu pai me ensinou. Na verdade, meu irmão é bem melhor que eu, mas que se dane.

— Uau. Isso é muito legal.

— Ah-meu-Deus! — Maya agarrou o braço de Emily. — Emily primeiro ficou tensa, mas depois relaxou. — Você deveria entrar para a banda também! Ia ser muito divertido! Sarah disse que nós vamos ensaiar três dias por semana, depois das aulas. Ela toca baixo.

— Mas eu só toco flauta. — Então Emily se deu conta de que soava como o burrinho Bisonho, das histórias do *Ursinho Puff*.

— Uma flauta vai ser sensacional! — Maya bateu palmas. — E uma bateria!

Emily suspirou.

— Eu não posso mesmo. Eu tenho treinos de natação, tipo, todos os dias depois da escola.

— Humm... — E você não pode faltar um dia? Aposto que você vai ser muito boa na bateria.

— Meus pais me matariam. — Emily inclinou a cabeça para olhar para a velha ponte, com trilhos de trem sobre ela. Os trens não passavam mais por aquela ponte, então ela agora servia como esconderijo para os garotos que queriam encher a cara sem que os pais soubessem.

— Por quê? — Maya quis saber. — O que é que isso tem de mais?

Emily ficou quieta. O que deveria dizer? Que seus pais esperavam que ela ficasse na equipe de natação porque os olheiros de Stanford já haviam se dado conta do progresso de Carolyn? Que seu irmão mais velho, Jake, e sua irmã mais velha, Beth, estudavam na Universidade do Arizona com bolsas integrais por causa da natação? Que qualquer coisa menos que uma bolsa em uma boa faculdade seria considerado um fracasso familiar? Maya não tinha medo de fumar maconha enquanto os pais faziam compras. Os pais de Emily, em comparação, pareciam velhos, conservadores, controladores da Costa Leste. E eles eram mesmo. Mas, enfim, o que Emily podia fazer?

— Este é o caminho mais curto para casa — Emily fez um gesto, mostrando o outro lado da rua, que dava para o enorme gramado da casa colonial pelo qual ela e as amigas costumavam cortar caminho para chegar mais rápido à casa de Ali nos dias de inverno.

Elas correram pela grama, evitando o regador automático que molhava os arbustos de hortênsias. Quando estavam empurrando os galhos espinhosos das árvores para o lado, em direção ao quintal de Maya, Emily parou. Um barulho estranho saiu de sua garganta.

Fazia muito, muito tempo que ela não entrava naquele quintal – o antigo quintal de *Ali*. Do outro lado do gramado, estava o terraço de madeira de onde ela e Ali haviam jogado charme para os vizinhos inúmeras vezes. A trilha de grama amassada onde haviam conectado o iPod branco de Ali às caixas de som e dançado feito loucas ainda era visível. À sua esquerda, estava o carvalho nodoso e tão familiar. A casa na árvore havia desaparecido, mas entalhadas no tronco estavam as iniciais: EF + AD – Emily Fields + Alison DiLaurentis. Ela ficou vermelha. Naquele tempo, Emily não sabia por que entalhara seus nomes na árvore; só queria mostrar a Ali que estava feliz por serem amigas.

Maya, que estava andando à frente dela, olhou por cima do ombro.

– Você está bem?

Emily enfiou as mãos nos bolsos do casaco. Por um segundo, considerou a hipótese de contar a Maya sobre Ali. Mas um beija-flor passou por ela e Emily perdeu a coragem.

– Estou bem – disse ela.

– Quer entrar? – convidou Maya.

– Não... eu... tenho que voltar para a escola. – Tenho treino de natação.

– Ah. – Maya apertou os olhos. – Você não precisava ter me trazido em casa, bobona.

– Eu sei, mas não queria que você se perdesse.

– Você é uma graça. – Maya entrelaçou as mãos nas costas, e balançou os quadris para a frente e para trás. Emily se perguntou o que ela queria dizer com *uma graça*. Será que era uma coisa que diziam na Califórnia?

— Bem, divirta-se no treino — disse Maya. — E obrigada por ter me mostrado tudo na escola.

— Claro! — Emily deu um passo à frente, e seus corpos se encontraram num abraço.

— Hmmm — disse Maya, abraçando mais forte. As meninas deram um passo para trás e sorriram uma para a outra por um segundo. Depois, Maya se inclinou e beijou Emily dos dois lados do rosto.

— *Smack, smack!* — disse ela. — Como os franceses.

— Bem, então eu também vou ser francesa — Emily deu uma risadinha, se esquecendo de Ali e da árvore por um segundo.

— Smack! — ela beijou a bochecha esquerda macia de Maya.

Então, Maya a beijou de novo, na bochecha direita, só que um tantinho mais perto da boca. Não houve *smack* dessa vez.

A boca de Maya cheirava a chiclete de banana. Emily recuou e segurou sua bolsa da natação antes que ela escorregasse de seu ombro. Quando olhou para cima, Maya estava sorrindo.

— Vejo você depois — Maya se despediu. — Fique bem.

Emily dobrou sua toalha e a colocou na bolsa de natação, depois do treino. A tarde toda era um borrão. Depois que deixara Maya em casa, Emily correu de volta à escola — como se a corrida pudesse desfazer a confusão de sentimentos dentro dela. Enquanto caía na água e dava braçada após braçada, via a imagem daquelas iniciais na árvore. Quando o treinador soprou o apito e eles praticaram largadas e voltas, Emily sentia o cheiro do chiclete de banana de Maya e ouvia sua risada fácil e divertida. Parada na frente do armário, ela tinha certeza de que havia passado shampoo duas vezes. A maioria das garotas tinha ficado fofocando nos chuveiros coletivos por um tempão, mas Emily estava muito aérea para se juntar a elas.

Enquanto pegava sua camiseta e o jeans, bem dobrados na prateleira do armário, um papel passou flutuando por ela. O nome de Emily estava escrito em um dos lados, numa letra que ela não conhecia, e também não reconheceu o papel de caderno. Ela apanhou o bilhete do chão molhado e frio.

> Oi, Emi. Chuif! Fui substituída! Você encontrou outra amiga para beijar! —A

Emily contraiu os dedos dos pés no chão de borracha do vestiário e parou de respirar por um segundo. Olhou em volta. Ninguém estava olhando para ela.

Será que isso realmente estava acontecendo?

Ela olhou para o bilhete e tentou pensar racionalmente. Ela e Maya estavam a céu aberto, mas não havia ninguém por perto.

E... *Fui substituída? Outra amiga para beijar?* As mãos de Emily tremeram. Ela olhou para a assinatura de novo. As risadas das outras nadadoras ecoavam nas paredes.

Emily havia beijado apenas uma outra amiga. Isso foi dois dias antes de ela entalhar suas iniciais no carvalho e apenas uma semana e meia antes do final do sétimo ano.

Alison.

7

SPENCER TEM O DELTOIDE POSTERIOR TENSO

– Olha a bunda dele!

– Cala a boca.

Spencer bateu no protetor de sua amiga, Kirsten Cullen, com o taco de hóquei. Elas deveriam estar treinando jogadas de defesa, mas, na verdade, estavam – assim como o restante do time – muito ocupadas avaliando com os olhos o novo assistente da treinadora naquele ano. Que era ninguém menos que Ian Thomas.

A pele de Spencer pinicava de tanta adrenalina. Mas era estranho, ela se lembrava de Melissa mencionando que Ian havia se mudado para a Califórnia. Mas e daí, uma porção de gente, que nem passaria pela sua cabeça, acabara voltando para Rosewood.

– Sua irmã foi uma estúpida por terminar com ele – Kirsten comentou. – Ele é tão *gato*.

– Shhh! – Spencer deu uma risadinha. – E, de qualquer forma, minha irmã não terminou com ele. Foi ele quem deu um pé na bunda dela.

O apito soou.

— Mexam-se! — gritou Ian, correndo na direção delas. Spencer se inclinou para amarrar o tênis, como se não desse a mínima. Sentiu os olhos de Ian sobre ela.

— *Spencer?* Spencer Hastings?

Spencer se levantou bem devagar.

— Ah... Ian, não é?

O sorriso dele foi tão amplo que Spencer ficou surpresa que suas bochechas não tivessem se rasgado. Ele ainda tinha aquele ar americano de eu-vou-assumir-a-empresa-do-papai-aos-vinte-e-cinco, mas agora seu cabelo cacheado estava um pouco mais comprido e desarrumado.

— Você está tão crescida! — exclamou.

— Acho que sim. — Spencer deu de ombros.

Ian passou a mão na nuca.

— Como vai a sua irmã?

— Hum... ela vai bem. Se formou cedo. Está indo para Wharton.

Ian baixou a cabeça.

— E os namorados dela ainda se apaixonam por você?

Spencer ficou de boca aberta. Antes que pudesse pensar em uma resposta, a treinadora, sra. Campbell, soprou seu apito para chamar Ian.

Kirsten agarrou o braço de Spencer assim que ele deu as costas.

— Você está *completamente* louca por ele, não está?

— *Cala a boca!* — rosnou Spencer.

Enquanto corria para o centro do campo, Ian deu uma olhada para ela por cima dos ombros. Spencer prendeu o fôlego e se inclinou para examinar seus tênis. Não queria que Ian percebesse que ela olhava para ele.

Quando chegou em casa depois do treino, o corpo todo de Spencer doía, de seu traseiro até seus ombros, até os dedos dos pés. Ela havia passado todo o verão organizando comitês, se matando de estudar para as provas da universidade e atuando no teatro comunitário – Miss Jean Brodie, na peça *Primavera de uma solteirona*, em nossa cidade e Ofélia, em *Hamlet*. Com tudo isso, ela não tivera tempo de se manter em forma para o hóquei e, naquele momento, sentia as consequências disso .

Tudo o que ela queria era subir as escadas, cair na cama e não pensar sobre como o dia seguinte seria sobrecarregado: café da manhã com o clube de francês, ler os recados da manhã, cinco tempos de aula, testes de teatro, uma passada rápida pelo comitê do livro do ano e outro treino exaustivo no hóquei de campo com Ian.

Ela abriu a caixa de correspondência na entrada de sua casa, esperando encontrar suas notas dos primeiros testes para a universidade. Os resultados deveriam chegar a qualquer momento, e ela tinha um bom pressentimento sobre eles – melhor, na verdade, do que já tivera sobre qualquer outra prova. Mas, infelizmente, só havia uma pilha de contas, folhetos explicativos sobre os investimentos de seu pai e um envelope mais grosso endereçado à senhorita Spencer J. (de *Jill*) Hastings, da Universidade de Appleboro, em Lancaster, na Pensilvânia. Rá, como se ela fosse *para lá*.

Dentro de casa, colocou a correspondência sobre a bancada de mármore da cozinha e teve uma ideia: *a hidromassagem do quintal. Um banho relaxante. Aaaaah, grande ideia.*

Ela fez carinho em Rufus e Beatrice, os dois labradores da família, e jogou dois King Kongs de brinquedo no quintal, para eles correrem atrás. Depois, se arrastou pelo pátio azulejado, na direção do vestiário da piscina. Parando um pouco à porta, pronta para tomar uma ducha e colocar o biquíni, ela se deu conta: *Quem se importa?* Estava cansada demais para se trocar, e não havia ninguém em casa. E a banheira de hidromassagem era cercada por arbustos. Quando chegou perto, a hidromassagem borbulhou, como se antecipasse sua chegada. Ela tirou a roupa até ficar só de calcinha, sutiã e com as meias longas de hóquei, inclinou-se para a frente para relaxar as costas e entrou na banheira. Ah, *agora* sim.

– Ah.

Spencer se virou. Wren estava perto das roseiras, nu da cintura para cima, vestindo a cueca boxer da Polo mais *sexy* que ela já vira.

– Opa. – Ele se cobriu com uma toalha. – Desculpe.

– Vocês só iam chegar amanhã. Só amanhã – rosnou ela, apesar de ele estar ali, naquele exato momento, que obviamente era *hoje* e não amanhã.

– Sim. Mas sua irmã e eu estávamos na Frou – explicou Wren, fazendo uma careta. A Frou era uma loja impressionante, que ficava a algumas cidades de distância e vendia fronhas avulsas por milhares de dólares. – Ela se envolveu em alguma missão por lá, e me mandou vir para cá e me divertir sozinho.

Spencer esperou que aquela fosse apenas uma expressão inglesa bizarra.

– Ah, tá – disse ela.

– Você chegou em casa agora?

— Eu estava no hóquei. — Spencer se recostou e relaxou um pouquinho. — O primeiro treino do ano.

Spencer deu uma olhada em seu corpo difuso embaixo d'água. Ah, meu Deus, ela ainda estava de meias. E com calcinhas velhas de cintura alta e o sutiã de ginástica Champion. Ela se xingou por não ter vestido o biquíni amarelo da Eres que havia acabado de comprar, mas depois percebeu que isso era um absurdo.

— Bem, eu estava querendo relaxar aqui, mas se você quer ficar sozinha, está tudo bem para mim — declarou Wren. — Vou entrar e ver televisão. — Ele começou a se afastar.

Spencer ficou um pouco desapontada.

— Ah, não — disse ela. Ele parou. — Você pode entrar aqui. Eu não ligo. — Rapidinho, enquanto ele ainda estava de costas, ela arrancou as meias e jogou-as nos arbustos. Elas aterrissaram com o barulho de um tapa molhado.

— Bem, se você tem certeza disso, Spencer — Wren concordou. Ela adorava o jeito que ele dizia o nome dela, com aquele sotaque britânico: Spen-*saah*.

Ele entrou na banheira com timidez. Spencer ficou bem afastada dele, em seu canto, com as pernas encolhidas embaixo do corpo. Wren deitou a cabeça para trás, no deque de concreto, e suspirou. Spencer tentou não pensar nas cãibras que teria, e em como suas pernas ficariam doloridas por estarem naquela posição. Ela deu uma esticadinha de nada em uma delas, e encostou na batata da perna firme de Wren. Ela puxou a perna para longe dele.

— Desculpe.

— Não se preocupe. Hum, hóquei, hein? Eu era da equipe de remo de Oxford.

— É mesmo? — Spencer esperava não ter soado muito animada ou forçada. Sua paisagem favorita, ao entrar na Filadélfia, era a das equipes dos rapazes das universidades Penn e Temple, remando no rio Schuylkill.

— É isso aí. Eu amava aquilo. Você também adora hóquei?

— Hum, na verdade, não. — Spencer soltou o rabo de cavalo e sacudiu a cabeça, mas então se perguntou se Wren não iria achar aquilo muito vulgar ou ridículo. O clima entre eles que ela sentira no Moshulu devia ter sido só imaginação.

Mas, ora bolas, Wren *havia* entrado na banheira de hidromassagem com ela.

— Mas se você não gosta de hóquei, por que joga? — quis saber Wren.

— Porque é bom para a minha imagem, me ajuda a entrar para a faculdade.

Wren se endireitou, fazendo a água se agitar.

— Sério?

— Ah, *sim*.

Spencer se contorceu e jogou o corpo para trás quando começou a sentir cãibras nos ombros e no pescoço.

— Você está bem? — perguntou Wren.

— Sim, não foi nada. — Spencer respondeu e, sem motivo algum, sentiu-se invadida por uma onda de desespero. Era só o primeiro dia de aula e já estava em péssimas condições. Pensou em todo aquele dever de casa que tinha que fazer, listas que precisava escrever e falas a serem memorizadas. Ela estava ocupada demais para ter uma crise de nervos, mas essa era a única coisa que a impedia de enlouquecer.

— É seu ombro?

— Acho que sim. — Spencer tentou fazer um movimento circular com um dos ombros. — No hóquei, a gente passa um tempão curvada e eu não sei se dei um mau jeito, ou sei lá...

— Aposto que posso dar um jeito nisso.

Spencer o encarou. De súbito, senti um um ímpeto de correr os dedos pelo cabelo despenteado dele.

— Ah, não, pode deixar. Mas obrigada, de qualquer forma.

— É sério. Não vou morder você.

Spencer odiava quando as pessoas diziam isso.

— Eu sou médico — continuou Wren —, aposto que é seu deltoide posterior.

— Hum, tá...

— É um músculo do ombro. — Ele se ajeitou para que ela pudesse se aproximar. — Vem cá. Sério. É só relaxar o músculo.

Spencer tentou não interpretar aquilo de forma maldosa. Afinal de contas, ele era médico. Ela estava sendo boba. Spencer deslizou até ele e ele fez pressão no meio das costas dela. Seus dedões apertaram os pequenos músculos em volta da espinha dela. Spencer fechou os olhos.

— Uau, isso é incrível — murmurou.

— Você está com acúmulo de líquido no saco sinovial.

Spencer tentou não dar risadinhas ao ouvir a palavra saco. Quando ele enfiou os dedos por baixo de seu sutiã para massagear melhor, ela engoliu em seco. Tentou pensar em coisas assexuadas: os pelos do nariz de seu tio Daniel; a cara de constipação de sua mãe quando montava a cavalo; quando sua gata, Kitten, carregara uma toupeira morta desde o riacho para deixá-la em seu quarto. *Ele é médico,* disse ela a si mesma. *É isso que os médicos fazem.*

— Seus peitorais também estão um pouco tensos — disse Wren e, de uma forma apavorante, moveu a mão para a frente do corpo dela. Ele escorregou seus dedos por baixo do sutiã dela, massageando um pouco acima do peito, até que, de repente, uma das alças escorregou pelo ombro. Ela perdeu o fôlego, mas Wren não se afastou. *Isso é uma parada de médico*, lembrou a si mesma, novamente. Mas depois se deu conta: Wren estava no primeiro ano de medicina. *Ele vai ser um médico*, ela se corrigiu. *Um dia. Daqui a mais ou menos dez anos.*

— Hum, onde está minha irmã? — perguntou ela, baixinho.

— Fazendo compras, eu acho. No Wawa, talvez?

— Wawa? — Spencer deu um tranco para se afastar de Wren e colocou a alça do sutiã de volta no ombro. — Wawa fica só a um quilômetro e meio daqui! E se ela foi até lá, vai só comprar cigarros ou alguma coisa assim. Ela pode chegar a qualquer momento.

— Não achei que ela fumasse. — Wren inclinou a cabeça de forma questionadora.

— Ah, você sabe o que quero dizer! — Spencer ficou em pé na banheira, agarrada à sua toalha Ralph Lauren, e começou a secar o cabelo com fúria. Estava com tanto calor. Sua pele, seus ossos, até mesmo seus órgãos e nervos, pareciam ter sido cozidos na banheira de hidromassagem. Ela saiu de lá e correu para a casa, querendo um grande copo d'água.

— Spencer — gritou Wren —, eu não quis... Eu só tentei ajudar.

Mas Spencer não deu ouvidos. Subiu correndo para seu quarto e olhou em volta. Suas coisas estavam em caixas, embaladas para a mudança. De repente, quis tudo organizado. Sua caixa de joias precisava ser organizada pelas pedras. Seu computador estava lotado de trabalhos velhos de inglês de dois anos atrás, que, mesmo tendo recebido notas A naquela época, eram provavelmente muito ruins, vergonhosos, e deveriam ser deletados. Ela olhou para os livros em caixas. Eles precisavam ser arrumados por assunto, não por autor. Lógico. Ela tirou os livros das caixas e começou a colocá-los nas prateleiras, começando por Adultério, *A letra escarlate*.

Mas quando chegou a *Utopias que não deram certo*, ainda não se sentia melhor. Então, se sentou na frente do computador e pressionou o mouse sem fio, que estava bem fresquinho, em sua nuca.

Ela clicou em sua caixa de e-mails e viu que havia um não lido. Na linha de assunto estava escrito *"Vocabulário para o vestibular"*. Curiosa, clicou nele.

> Spencer,
> Cobiça não é fácil. Quando alguém inveja alguma coisa, a deseja e fica ávido por ela. Geralmente é algo que não se pode ter. Mas você sempre teve esse problema, não é? — A

O estômago de Spencer embrulhou. Ela olhou em volta. Quem... diabos... poderia... ter visto?

Ela abriu a maior janela do quarto, mas a garagem da casa estava vazia. Spencer olhou ao redor. Uns poucos carros passavam ao longe. O jardineiro dos vizinhos estava aparando a cerca viva do portão da frente. Os cães perseguiam uns aos outros no quintal. Alguns pássaros se empoleiraram no topo do poste telefônico.

E então, algo chamou sua atenção na janela superior da casa do vizinho: a rápida visão de cabelos louros. Mas a família nova não era negra? Um arrepio gelado correu pela espinha de Spencer. Aquela era a antiga janela do quarto de Ali.

8

ONDE ESTÃO AS MALDITAS ESCOTEIRAS QUANDO PRECISAMOS DELAS?

Hanna afundou mais e mais nas almofadas macias de seu sofá e tentou desabotoar os jeans Paper Denim de Sean.

– Opa – disse Sean. – Nós não podemos...

Hanna sorriu de forma misteriosa e levou um dos dedos aos lábios. Começou a beijar o pescoço de Sean. Cheirava a Lever 2000, um sabonete de bebê e, por incrível que pareça, a chocolate; e ela adorava como seu novo corte de cabelo rente destacava os ângulos sexy do rosto dele. Ela o amava desde o sexto ano, e ele só tinha ficado mais bonito com o passar do tempo.

Enquanto eles se beijavam, a mãe de Hanna, Ashley, destrancou a porta da frente e entrou, falando em seu celular LG flip.

Sean recuou contra as almofadas do sofá.

– Ela vai nos ver! – sussurrou ele, vestindo bem rápido sua camiseta polo azul-clara da Lacoste.

Hanna deu de ombros. Sem expressão alguma, sua mãe acenou para eles e foi para outra sala. Ela dava mais atenção ao seu BlackBerry que a Hanna. Por causa de sua escala de trabalho, ela e Hanna não tinham muitas chances de ficarem juntas, a não ser em espaçadas checagens nos deveres de casa, bilhetes sobre quais lojas tinham as melhores liquidações e notinhas para lembrá-la de que deveria arrumar seu quarto, para o caso de algum dos executivos que vinham ao coquetel na casa delas precisassem usar o banheiro de cima. Mas para Hanna estava tudo bem. Afinal de contas, o emprego de sua mãe pagava a conta do AmEx dela — não era *sempre* que ela pegava as coisas sem pagar — e a anuidade de Rosewood Day.

— Preciso ir — murmurou Sean.

— Você deveria voltar no sábado — ronronou Hanna. — Minha mãe vai passar o dia no spa.

—Vou ver você sexta, na festa do Noel. E você sabe que isso já é bastante difícil.

Hanna gemeu.

— Não *tem* que ser tão complicado — choramingou.

Ele se inclinou para beijá-la.

—Vejo você amanhã.

Depois que Sean saiu, ela enfiou o rosto em uma almofada do sofá. Namorar Sean ainda parecia um sonho. No passado, quando Hanna era gordinha e feia, ela admirava seu porte alto e atlético, a maneira como era legal com os professores e os garotos menos populares que ele, como se vestia bem, não como um maldito daltônico. Ela nunca deixara de gostar dele, mesmo depois que perdera seus últimos quilinhos teimosos e descobrira os produtos de alisamento de cabelo. Assim, no ano anterior na escola, ela casualmente sussurrou para James Freed, na sala de estudos, que gostava de Sean, e Colleen Rink lhe disse, três períodos depois, que Sean ligaria para o celular dela naquela noite, depois do futebol. Esse era mais um momento que Hanna lamentava que Ali não estivesse por perto para testemunhar.

Eles já eram um casal há sete meses, e Hanna sentia-se mais apaixonada que nunca. Ela não havia contado a ele ainda – guardara *aquilo* para si mesma por anos – mas naquele momento, tinha certeza que ele a amava também. E o sexo não era a melhor forma de demonstrar amor?

Era por isso que o pacto de virgindade dele não fazia sentido. Não que os pais de Sean fossem muito religiosos e, além disso, aquilo ia contra todas as noções pré-concebidas de Hanna sobre os garotos. Apesar de sua aparência de anos atrás não ser aquela, Hanna tinha que reconhecer que agora, com seu cabelo castanho, seu corpo curvilíneo e sua pele perfeita – estamos falando sobre não ter nenhuma espinha, nunca – ela era muito gata. Quem não se apaixonaria loucamente por ela? Algumas vezes ela se perguntava se Sean era gay – ele *tinha* um monte de roupas legais – ou se tinha medo de vagina.

Hanna chamou seu *pinscher* miniatura, Dot, para subir no sofá com ela.

– Você sentiu minha falta hoje? – guinchou ela, enquanto Dot lambia sua mão. Hanna fizera um abaixo-assinado para que Dot pudesse ir à escola com ela dentro de uma bolsa Prada – afinal de contas, todas as meninas em Beverly Hills faziam isso – mas a coordenação da Rosewood Day não achou uma boa ideia. Então, para evitar a ansiedade da separação, Hanna comprara para Dot a caminha Gucci mais fofinha que o dinheiro poderia pagar e deixava a televisão do quarto dela ligada o dia todo no canal de compras QVC.

A mãe dela entrou repentinamente na sala, ainda usando seu terninho de tweed feito a mão e seus sapatos marrons de salto baixo.

– Tem sushi – informou a sra. Marin.

Hanna ergueu a cabeça.

– Negi de atum?

– Não sei. Eu comprei um monte de coisas.

Hanna foi para a cozinha, onde a mãe estava ocupada no laptop e falava ao celular.

– O que foi agora? – rosnou a sra. Marin ao telefone.

As unhas de Dot faziam um barulhinho atrás de Hanna. Depois de verificar o que havia na sacola, ela escolheu um pedaço de sashimi de enguia, um sushi de enguia e uma tigela pequena de sopa de missô.

– Bem, eu conversei com o cliente esta manhã – sua mãe continuou a conversa. – *Naquela hora*, eles estavam felizes.

Hanna mergulhou seu sushi de enguia com delicadeza no molho de soja e folheou um catálogo da J. Crew, sem prestar muita atenção. Sua mãe era a segunda na cadeia de comando em uma agência de publicidade na Filadélfia chamada McManus&Tate, e seu objetivo era se tornar a primeira mulher a ser presidente da empresa.

Além de ser extremamente bem-sucedida e ambiciosa, a sra. Marin era o que a maioria dos garotos em Rosewood Day chamaria de coroa boazuda – ela tinha cabelos vermelho-dourados compridos, pele macia e um corpo incrivelmente flexível, graças a sua yoga Vinyasa diária.

Hanna sabia que sua mãe não era perfeita, mas ainda não conseguia entender por que seus pais haviam se divorciado, quatro anos antes; ou por que seu pai, logo em seguida, começara a namorar uma enfermeira do pronto-socorro, uma mulher bem comum, de Annapolis, Maryland, chamada Isabel. Aquilo era uma queda de qualidade.

Isabel tinha uma filha adolescente, Kate, e o sr. Marin havia dito que ela iria simplesmente *a-mar* a garota. Poucos meses depois do divórcio, ele convidara Hanna para ir a Annapolis, para passar o final de semana. Nervosa por conhecer sua quase meia-irmã, Hanna implorou a Ali que fosse junto.

– Não se preocupe, Han – Ali a acalmara. – Nós vamos superar essa tal de Kate, seja ela como for.

E quando Hanna a olhou, cheia de dúvida, ela repetiu sua frase preferida:

– Eu sou Ali e sou fabulosa! – isso parecia meio tolo agora, mas na época Hanna imaginou como seria ser tão confiante. Ter Ali com ela a confortava, provava que ela não era a fracassada da qual seu pai queria se afastar.

O dia, porém, havia sido o maior desastre. Kate era a menina mais bonita que Hanna já vira, e o pai praticamente a chamara de porca gorda bem na frente dela. Ele voltou atrás e disse que era só uma brincadeira, mas aquela foi a última vez que ela o viu... e a primeira vez que se obrigou a vomitar.

Mas Hanna odiava pensar sobre as coisas do passado, então, raramente o fazia. Além disso, Hanna agora andava encarando os caras que saíam com sua mãe de um modo que não significava exatamente "Você quer ser meu novo papai?". E será que seu pai a deixaria ir dormir às duas da manhã e beber vinho, como sua mãe fazia? Provavelmente não.

Sua mãe desligou o telefone e dirigiu os olhos verde-esmeralda para Hanna.

— Esses são seus sapatos de volta às aulas?

Hanna parou de mastigar.

— São.

A sra. Marin concordou com a cabeça.

—Você recebeu vários elogios?

Hanna virou o tornozelo para olhar para seus sapatos púrpura. Com medo dos seguranças da Saks, ela havia pagado por eles.

— Sim, recebi.

—Você se importa de me emprestar?

— Claro que não. Se você qui...

O telefone da mãe tocou de novo. Ela atendeu rapidamente.

— Carson? Sim. Eu estive procurando por você a noite toda... Que diabos está acontecendo lá?

Hanna soprou a franja para o lado e deu um pedacinho de sushi de enguia para Dot. Enquanto Dot cuspia a comida no chão da cozinha, a campainha tocou.

A mãe nem se mexeu.

— Eles precisam disso *esta noite* — ela disse ao telefone. — O projeto é seu. Será que tenho que ir até aí e fazer tudo eu mesma?

A campainha tocou de novo. Dot começou a latir e a mãe se levantou para atender.

— Provavelmente são as escoteiras, de novo.

As escoteiras tinham vindo até a casa delas uns três dias atrás, em fila, tentando vender biscoitos na hora do jantar. Elas eram odiadas na vizinhança.

Em poucos segundos, ela estava de volta à cozinha, acompanhada de um policial de olhos verdes e cabelos castanhos.

— Este cavalheiro quer conversar com você.

No *bottom* dourado, no bolso do uniforme dele, podia-se ler WILDEN.

— Comigo? — Hanna apontou para si mesma.

— Você é Hanna Marin? — perguntou Wilden. O *walkie-talkie* em seu cinto fez um barulho.

E, de repente, Hanna lembrou quem esse cara era: Darren Wilden. Ele era algumas turmas mais adiantado que ela, em Rosewood, quando ela estava no sétimo ano. O Darren Wilden do qual ela se lembrava alegava ter dormido com todas as garotas da equipe de mergulho e quase havia sido expulso da escola por roubar a motocicleta *vintage* Ducati do diretor. Mas aquele policial era, definitivamente, o mesmo cara — aqueles olhos verdes eram difíceis de esquecer, mesmo depois de quatro anos sem os ver. Hanna torceu para que ele fosse um *stripper,* mandado de brincadeira por Mona.

— O que o traz aqui? — perguntou a sra. Marin, dando uma olhada ansiosa para seu celular. — Por que você está interrompendo nosso jantar?

— Recebemos um telefonema da Tiffany's — informou Wilden. — Eles têm imagens suas da câmera de segurança, roubando alguns itens da loja. Imagens de várias câmeras seguiram você andando pelo shopping e indo até o seu carro. Nós investigamos a placa.

Hanna começou a cutucar as palmas de suas mãos com as unhas, uma coisa que ela fazia quando se sentia fora de controle.

— Hanna não faria isso — rosnou a sra. Marin. — Faria, Hanna?

Hanna abriu a boca para responder, mas as palavras não saíam. Seu coração batia descontrolado contra as costelas.

— Olha... — Wilden cruzou os braços. Hanna viu a arma em seu cinto. Parecia um brinquedo. — Eu só preciso que vocês venham até a delegacia. Talvez não seja nada.

— Claro que não é nada! — declarou a sra. Marin. Depois ela pegou sua carteira Fendi de dentro de uma bolsa da mesma marca.

— Quanto vai custar para você nos deixar jantar em paz?

— Minha senhora — Wilden parecia irritado —, vocês devem vir comigo, certo? Não vai levar a noite toda. Prometo. — Ele deu aquele sorriso sexy, que provavelmente fora o que evitara sua expulsão de Rosewood Day.

— Bem — disse a mãe de Hanna. Ela e Wilden se olharam por um longo tempo. — Deixe-me pegar minha bolsa.

Wilden virou-se para Hanna.

— Eu vou ter que algemar você.

— Me algemar?

Tudo bem, aquilo foi idiota. Soou falso, algo que os gêmeos de seis anos da casa ao lado diriam um para o outro. Mas Wilden pegou algemas de verdade e, com delicadeza, prendeu-as em volta dos pulsos dela. Hanna torceu para que ele não tivesse notado que suas mãos tremiam.

Se pelo menos naquele momento Wilden a amarrasse numa cadeira, começasse a tocar Hot Stuff, aquela música dos anos 1970, e tirasse toda a roupa... mas, infelizmente, não foi o que aconteceu.

A delegacia de polícia cheirava a café queimado e madeira muito velha porque, como quase todos os prédios municipais de Rosewood, era uma antiga mansão de um dos barões da ferrovia. Policiais circulavam em torno dela, atendendo telefones, preenchendo formulários e deslizando em suas cadeiras com rodinhas. Hanna meio que esperava ver Mona ali também, com o cachecol Dior da mãe nos braços. Mas pelo banco vazio da delegacia, dava para saber que ela não havia sido pega.

A sra. Marin sentou-se muito tensa ao lado da filha. Hanna estava com muita vergonha; sua mãe era geralmente muito tranquila, mas Hanna nunca havia sido presa, nem fichada ou nada parecido.

Depois, sua mãe se inclinou e perguntou baixinho:

– O que foi que você pegou?

– O quê?

– Foi esse bracelete que você está usando?

Hanna olhou para baixo. *Perfeito*. Ela se esquecera de tirá-lo; o bracelete envolvia seu pulso, e estava bem visível. Ela o escondeu embaixo da manga rapidamente. Sentiu os brincos em suas orelhas. Ela os estava usando hoje também. Isso sim era ser estúpida!

– Dê para mim – sussurrou a mãe.

– Hum? – grunhiu Hanna.

A sra. Marin estendeu a mão.

– Dê aqui. Eu posso resolver isso.

Relutante, Hanna deixou sua mãe tirar o bracelete de seu pulso. Depois, Hanna tirou os brincos das orelhas e os entregou também. A sra. Marin sequer hesitou. Ela simplesmente colocou as joias na bolsa e pousou as mãos sobre o fecho de metal.

A vendedora loura da Tiffany's, que a ajudara com o lindo bracelete, entrou de repente na sala. Assim que viu Hanna, desanimada no banco, ainda algemada, confirmou:

– Sim. É ela mesma.

Dareen Wilden deu uma olhada para Hanna, e a mãe dela se levantou.

— Creio que houve um engano. — Ela foi até a escrivaninha de Wilden. — Não entendi direito o que você disse lá em casa. Eu estava com a Hanna durante todo aquele dia. Nós compramos aquelas coisas. Eu tenho o recibo lá em casa.

A garota da Tiffany's franziu a testa, sem acreditar.

—Você está dizendo que eu estou mentindo?

— Não — disse a sra. Marin, com delicadeza. — Eu só acho que você está confusa.

O que ela *estava fazendo*? Uma sensação estranha, desconfortável, quase de culpa, tomou conta de Hanna.

— E como a senhora explica as imagens das câmeras de segurança? — perguntou Wilden.

A mãe dela fez uma pausa. Hanna viu um pequeno músculo em seu pescoço tremer. E depois, antes que Hanna pudesse detê-la, ela abriu a bolsa, pegou as joias e as mostrou.

— Isso tudo é minha culpa — declarou —, não de Hanna. Eu disse que ela não poderia comprar essas coisas. Eu a levei a isso. Ela nunca mais vai fazer nada parecido. Vou tomar providências.

Hanna olhava, impressionada. Ela e a mãe nunca haviam discutido sobre coisa alguma da Tiffany's, especialmente o que ela poderia ou não ter.

Wilden balançou a cabeça.

— Senhora, creio que sua filha vá precisar fazer algum serviço comunitário. A pena costuma ser essa.

A sra. Marin piscou de forma inocente.

— Nós não podemos deixar passar desta vez? Por favor?

Wilden olhou para ela por alguns instantes, um dos cantos da boca virado para cima, quase com maldade.

— Sente-se — ele disse, por fim. — Deixe-me ver o que posso fazer.

Hanna olhava para todos os lugares, menos na direção da mãe. Wilden estava inclinado sobre sua mesa, que ostentava uma miniatura de Wiggum, o chefe de polícia dos Simpsons e uma mola de metal. Ele lambia a ponta do dedo para virar as páginas dos documentos que estava preenchendo. Hanna ficou com medo. Que tipo de papéis eram aqueles? Será que os jornais da região noticiavam crimes? Isso era ruim. Muito ruim.

Hanna mexia o pé com nervosismo, e teve uma súbita necessidade de comer alguns Junior Mints. Ou talvez cajus. Até mesmo os Slim Jims na mesa de Wilden serviam.

Ela já podia até ver: todo mundo iria descobrir e, no mesmo momento, perderia os amigos e o namorado. Daí, voltaria a ser a Hanna esquisita do sétimo ano, seria um retrocesso. Ela iria acordar e seu cabelo estaria marrom desbotado e nojento de novo. Seus dentes voltariam a ficar tortos e ela teria de colocar aparelho outra vez. Não iria mais caber em seus jeans. E o resto seria consequência disso. Ela passaria a vida gorducha, feia, miserável e desleixada, como já fora um dia.

— Eu tenho um creme, se as algemas estiverem machucando seus pulsos. — A sra. Marin apontou para as algemas, e depois procurou algo em sua bolsa.

— Eu estou bem — respondeu Hanna, de volta ao presente.

Suspirando, ela pegou seu BlackBerry. Foi difícil, porque estava algemada, mas queria convencer Sean a vir à casa dela no sábado. Naquele momento, precisava mesmo saber que ele iria. Enquanto fitava a tela sem expressão, um e-mail chegou. Ela o abriu.

> Ei, Hanna,
> Como a comida da cadeia engorda, você sabe o que o Sean vai dizer para você? Ele vai dizer "isso não"! — A

Ela ficou tão surpresa que se levantou, pensando que alguém pudesse estar do outro lado da sala, espiando. Fechou os olhos, tentando pensar em quem poderia ter visto o carro da polícia em sua casa.

Wilden parou de escrever.

– Está tudo bem?

– Ah... – disse Hanna. – Sim.

Ela se sentou devagar. *Isso não?* Que diabos era aquilo? Ela verificou o endereço do remetente de novo, mas era só um emaranhado de números e letras.

– Hanna – murmurou a sra. Marin, depois de algum tempo –, ninguém precisa saber disso.

Hanna piscou.

– Ah, sim. Eu concordo.

– Bom.

Hanna engoliu em seco. Acontece que... alguém *já sabia*.

9

NÃO SÃO SEUS ESTUDANTES COMUNS
REUNIÃO DE PROFESSORES

Na quarta-feira de manhã, o pai de Aria, Byron, escovou seus espessos cabelos negros e fez um sinal com a mão para fora da janela do Subaru, para avisar que ia virar à esquerda. A seta do carro havia quebrado na noite anterior, então, ele estava levando Aria e Mike para o segundo dia de aula, e depois levaria o carro à oficina.

— Vocês estão felizes por estarem de volta aos Estados Unidos? — perguntou Byron.

Mike, sentado perto de Aria, no banco de trás, sorriu.

— Esse país é irado! — Ele continuou a apertar os botõezinhos de seu PSP furiosamente. O troço fez um barulho de pum e Mike agitou um dos punhos no ar.

O pai de Aria sorriu e continuou cruzando a ponte de mão única feita de pedra, acenando para um vizinho que ia passando.

— Tá, tudo bem, mas *por que* é irado?

— Aqui é irado porque tem lacrosse — respondeu Mike, sem tirar os olhos do PSP. — E as garotas daqui são mais bonitas. E tem um Hooters na rua King of Prussia.

Aria riu. Como se Mike já tivesse entrado em um Hooters. A não ser que... ah, Deus, *será* que já?

Ela estremeceu dentro de seu casaquinho de alpaca e olhou a neblina espessa pela janela do carro. Uma mulher usando uma jaqueta vermelha esportiva e comprida, em que estava escrito MÃE QUE JOGA NA LINHA DE FUNDO, tentou impedir seu pastor-alemão de correr atrás de um esquilo até o outro lado da rua. Na esquina, duas louras empurrando carrinhos de bebê de última geração estavam fofocando.

Havia uma palavra para descrever a aula de inglês do dia anterior: *brutal*. Depois que Ezra deixara escapar um "Puta merda!", a classe toda virou para trás e a encarou. Hanna Marin, sentada à sua frente, sussurrou em voz não muito baixa:

— Você dormiu com o professor?

Aria pensou, durante meio segundo, que talvez *Hanna* tivesse mandado para ela o torpedo sobre Ezra. Hanna era uma das poucas pessoas que sabiam sobre Pigtunia. Mas por que Hanna se importaria?

Ezra — hum, sr. Fitz — havia dissipado rápido as risadas e dado a desculpa mais esfarrapada para justificar o palavrão que disse em sala de aula. Ele disse, e Aria citava de cabeça:

— Tive medo que uma abelha tivesse entrado em minha calça, pensei que ela fosse me picar, por isso eu gritei de medo.

Depois, quando ele começou a falar sobre os trabalhos de cinco parágrafos e os planos de estudo da classe, Aria não conseguia se concentrar. *Ela* era a abelha que entrara nas calças dele. Não conseguia parar de encarar seus olhos vorazes e sua boca suculenta e rosa.

Quando ele olhou em sua direção, com o canto dos olhos, seu coração deu dois saltos mortais, e aterrissou em seu estômago.

Ezra era o cara certo para ela, e ela era a garota certa para ele — ela *tinha certeza* disso. E daí que ele fosse seu professor? Tinha que haver uma forma de resolver as coisas.

Seu pai parou no portão de pedra da entrada de Rosewood. Ao longe, Aria viu um Fusca no estacionamento dos professores. Ela reconheceu aquele carro do estacionamento do Snooker's — era de Ezra. Ela olhou para o relógio. Faltavam quinze minutos para a chamada.

Mike saiu disparado do carro. Aria abriu a porta para sair também, mas o pai tocou em seu braço.

— Espere um pouquinho — disse ele.

— Mas eu tenho que... — Ela deu uma olhada ansiosa para o carro de Ezra.

— Só um minuto. — O pai diminuiu o volume do rádio. Aria encostou de novo no banco.

— Você parece um pouco... — Ele balançou a mão de um lado para o outro. — Você está bem?

Aria deu de ombros.

— Como assim?

O pai suspirou.

— Bem, não sei. Por estar de volta. E nós não conversamos direito sobre... você sabe... ultimamente.

Byron pegou um cigarro e brincou com ele entre os dedos antes de colocá-lo na boca.

— Não posso imaginar como tem sido difícil. Manter o segredo. Mas eu amo você. E você sabe disso, certo?

Aria olhou para o estacionamento de novo.

— Sim, eu sei — garantiu ela. — Preciso ir. Vejo você às três.

Antes que ele pudesse responder, Aria saiu do carro, com as orelhas queimando. Como é que se esperava que ela fosse a Aria da Islândia, deixando para trás seu passado, se uma das piores lembranças de Rosewood vivia sendo jogada em sua cara?

Acontecera em maio, no sétimo ano. Rosewood Day havia dispensado os alunos mais cedo, para que os professores fizessem uma reunião, então Aria e Ali foram à Sparrow, a loja de CDs do campus da Hollis, para procurar por novidades. Quando cortaram caminho pelo beco, Aria viu o Honda Civic marrom e amassado do pai em um lugarzinho escondido, no estacionamento vazio. Quando Aria e Ali andaram na direção do carro para deixar um bilhete, viram que havia alguém lá dentro. Na verdade, duas pessoas: o pai de Aria, Byron, e uma moça de uns vinte anos, que beijava o pescoço dele.

Então Byron ergueu os olhos e viu Aria. Ela saiu correndo antes que visse mais alguma coisa, e antes que ele pudesse impedi-la. Ali seguiu Aria todo o caminho de volta para casa, mas sem tentar convencê-la do contrário quando ela disse que queria ficar sozinha.

Mais tarde, naquela noite, Byron foi até o quarto de Aria para se explicar. Não era o que parecia, disse ele. Mas Aria não era burra. Todo ano seu pai convidava seus alunos para um coquetel de confraternização na casa deles, e Aria vira aquela garota passando pela porta da frente da casa dela! Seu nome era Meredith, Aria se lembrou, porque Meredith, um pouco bêbada, escrevera seu nome com as letrinhas magnéticas da porta da geladeira. Quando Meredith foi embora, em vez de apertar a mão do pai dela como os outros garotos faziam, ela deu um beijo demorado em seu rosto.

Byron implorou que Aria não contasse para a mãe. Ele prometeu que aquilo jamais aconteceria de novo. Ela decidiu acreditar nele e, assim, manteve o segredo. Ele nunca disse, mas Aria acreditava que Meredith foi o motivo de o pai tirar um ano sabático na época.

Você prometeu a si mesma que não ia mais pensar nisso, pensou Aria, olhando por cima do ombro. O pai deu sinal com a mão para indicar que estava saindo do estacionamento de Rosewood.

Aria entrou no corredor estreito onde ficavam as salas dos professores. A sala de Ezra ficava no final do corredor, perto de um banco pequeno e acolhedor, próximo a uma janela. Ela parou na porta e ficou olhando para ele, digitando em seu computador.

Finalmente, ela bateu. Os olhos azuis de Ezra se arregalaram quando a viu. Ele estava uma graça em sua camisa branca, usando o blazer azul com uma listra verde de Rosewood, jeans e mocassins pretos e gastos. Os cantos da boca dele se curvaram para cima, num sorrisinho tímido.

– Oi – ele a cumprimentou.

Aria parou na porta.

– Posso falar com você? – perguntou ela. Sua voz desafinou um pouco.

Ezra hesitou, tirando uma mecha de cabelo dos olhos. Aria viu um Band-Aid do Snoopy no seu mindinho.

– Claro – disse ele, com delicadeza. – Entre.

Ela entrou na sala e fechou a porta. A sala estava vazia, exceto por uma enorme e pesada mesa de madeira, duas poltronas estofadas e o computador. Ela se sentou em uma das poltronas vazias.

— Bem, hum... — começou Aria. — Oi.

— Oi de novo — respondeu Ezra, sorrindo. Ele baixou os olhos e deu um gole na caneca de café com o emblema de Rosewood Day. — Olha... — ele começou a dizer.

— Sobre ontem... — disse Aria, ao mesmo tempo. Os dois riram.

— Primeiro as damas. — Ezra sorriu.

Aria coçou a nuca, onde seu cabelo preto estava preso em um rabo de cavalo.

— Eu, bem... queria... falar sobre nós.

Ezra concordou, fazendo um sinal com a cabeça, mas continuou calado.

— Bem, eu acho que é meio chocante que eu seja sua aluna, depois, você sabe... do Snooker's. Mas se você não ligar, eu também não ligo.

Ezra colocou uma das mãos em volta da caneca. Aria ouviu o relógio da escola na parede, contando os segundos.

— Eu.. eu não acho que seja uma boa ideia — disse, com delicadeza. — Você me disse que era mais velha.

Aria riu, sem saber ao certo se ele falava sério.

— Eu não disse a minha idade. — Ela baixou os olhos. — Foi você quem deduziu.

— Mas você não deveria ter deixado subentendido — retrucou Ezra.

— Todo mundo mente sobre a idade — disse Aria, com calma.

Ezra passou a mão no cabelo.

— Mas... você é... — Seus olhos se encontraram e ele suspirou. — Olha, eu... eu acho você incrível, Aria. Mesmo. Eu conheci você naquele bar e fiquei... uau, quem é ela? Ela é tão diferente de qualquer garota que eu já tenha conhecido.

Aria olhou para baixo, sentindo-se ao mesmo tempo feliz e um pouco desconfortável.

Ezra esticou o braço e colocou a mão sobre a mão dela — estava morna, seca, suave — mas logo a tirou.

— Mas isso não era para ser, entende? Porque, bem, você é minha aluna. Eu posso me meter numa grande encrenca. Você não quer que eu tenha problemas, quer?

— Ninguém saberia — Aria insistiu, com voz suave, apesar de não poder evitar pensar que, pelo torpedo estranho que recebera ontem, alguém *já* sabia.

Ezra demorou um tempão para responder. Aria achou que ele estava tentando se decidir. Ela olhou para ele cheia de esperança.

— Sinto muito, Aria — ele finalmente murmurou —, mas eu acho que você deveria ir embora.

Aria se levantou, sentindo as bochechas vermelhas.

— Claro.

Ela se segurou nas costas da cadeira. Parecia que algo a queimava por dentro.

— Vejo você na aula — sussurrou Ezra.

Ela fechou a porta com cuidado. No corredor, professores se aglomeravam em volta dela, apressando-se para suas salas de aula. Ela decidiu chegar ao seu armário cortando caminho pelo pátio — precisava de ar fresco.

Lá fora, Aria ouviu uma risada feminina muito familiar. Congelou por um segundo. Quando é que ela ia parar de achar que ouvia Alison *em todos os lugares*? Ela não seguiu pelo sinuoso caminho de pedrinhas do pátio, como todos costumavam fazer, mas pela grama. A neblina matinal estava tão densa que Aria mal podia ver as próprias pernas através dela. Suas pegadas desapareciam na grama macia assim que ela erguia os pés.

Ótimo. Essa parecia uma ocasião apropriada para sumir completamente.

10

GAROTAS SOLTEIRAS
SE DIVERTEM MUITO MAIS

Naquela tarde, Emily estava parada no estacionamento dos estudantes, perdida em seus pensamentos, quando alguém colocou as mãos sobre seus olhos. Emily deu um pulo, alerta.

— Opa, calma! Sou eu!

Emily se virou e suspirou de alívio. Era apenas Maya. Emily estava muito distraída e paranoica desde o dia anterior, quando recebera aquele recado esquisito. Ela ia trancar o carro — sua mãe deixara que ela e Carolyn o pegassem para ir à escola, com as condições de *dirigir com muito cuidado e ligar quando chegassem* — e pegar sua sacola de natação para o treino.

— Desculpe — disse Emily —, eu pensei que... ah, esquece.

— Senti sua falta hoje — Maya sorriu.

— Eu também — Emily sorriu de volta. Ela havia tentado ligar para Maya naquela manhã antes da escola, para oferecer uma carona, mas a mãe de Maya informou que ela já tinha saído.

— Então, como é que você está?

— Bem, eu poderia estar melhor. — Naquele dia Maya tinha deixado seu rosto livre, prendendo o cabelo escuro com adoráveis fivelas em formato de borboletas cor-de-rosa brilhantes.

— Ah, é? — Emily inclinou a cabeça.

Maya apertou os lábios e deslizou um dos pés para fora da sandália Oakley. Seu segundo dedo do pé era maior que seu dedão, assim como o de Emily.

— Eu vou ficar melhor se você vier comigo para um lugar. Agora.

— Mas eu tenho natação — retrucou Emily, sabendo que soara como o Bisonho mais uma vez.

Maya pegou a mão de Emily e a balançou.

— E se eu contasse a você que o lugar para onde vamos meio que *tem a ver* com natação?

Emily franziu a testa.

— Como assim?

— Você tem que confiar em mim.

Apesar de ter sido bem próxima de Hanna, Spencer e Aria, as melhores lembranças de Emily eram de estar sozinha com Ali. Como quando vestiram enormes calças de neve para deslizar de trenó pelo Bayberry Hill, conversaram sobre como seriam seus namorados ideais ou choraram por causa da Coisa com Jenna no sexto ano e consolaram uma à outra. Quando estavam só elas duas, Emily via uma Ali um pouquinho menos perfeita — o que, de alguma forma a fazia parecer ainda mais perfeita — e Emily sentia que podia ser ela mesma. Parecia que dias, semanas, *anos* haviam se passado desde que Emily pudera ser ela mesma pela última vez. E ela achava que, agora, poderia ter alguma coisa como aquela com Maya. Ela sentia falta de ter uma melhor amiga.

Nesse momento, Ben e todos os outros garotos provavelmente estavam trocando de roupa, batendo nas bundas uns dos outros com toalhas molhadas. A treinadora Lauren estaria anotando os exercícios do treino em sua lousa e trazendo as nadadeiras, boias e remos. E as meninas da equipe estariam reclamando que todas ficavam menstruadas ao mesmo tempo. Ela ousaria perder o segundo dia de treino?

Emily apertou seu chaveiro de peixinho na mão.

— Acho que posso dizer a Carolyn que tenho que dar aula particular de espanhol para alguém — murmurou. Emily sabia que Carolyn não acreditaria nisso, mas ela provavelmente também não a delataria.

Verificando mais de uma vez o estacionamento para ter certeza de que ninguém estava olhando, Emily sorriu e destrancou o carro.

— Tudo bem. Vamos lá.

— Meu irmão e eu demos uma olhada nesse lugar no final de semana — explicou Maya enquanto Emily dirigia para dentro do estacionamento de cascalho.

Emily saiu do carro e se alongou.

— Eu tinha me esquecido desse lugar.

Elas estavam na trilha de Marwyn, que tinha uns oito quilômetros de comprimento e era margeada por um riacho profundo. Ela e suas amigas costumavam andar de bicicleta por ali o tempo todo — Ali e Spencer pedalavam furiosamente até o final da trilha e quase sempre empatavam — e davam uma parada na pequena lanchonete perto da área onde era permitido nadar para comer chocolates Butterfingers com Cocas Diet.

Elas seguiram até um monte lamacento e Maya agarrou o braço de Emily:

— Ah! Esqueci de contar. Minha mãe disse que sua mãe deu uma passada lá ontem enquanto estávamos na escola e levou brownies.

— É mesmo? — respondeu Emily, confusa, perguntando-se por que sua mãe não mencionara nada para ela durante o jantar.

— Os brownies estavam *deliciosos*. Meu irmão e eu acabamos com eles ontem à noite!

Elas chegaram à trilha de terra cercada por uma enorme quantidade de carvalhos. O ar tinha um cheiro fresco e selvagem, e parecia uns cinco graus menos quente por ali.

— Nós ainda não chegamos. — Maya a pegou pela mão e a levou por um caminho que dava numa pequena ponte de pedra. Seis metros abaixo delas, a correnteza se alargava. A água tranquila brilhava ao sol do final da tarde.

Maya andou até a beirada da ponte e tirou a roupa, até ficar só de sutiã e com sua calcinha rosa-bebê. Ela fez uma pilha com suas roupas, mostrou a língua para Emily e pulou.

— Espere! — Emily correu até a beira da ponte. Será que Maya sabia como o riacho era fundo? Dois segundos depois, Emily ouviu um *splash*.

A cabeça de Maya apareceu, saindo de dentro d'água.

— Eu disse que tinha a ver com natação. Vai, tira a roupa!

Emily deu uma olhada para a pilha de roupas de Maya. Ela *realmente* detestava tirar a roupa na frente dos outros — mesmo na frente das meninas da equipe de natação, que a viam todos os dias. Devagarinho, ela tirou a saia de Rosewood, cruzando as pernas uma sobre a outra para que Maya não pudesse ver suas coxas musculosas e depois puxou a camiseta que usava debaixo da blusa do uniforme, mas decidiu ficar com ela. Emily olhou para além da beirada da ponte, criou coragem e pulou. Pouco depois, a água envolveu seu corpo. Estava deliciosamente morna e espessa por causa da lama, não fria e limpa como a da piscina. Seu sutiã inflou por causa da água.

— É como se fosse um banho termal — disse Maya.

— É mesmo. — Emily chapinhou até a parte mais rasa, onde Maya estava. Emily se deu conta que conseguia ver os bicos dos seios de Maya através do seu sutiã e desviou os olhos.

— Eu costumava mergulhar de penhascos com Justin o tempo todo quando estávamos na Califórnia — contou Maya. — Ele costumava ficar parado na beirada e, tipo, *pensar* sobre o pulo por uns dez minutos. Gostei de como você não hesitou nem por um segundo.

Emily ficou de costas e boiou, sorrindo. Ela não podia evitar: achou os elogios de Maya deliciosos como um *cheesecake*.

Maya respingou água em Emily com as mãos. Alguns respingos atingiram sua boca. A água do riacho era pegajosa e tinha um gosto quase metálico, nada parecido com a água cheia de cloro da piscina.

— Acho que Justin e eu vamos terminar — disse Maya.

Emily nadou para mais perto da beira e parou.

— É mesmo? Por quê?

— Esse negócio de namoro a distância é muito estressante. Ele me liga, tipo, o tempo *todo*. Eu só fui embora a uns poucos dias e ele já me mandou duas cartas!

— Hum — respondeu Emily, deixando a água turva escorrer por entre os dedos. Depois, algo lhe ocorreu. Ela se virou para Maya.

— Será que você, hum, colocou um bilhete no meu armário ontem?

Maya franziu a testa.

— O quê, depois da escola? Não... você me levou em casa, lembra?

— Tá certo. — Ela não achava mesmo que Maya tivesse escrito aquele bilhete, mas as coisas seriam muito mais fáceis se tivesse sido ela.

— O que o bilhete dizia?

Emily balançou a cabeça.

— Deixa pra lá. Não era nada. — Ela limpou a garganta. — Sabe, acho que talvez eu termine com o meu namorado também.

Uau. Emily não ficaria mais surpresa nem se um passarinho azul saísse voando de sua boca.

— É mesmo? — Maya quis saber.

Emily piscou para tirar a água dos olhos.

— Não sei. Talvez.

Maya alongou os braços acima da cabeça e Emily pôde ver a cicatriz no pulso dela mais uma vez. Ela olhou para o outro lado.

— Bem, ligue o foda-se.

Emily sorriu.

— Como é?

— É só uma coisa que eu digo às vezes — explicou Maya. — Quer dizer... *dane-se!* — Ela se virou e deu de ombros. — Acho que é meio bobo.

— Não, eu gostei — disse Emily — Ligar o foda-se. — Ela riu. Emily sempre se sentia estranha quando falava palavrão, como se a mãe pudesse ouvi-la lá da cozinha de sua casa, a dezesseis quilômetros de distância.

— Você deve mesmo romper com seu namorado — disse Maya. — Sabe por quê?

— Por quê?

— Porque isso significaria que ambas estaríamos solteiras.

— E o que isso significa? — Emily quis saber. A floresta estava calma e quieta.

Maya se aproximou.

— Isso significa que... nós... podemos... *nos divertir!* — Ela pegou Emily pelos ombros e a afundou.

— Ei! — gritou Emily. Ela jogou água em Maya, fazendo seu braço inteiro correr pela água, criando uma onda enorme. Depois, ela agarrou Maya pela perna e começou a fazer cócegas em seus dedos.

— Socorro! — gritou Maya. — No pé não! Eu sinto muitas cócegas!

— Encontrei seu ponto fraco! — Emily comemorou, arrastando Maya para a queda d'água como uma maníaca. Maya conseguiu puxar o pé e soltá-lo e atacou os ombros de Emily por trás. As mãos de Maya deslizaram pelos lados do corpo de Emily, depois para seu estômago, onde começou a fazer cócegas nela. Emily gritou. Por fim, ela empurrou Maya para uma pequena caverna nas pedras.

— Espero que não haja morcegos aqui — gritou Maya. Ela ergueu a mão. Raios de sol entravam através de pequenas aberturas na caverna, fazendo um halo em volta da cabeça molhada de Maya. — Você tem que entrar aqui. — Maya pegou a mão de Emily.

Emily ficou perto dela, sentindo as paredes lisas da caverna. O som de sua respiração ecoava pelas paredes estreitas. Elas olharam uma para a outra e sorriram.

Emily mordeu os lábios. Aquele era um momento de amizade tão perfeito que a fez sentir-se melancólica e nostálgica.

Maya baixou os olhos, concentrada.

— O que foi?

Emily respirou fundo.

— Bem... sabe aquela garota que morava na sua casa? Alison?

— Sei.

— Ela desapareceu. Logo depois do sétimo ano. E nunca mais foi encontrada.

Maya estremeceu de leve.

— Ouvi falar alguma coisa sobre isso.

Emily abraçou a si mesma. Estava ficando com frio também.

— Nós éramos muito próximas.

Maya chegou mais perto de Emily e passou um dos braços em volta dela.

— Eu não sabia.

— É. — O queixo de Emily tremia. — Eu só queria que você soubesse.

— Obrigada.

Um tempo longo passou; Emily e Maya continuaram abraçadas. Depois, Maya recuou.

— Eu meio que menti mais cedo. Sobre querer romper com Justin.

Emily ergueu as sobrancelhas, curiosa.

— Eu... eu não tenho muita certeza se gosto de meninos — disse Maya, baixinho. — É estranho. Eu acho que eles são bonitinhos, mas quando fico sozinha com eles, não quero estar com eles. Eu prefiro estar, bem, com alguém mais parecido comigo. — Ela sorriu meio torto. — Você entende?

Emily passou a mão pelo rosto e pelo cabelo dela. De repente, o olhar de Maya, parecia próximo demais.

— Eu... — ela começou. Não, ela *não entendia*.

Os arbustos acima delas se moveram. Emily hesitou. Sua mãe costumava detestar quando ela vinha para essa trilha – você nunca sabia que tipo de sequestradores ou assassinos se escondiam em lugares como aquele. As árvores ficaram quietas por um instante, mas então uma revoada de pássaros dispersou-se no céu. Emily se achatou contra as pedras. Será que alguém as estava observando? De quem era aquela risada? O riso parecia familiar. E então Emily ouviu uma respiração pesada. Sentiu um arrepio nos braços e espiou o que estava acontecendo fora da caverna.

Era só um grupo de meninos. De repente, eles invadiram o riacho, empunhando galhos como se fossem espadas. Emily se afastou de Maya e da queda d'água.

— Onde você está indo? — chamou Maya.

Emily olhou para Maya e depois para os garotos, que tinham abandonado os galhos e agora estavam jogando pedras uns nos outros. Um deles era Mike Montgomery, o irmão mais novo de sua antiga amiga, Aria. Ele havia crescido um pouco desde a última vez que o vira. E, espera aí – Mike estudava em Rosewood. Será que ele conseguiria reconhecê-la? Emily saiu da água e correu encosta acima.

Ela se virou para Maya.

— Tenho que voltar para a escola antes que o treino de natação de Carolyn acabe. — Ela pegou sua saia. — Quer que eu jogue suas roupas aí pra abaixo?

— Tanto faz. — Então, Maya ficou de pé e andou com certa dificuldade pela água, a calcinha fininha grudada no traseiro. Maya subiu devagar pela encosta, sem cobrir a barriga ou os seios com as mãos nenhuma vez. Os calouros pararam o que estavam fazendo para encará-la.

E apesar de não querer, Emily também olhava para ela.

11

PELO MENOS BATATA-DOCE TEM UM MONTE DE VITAMINA A

— Os dela. Sem dúvida nenhuma, os dela — sussurrou Hanna, apontando.

— Não. São muito pequenos! — Mona sussurrou de volta.

— Mas olha como estão estufados na parte de cima! Completamente falsos — retrucou Hanna.

— Acho que aquela mulher ali operou a bunda.

— Que horror! — Hanna franziu o nariz e passou as mãos pelas laterais de seu bumbum perfeitamente torneado, para ter certeza de que ele continuava totalmente perfeito. Era fim de tarde da quarta-feira, faltando apenas dois dias antes da festa campestre anual de Noel Kahn, e ela e Mona estavam esparramadas no terraço externo da Yam, a cafeteria orgânica do clube de campo dos pais de Mona. Abaixo delas, um bando de meninos de Rosewood jogava uma partida rápida de golfe antes do jantar, mas Hanna e Mona estavam jogando um jogo diferente. Ache os Seios Falsos. Ou qualquer outro negócio falso, já que havia montes de coisas falsas por ali.

— Sim, parece que o cirurgião plástico dela fez uma barbeiragem — murmurou Mona. — Acho que minha mãe joga tênis com ela. Vou perguntar.

Hanna olhou de novo para a mulher pequenina, de trinta e poucos anos, que estava no bar, cujo traseiro parecia suculento demais para um corpo magrinho que nem um palito de dentes.

— Eu morro antes de fazer uma cirurgia plástica.

Mona brincou com sua bela pulseira da Tiffany's que, é claro, ela não teve de devolver.

— Você acha que Aria Montgomery operou os dela?

Hanna olhou para ela, pasma.

— Por quê?

— Ela é mesmo magra, e eles são, tipo, perfeitos demais — disse Mona. — Ela foi para a Finlândia, alguma coisa assim, não foi? Ouvi dizer que na Europa eles turbinam peitos por preços bem camaradas.

— Não acho que eles sejam falsos — murmurou Hanna.

— Como é que *você* sabe?

Ela deu uma chupada no canudinho. Os peitos de Aria sempre foram daquele jeito — ela e Aria foram as únicas duas meninas que precisaram de sutiã no sétimo ano. Ali sempre exibiu os dela, mas a única vez que Aria pareceu notar que tinha peitos foi quando ela tricotou sutiãs para todas como presente de Natal e teve que fazer o dela num tamanho maior.

— Ela apenas não parece ser desse tipo — respondeu Hanna.

Falar com Mona sobre suas antigas amigas era uma coisa estranha. Ela se sentia mal sobre como ela, Ali e todas as outras costumavam provocar Mona no sétimo ano, mas sempre pareceu esquisito discutir essas coisas.

Mona olhou para ela.

—Você está bem? Parece diferente hoje.

Hanna hesitou.

— Pareço? Como?

Mona deu um sorrisinho falso.

— Opa, alguém está nervosinha.

— Eu não estou nervosinha — disse Hanna, rapidamente. Mas ela estava. Desde a passagem pela delegacia e o e-mail da noite anterior, estava pirando. Naquela manhã, seus olhos pareciam mais de um tom de castanho opaco que verdes, e seus braços pareciam distorcidos, inchados. Ela tinha uma sensação horrível de que estava mesmo sofrendo uma transformação morfológica de volta ao que era no sétimo ano.

Uma garçonete loura, que parecia uma girafa, as interrompeu.

—Vocês já decidiram?

Mona olhou para o cardápio.

— Eu vou querer a salada de frango asiática, sem molho.

Hanna limpou a garganta.

— Eu quero a salada jardineira com brotos, sem molho e uma porção grande de batata-doce frita. Numa embalagem para viagem, por favor.

Assim que a garçonete levou os menus, Mona puxou os óculos de sol para a ponta do nariz.

— Batatas-doces fritas?

— É para minha mãe — respondeu Hanna, depressa. — Ela vive disso.

Lá embaixo, no campo de golfe, um grupo de meninos mais velhos acertava a bolinha para lançá-la longe, perto de um rapaz jovem e bonito, de bermudas. Ele parecia um pouco deslocado com seu cabelo bagunçado, bermudão cargo e... aquilo era uma... *camiseta polo da polícia de Rosewood?* Oh, não. Era mesmo.

Wilden deu uma geral pelo terraço e acenou ao ver Hanna. Ela afundou na cadeira.

— Quem era *aquele?* — ronronou Mona.

— Ah... — Hanna balbuciou, com metade do corpo debaixo da mesa. Darren Wilden era um *golfista?* Dá um tempo. Nos tempos de ensino médio, ele era do tipo que tirava o maior sarro dos caras da equipe de golfe de Rosewood. O mundo todo estava contra ela?

Mona deu um grito.

— Peraí um pouquinho. Ele não era da nossa escola? — Mona sorriu. — Ah, meu Deus. Ele é o cara da equipe de mergulho. Hanna, sua vaca! Como é que ele conhece *você?*

— Ele... — Hanna fez uma pausa. Passou a mão pelo cós do jeans. — Eu o conheci na trilha Marwyn, uns dias atrás, quando estava correndo. Nós paramos na fonte ao mesmo tempo.

— Legal — disse Mona. — Ele trabalha por aqui?

Hanna fez mais uma pausa. Ela queria muito evitar isso.

— Hum... acho que ele disse que era policial. — Ela fingiu desinteresse.

— Você está de brincadeira. — Mona tirou o protetor labial Shu Uemura da sua maxibolsa de couro azul e o passou suavemente na boca. — Aquele cara é gostoso o suficiente para estar naqueles calendários da polícia. Posso até ver: Senhor Abril. Vamos perguntar se podemos ver o cassetete dele.

— Shhhh — disse Hanna.

As saladas delas chegaram. Hanna colocou a embalagem de isopor com as batatas-doces fritas de lado e comeu um tomate-cereja.

Mona se inclinou para mais perto dela.

— Aposto que você consegue um encontro com ele.

— Com quem?

— Com o Senhor Abril, com quem mais?

Hanna bufou.

— Claro.

—Você deveria levá-lo para a festa do Kahn. Ouvi dizer que alguns policiais foram à festa dele ano passado. É por isso que elas nunca são impedidas de acontecer.

Hanna se recostou. A festa de Kahn era uma tradição lendaria em Rosewood. Os Kahn viviam em uma terra de quinhentos mil metros quadrados e os filhos dos Kahn — Noel era o mais novo — davam uma festa de volta às aulas todos os anos. Os garotos invadiam a adega muito bem guarnecida dos pais, que ficava no porão, e *sempre* acontecia algum escândalo. No ano anterior, Noel atirara na bunda de seu melhor amigo, James, com uma arma de ar comprimido, porque James tentara beijar a namorada dele, Alyssa Pennypacker. Os dois estavam tão bêbados que riram durante todo o trajeto para o pronto-socorro e não conseguiam se lembrar como ou por que tinham ido parar lá. No ano anterior a esse, um bando de viciados, que já tinham passado da conta, tentou fazer com que os cavalos do sr. Kahn fumassem um narguilé.

— Não. — Hanna mordeu outro tomate. — Acho que eu vou com Sean.

Mona fez uma careta.

— Por que desperdiçar uma noite de festa perfeita com o Sean? Ele fez um pacto de virgindade! É provável que nem apareça lá.

— Só porque você assina um termo de virgindade não significa que vai parar de curtir. — Hanna pegou uma garfada enorme de salada, enfiando os vegetais secos e com gosto de nada na boca.

— Bem, se você não vai convidar o sr. Abril para a festa de Noel, eu vou. — Mona se levantou.

Hanna a segurou pelo braço.

— Não!

— Por que não? Qual é, seria legal.

Hanna enterrou as unhas no braço de Mona.

— Eu disse não.

Mona se sentou e fez bico.

— Por que não?

O coração de Hanna estava acelerado.

— Tudo bem. Você não pode contar a *ninguém*. — Ela respirou fundo. — Eu o conheci na delegacia de polícia, não na trilha. Fui chamada para ser interrogada sobre aquele negócio da Tiffany's. Mas não foi grande coisa. Eu não fui fichada.

— Ai, meu *Deus*! — Mona gritou. Wilden olhou para cima de novo.

— Shhh! — pediu Hanna.

— Mas você está bem? O que aconteceu? Me conta tudo! — Mona sussurrou de volta.

— Não há muito o que contar. — Hanna jogou o guardanapo sobre o prato. — Eles me levaram para a delegacia, minha mãe foi comigo e nós ficamos sentadas lá um pouco. Eles me deixaram ir embora com uma advertência. Sei lá. A coisa toda deve ter durado uns vinte minutos.

— Credo. — Mona lançou um olhar incompreensível para Hanna que, por um segundo, se perguntou se não seria de pena.

— Não foi, tipo, dramático, nem nada — continuou Hanna, na defensiva, a garganta seca. — Não aconteceu muita coisa. A maioria dos guardas estava no telefone. Eu passei o tempo todo mandando torpedos. — Ela deu uma parada, considerando se devia ou não contar a Mona sobre o torpedo "Ele vai dizer não" que ela recebera de A, fosse quem fosse A. Mas para que desperdiçar seu fôlego? Aquilo podia não significar nada, não é?

Mona deu um gole em sua Perrier.

— Pensei que você jamais seria pega.

Hanna engoliu em seco.

— Pois é.

— Sua mãe acabou com a sua raça?

Hanna desviou o olhar. Na volta para casa, a mãe perguntou a ela se tivera mesmo a intenção de roubar a pulseira e os brincos. Quando Hanna respondeu que não, a sra. Marin disse:

— Ótimo. Tudo resolvido, então. — Então abriu o celular e fez uma ligação.

Hanna deu de ombros e se levantou.

— Acabo de me lembrar que preciso levar Dot para passear.

— Tem certeza de que está bem? — perguntou Mona. — Seu rosto está um pouco manchado.

— Não é nada demais. — Ela deu um beijinho em Mona e se virou para sair.

Hanna saiu do restaurante desfilando, mas, assim que chegou ao estacionamento, começou a correr loucamente. Entrou em seu Toyota Prius – o carro que a mãe comprara para si mesma no ano anterior, mas que, recentemente, dera para Hanna porque se cansara dele – e checou o rosto no espelho. Havia horrorosas, odiosas placas vermelhas em suas bochechas e testa.

Depois de toda a sua mudança, Hanna se tornara neurótica não apenas em parecer descolada e perfeita todo o tempo, mas *em ser* descolada e perfeita também. Morrendo de medo de que o menor erro pudesse mandá-la direto de volta para o reino dos perdedores, ela se preocupava com os mínimos detalhes, com coisas pequenas, como ter o nome perfeito na tela de torpedos e qual era a seleção certa de músicas para ouvir em seu carro, até coisas grandes, como quais eram as pessoas certas a serem convidadas para dormir em sua casa depois da festa de alguém e qual o garoto perfeito para sair – que, por sorte, era o mesmo menino que amava desde o sétimo ano. Ser pega por roubar em uma loja mancharia a reputação da Hanna perfeita, controlada e superdescolada que todo mundo conhecia? Ela não soubera ler no olhar de Mona o que ela quisera dizer com "Credo". Será que ela quisera dizer "Credo, mas e daí?" ou "Credo, que idiota!"?

Ela ficou pensando que talvez não devesse ter contado para Mona tudo o que acontecera. Só que... alguém já sabia. A.

Você sabe o que o Sean vai dizer para você?
Ele vai dizer não.

O campo de visão de Hanna ficou embaçado. Ela apertou o volante por alguns segundos, depois virou a chave na ignição, saiu do estacionamento do Country Clube e entrou em uma rua sem saída, de pedregulhos, bem calma, a poucos metros da estrada. Ela podia ouvir seu coração disparando enquanto desligava o carro e respirava fundo. O vento tinha cheiro de grama recém-cortada.

Hanna fechou os olhos com força. Quando os abriu, avançou para a embalagem de batatas-doces fritas. *Não*, ela pensou. Um carro passou zunindo pela estrada principal.

Hanna limpou as mãos na calça. Deu outra olhada para a embalagem. As batatas tinham um cheiro delicioso. *Não, não, não.*

Ela pegou a embalagem e abriu a tampa.

O cheiro doce e morno atingiu seu rosto. Antes que pudesse se controlar, Hanna enfiou uma porção enorme de batatas na boca. As batatas ainda estavam tão quentes que queimaram sua língua, mas ela não ligou. Era um alívio tão grande; essa era a única coisa que a fazia se sentir melhor. Ela não parou até comer todas as batatas e lamber as laterais da embalagem para aproveitar até o último grão de sal que ficara ali.

Logo em seguida ela se sentiu muito, muito mais calma. Mas assim que voltou para a estrada principal, aqueles sentimentos familiares de sempre, pânico e vergonha, se instalaram dentro dela. Hanna impressionou-se porque, apesar de fazer muitos anos que ela se comportava assim, a sensação era sempre a mesma. Seu estômago doía, sentia que suas calças estavam apertadas e tudo o que queria era se livrar do que estava dentro dela.

Ignorando os latidos estridentes de Dot em seu quarto, Hanna disparou escada acima até o banheiro, bateu a porta e caiu no chão frio. Deu graças a Deus por sua mãe ainda não ter chegado do trabalho. Pelo menos, ela não poderia ouvir o que Hanna ia fazer.

12

HUMMM, ADORO ESSE CHEIRO DE "EU FUI BEM NO TESTE"

Tudo bem, Spencer tinha que se acalmar.

Quarta-feira à noite, ela embicou seu Mercedes hatch Classe C – o carro dispensado por sua irmã depois que ela ganhara o novo, um Mercedes utilitário SUV – na entrada circular de sua casa. Seu encontro com o conselho estudantil acabou muito tarde e ela ficara muito aflita por ter que dirigir pelas ruas escuras de Rosewood. Durante todo o dia, sentira como se estivesse sendo observada por alguém – como se quem quer que tivesse escrito aquele e-mail sobre a inveja que tinha da irmã pudesse pular em cima dela a qualquer minuto.

Spencer continuou inquieta, pensando sobre o rabo de cavalo familiar que vira na janela do antigo quarto de Alison. Seus pensamentos continuavam voltando para Ali – e todas as coisas que ela sabia sobre Spencer. Mas não, isso era loucura. Alison havia ido embora – provavelmente estava morta – há três anos. Além disso, uma nova família vivia naquela casa agora, certo?

Spencer foi até a caixa de correio e pegou uma pilha de correspondência, eliminando tudo que não era para ela. De repente, ela o viu. Um envelope grande, não muito grosso, não muito fino, com o nome de Spencer claramente digitado na frente. O endereço do remetente dizia *Diretoria da Faculdade*. Era a hora da verdade.

Spencer rasgou o envelope e passou os olhos pela página. Ela leu seus resultados seis vezes antes de a ficha cair.

Ela havia feito 2350 pontos numa prova que valia 2400.

— Beleza! — gritou, apertando tanto os papéis que eles rasgaram.

— Opa! Alguém está feliz! — disse uma voz na rua.

Spencer olhou para ver quem era. Da janela do motorista de um Mini Cooper preto, Andrew Campbell estava acenando — um garoto alto e sardento, de cabelo comprido, que vencera Spencer na eleição para representante de classe. Eles eram sempre o primeiro e o segundo colocados em quase todos os testes. Mas antes que Spencer pudesse esnobá-lo — contar a ele sua nota nos primeiros testes para a universidade seria delicioso — ele foi embora. Spencer virou-se para entrar em casa.

Enquanto entrava toda feliz, algo a fez parar: ela se lembrou do resultado quase perfeito de sua irmã na mesma prova e, rapidamente, fez as contas para comparar seu desempenho com o dela, convertendo o resultado da irmã — que pelo critérios da época valia 1600 pontos, mas que alguns anos depois passaram a valer 2400. E essa prova também não era bem difícil atualmente?

Bem, quem era o gênio *agora*?

Uma hora depois, Spencer estava sentada à mesa da cozinha, lendo *Middlemarch* — um livro da lista de "leituras sugeridas" da aula de inglês — quando começou a espirrar.

— Melissa e Wren estão aqui — disse a sra. Hastings a Spencer, entrando agitada na cozinha, com o resto da correspondência que Spencer largara para trás nas mãos. — Trouxeram toda a bagagem deles para se mudarem! — Ela abriu o forno para dar uma espiada no frango e nos pãezinhos de sete grãos, e depois foi correndo até a sala.

Spencer espirrou de novo. Uma nuvem de Chanel N°5 sempre precedia a entrada da mãe — mesmo depois de ela ter passado o dia todo com os cavalos — e Spencer tinha certeza de que era alérgica. Ela pensou em contar sobre seus resultados nos primeiros exames para a universidade, mas uma voz inesperada, vinda do vestíbulo a impediu.

— Mamãe? — chamou Melissa. Ela e Wren entraram na cozinha. Spencer fingiu estar prestando atenção na contracapa chatíssima do *Middlemarch*.

— Oi — Wren a cumprimentou, de cima.

— Oi — ela respondeu tranquilamente.

— Tá lendo o quê?

Spencer hesitou. Era melhor afastar-se de Wren, especialmente agora que ele estava se mudando para lá.

Melissa passou correndo, sem dizer oi, e começou a tirar almofadas de uma sacola da Pottery Barn.

— Essas aqui são para o sofá do celeiro — ela quase gritava.

Spencer travou. Duas pessoas poderiam jogar aquele jogo.

— Ah, Melissa! — gritou Spencer. — Esqueci de contar! Adivinha quem eu encontrei!

Melissa continuou a mexer nas almofadas.

— Quem?

— Ian Thomas! Agora ele é o treinador do meu time de hóquei!

Melissa congelou.

– Ele... o quê? Ele é o treinador? Ele está *aqui*? Ele perguntou por mim?

Spencer deu de ombros e fingiu pensar a respeito.

– Não, eu acho que não.

– Quem é Ian Thomas? – perguntou Wren, inclinando-se sobre o balcão de mármore.

– Ninguém – Melissa cortou, voltando sua atenção para as almofadas. Spencer fechou o livro e fez uma retirada estratégica para a sala de jantar. Isso. Agora ela se sentia melhor.

Ela se sentou à mesa comprida, estilo "móvel de fazenda", correu os dedos em volta da taça baixa que Candace, a empregada, tinha acabado de encher de vinho tinto. Seus pais não se importavam se os filhos bebessem quando estavam em casa, desde que não fossem dirigir. Por isso, ela pegou a taça com as duas mãos e deu um grande gole, feliz da vida. Quando deu por si, Wren estava do outro lado da mesa, sentado muito empertigado na cadeira, lançando um sorriso malicioso para ela.

– Oi – disse. Ela ergueu as sobrancelhas em resposta.

Melissa e a sra. Hastings se sentaram, e o pai de Spencer, depois de ajustar as luzes, também se acomodou. Por um instante, todos ficaram quietos. Spencer sentiu os papéis dos exames preliminares da universidade em seu bolso.

– Bom, adivinhem o que aconteceu hoje... – ela começou a dizer.

– Wren e eu estamos tão felizes que vocês vão nos deixar ficar aqui! – Melissa disse ao mesmo tempo, segurando a mão de Wren.

O sr. Hastings sorriu para Melissa.

— Eu sempre fico feliz quando a família está toda reunida.

Spencer mordeu o lábio, o estômago se embrulhando de raiva.

— Então, papai, eu recebi o...

— Ah, não... — interrompeu Melissa, olhando para os pratos que Candace acabara de trazer da cozinha. — Você tem alguma coisa além de galinha? Wren está tentando não comer carne.

— Está tudo bem — disse Wren, rapidamente. — Frango assado está ótimo para mim.

— Ah! — A sra. Hastings começou a se levantar. — Você não come carne? Eu não sabia! Acho que temos salada de macarrão na geladeira, se bem que talvez tenha presunto nela...

— Olha, é sério, tudo bem. — Wren coçou a cabeça, envergonhado, fazendo com que seu cabelo preto bagunçado ficasse em pé.

— Ah, eu me sinto tão mal! — disse a sra. Hastings. Spencer revirou os olhos. Quando a família estava reunida, sua mãe queria que todas as refeições, até o cereal do café da manhã mais bobo do mundo, fossem perfeitas.

O sr. Hastings olhou para Wren, cheio de suspeitas.

— Pois eu sou da turma do bife.

— Claro! — Wren ergueu sua taça de um jeito tão forçado que uma gota de vinho saltou de dentro dela e aterrissou na toalha da mesa.

Spencer estava pensando em continuar seu maravilhoso comunicado, quando seu pai baixou o garfo.

— Tive uma ideia brilhante. Já que estamos todos aqui, por que não jogamos Estrela do Dia?

— Ah, papai! — Melissa riu. — Não.

O pai sorriu.

— Ah, sim. Eu tive um dia tremendo no trabalho hoje. Aposto que eu posso te dar uma surra.

— O que é Estrela do Dia? — perguntou Wren, com as sobrancelhas arqueadas.

O pânico tomou conta de Spencer. Estrela do Dia era um jogo que os pais tinham inventado quando Spencer e Melissa eram pequenas e que ela sempre suspeitara que eles haviam roubado esse negócio de algum livro de autoajuda. Era bem simples: cada jogador contava aos outros qual fora o maior acontecimento de seu dia e a família votaria na melhor história. Na teoria, o jogo deveria fazer com que os membros da família sentissem orgulho uns dos outros e se sentissem valorizados, mas na família Hastings, as pessoas só se tornavam brutalmente competitivas.

Mas se havia um momento perfeito para Spencer anunciar seus resultados nos exames, era aquele.

— Você vai entender como é, Wren — disse sr. Hastings. — Eu vou começar. Hoje, preparei uma defesa tão convincente para o meu cliente que ele se ofereceu para pagar *mais* que o combinado.

— Impressionante. — A mãe deu uma mordidinha numa beterraba. — Agora eu. Essa manhã eu venci Eloise no tênis, em sets seguidos.

— A Eloise é durona! — comemorou o pai, antes de dar outro gole em seu vinho. Spencer deu uma olhada em Wren, do outro lado da mesa. Ele estava cuidadosamente tirando a pele de sua coxa de frango então ela não pôde ver seus olhos.

A mãe limpou a boca com o guardanapo.

— Melissa?

Melissa encarou os dedos com unhas lascadas.

— Bem, hummm... eu ajudei os pedreiros a cobrir o banheiro. O único jeito para que ficasse perfeito seria fazer eu mesma.

— Bom para você, querida! – disse seu pai.

Spencer balançava as pernas, com nervosismo.

O sr. Hastings acabou de beber seu vinho.

— Wren?

Wren levantou os olhos, prestando atenção.

— Sim?

— É sua vez.

Wren encheu sua taça de vinho.

— Eu não sei o que deveria contar...

— Estamos jogando Estrela do Dia – cantarolou sr. Hastings, como se Estrela do Dia fosse um jogo tão conhecido quanto palavras cruzadas. – Diga-nos, doutor, que coisa maravilhosa o senhor fez hoje?

— Ah. – Wren piscou. – Bem. Ah... nada, mesmo. Foi meu dia de folga na faculdade e no hospital, então, eu fui ao bar com alguns dos amigos do hospital e vi o jogo do Phillies.

Silêncio. Melissa lançou um olhar de desapontamento para Wren.

— Eu achei incrível – disse Spencer. – Pela maneira com que eles têm jogado, é uma façanha ver jogos dos Phillies todos os dias.

— Eu sei, eles são uma bela de uma porcaria, não são? – Wren sorriu para ela, agradecido.

— Bem, de qualquer forma – a mãe interrompeu –, quando começam suas aulas, Melissa?

— Espera aí um pouquinho. – Spencer falou com voz esganiçada. Eles não iam esquecê-la. – Eu tenho alguma coisa para o Estrela do Dia.

O garfo de salada da mãe parou no ar.

— Desculpe.

— Opa! — o pai concordou, achando graça. — Vá em frente, Spencer.

— Recebi os resultados dos primeiros exames para a universidade — disse — e, bem... estão aqui. — Ela pegou os resultados e mostrou para o pai.

Assim que ele os pegou, sabia o que iria acontecer. Eles não iriam dar a mínima. O que os testes para a universidade importavam, de qualquer maneira? Eles iam voltar sua atenção de novo para o Beaujolais e para Melissa e Wharton, e fim de papo. Ela sentiu o rosto queimar. Por que sequer se importara em mostrar?

Seu pai baixou a taça de vinho e estudou o papel.

— Uau. — Ele cutucou a sra. Hastings. Quando ela viu o papel, engasgou.

— Essa é uma das notas mais altas, não é? — perguntou a sra. Hastings.

Melissa esticou o pescoço para olhar também. Spencer mal podia respirar. Melissa olhou para ela através do arranjo central de lilases e peônias. Foi um olhar que fez Spencer pensar que talvez *Melissa* tivesse escrito aquele e-mail apavorante ontem. Mas quando seus olhos se encontraram, Melissa sorriu.

— Você estudou de verdade, não foi?

— É um bom resultado? — perguntou Wren, dando uma olhada para o papel.

— É um resultado fantástico! — o sr. Hastings falou mais alto.

— É maravilhoso! — a sra. Hastings gritou. — Como você quer comemorar, Spencer? Jantar na cidade? Você tem alguma coisa em mente?

— Quando eu recebi meus resultados do exame vocês compraram para mim aquela primeira edição do Fitzgerald em um leilão público, lembram? — Melissa sorriu.

— Foi isso mesmo! — o sr. Hastings concordou.

Melissa se voltou para Wren.

— Você teria adorado. Dar lances é incrível.

— Bem, por que você não dá uma pensada — o sr. Hastings sugeriu a Spencer. — Tente pensar em algo memorável, como o que demos a Melissa.

Spencer levantou devagar.

— Na verdade, eu tenho uma coisa em mente.

— O que é? — O pai se inclinou em sua direção.

Lá vamos nós, pensou Spencer.

— Bem, o que eu *adoraria* mesmo, mesmo, mesmo, neste momento, e não daqui a alguns meses, seria me mudar para o celeiro.

— Mas... — Melissa começou e depois se interrompeu.

Wren limpou a garganta. O pai franziu a testa. O estômago de Spencer fez um barulho alto de fome. Ela o cobriu com a mão.

— É isso que você quer, *de verdade*? — a mãe dela perguntou.

— Hã-rã. — Spencer respondeu.

— Tudo bem. — A sra. Hastings olhou para o marido. — Bem...

Melissa quase jogou o garfo sobre o prato.

— Mas, hum, e quanto a Wren e eu?

— Bem, você mesma disse que a reforma não ia demorar muito. — A sra. Hastings colocou a mão no queixo dela. — Vocês, garotos, podem ficar em nosso antigo quarto, eu acho.

— Mas lá tem duas camas de solteiro. — Melissa disse numa voz estranhamente infantil.

— Eu não ligo — declarou Wren, depressa. Melissa lançou um olhar cheio de raiva para ele.

— Nós podemos colocar a cama tamanho *queen* que está no celeiro no quarto de Melissa e colocar a cama de Spencer no celeiro. — O sr. Hastings sugeriu.

Spencer não conseguia acreditar no que ouvia.

— Vocês vão mesmo fazer isso?

O sr. Hastings ergueu as sobrancelhas.

— Melissa, você vai sobreviver, não vai?

Melissa tirou o cabelo da frente do rosto.

— Acho que sim — disse ela. — Quero dizer, eu, pessoalmente, acho que um leilão de primeiras edições é muito melhor, mas essa é apenas a minha opinião.

Wren deu um gole em seu vinho discretamente. Quando Spencer encontrou seus olhos, ele piscou.

O sr. Hastings se virou para Spencer:

— Então está feito.

Spencer deu um pulo e abraçou os pais.

— Obrigada, obrigada, obrigada!

Sua mãe riu, feliz.

— Você deveria se mudar amanhã.

— Spencer, você é a Estrela de hoje. — Seu pai ergueu o papel com os resultados, agora meio respingado de vinho tinto. — Deveríamos mandar emoldurar isso, como uma recordação!

Spencer sorriu. Ela não precisava emoldurar nada. Enquanto vivesse, se lembraria desse dia.

13

PRIMEIRO ATO: A GAROTA FAZ COM QUE O GAROTO A DESEJE

— Quer vir comigo a um *vernissage* no estúdio Chester Springs, na próxima segunda à noite? – perguntou Ella, a mãe de Aria.

Era quinta-feira de manhã e Ella estava sentada na frente de Aria, do outro lado da mesa de café da manhã. Aria fazia as palavras cruzadas do *New York Times* com uma caneta preta que vazava enquanto comia uma tigela do cereal Cheerios. Ella havia acabado de voltar para seu emprego de meio-período na galeria de arte contemporânea Davis, na rua principal de Rosewood, e recebia convites para todos os eventos de arte da cidade.

— Papai não vai com você? – perguntou Aria.

A mãe apertou os lábios.

— Ele tem muitas aulas para preparar.

— Ah. – Aria puxou um fio solto de lã das luvas que havia tricotado durante a longa viagem de trem para a Grécia. Foi suspeita o que detectou na voz da mãe? Aria sempre se preocupou com o fato de a mãe descobrir sobre Meredith e nunca se perdoou por guardar aquele segredo.

Aria fechou os olhos com força. Estreitou-os. *Você não está pensando nisso.* Ela se serviu de suco de grapefruit.

— Ella? — disse. — Preciso de um conselho amoroso.

— Conselho amoroso? — a mãe caçoou, prendendo o cabelo com um pauzinho de comida chinesa que estava caído sobre a mesa.

— É. Eu gosto de um cara, mas é meio... inatingível. Eu não sei mais como convencê-lo de que ele deveria gostar de mim.

— Seja você mesma!

Aria suspirou.

— Já tentei isso.

— Então, saia com um garoto possível!

Aria revirou os olhos.

— Você vai me ajudar ou não?

— Ah, estamos sensíveis hoje. — Ella sorriu e depois estalou os dedos. — Eu acabo de ler uma reportagem no jornal. — Ela ergueu o *Times*. — É uma pesquisa sobre o que os homens acham mais atraente nas mulheres. Sabe qual foi a primeira coisa que disseram? Inteligência. Olha só, deixa eu encontrar aqui para você... — Ela folheou o jornal e entregou uma parte para Aria.

— Aria está gostando de alguém? — Mike entrou na cozinha e pegou uma rosquinha coberta de glacê da caixa em cima do balcão.

— Não! — respondeu Aria, depressa.

— Bem, alguém gosta de *você* — completou Mike. — Mesmo isso sendo nojento. — Ele fez um barulho de nojo.

— Quem? — perguntou ela, animada.

— Noel Kahn — Mike respondeu, com um pedaço enorme e meio mastigado de rosquinha na boca. — Ele perguntou sobre você no treino de lacrosse.

— Noel Kahn? — Ella repetiu, olhando de Mike para Aria e de Aria para Mike. — Qual deles é Noel? Ele estava aqui três anos atrás? Eu o conheço?

Aria gemeu e revirou os olhos.

— Ele não é ninguém.

— Ninguém? — A altura da voz de Mike fez Aria dar um pulo. Ele ficou a poucos centímetros de distância dela, com a caixa de suco de laranja na mão. — Ele é o cara.

Aria bufou.

— Se você gosta tanto dele, por que é que *você* não sai com ele?

Mike tomou um gole de suco direto da caixa, limpou a boca e encarou a irmã.

— Você tem agido de um jeito estranho. Você tá doidona? Posso experimentar o que você está usando?

Aria gemeu. Na Finlândia, Mike estivera constantemente tentando provar drogas e enlouquecera quando uns caras no porto venderam a ele um pacotinho de maconha. A erva revelou ser apenas palha, mas ele fumou aquilo com orgulho, mesmo assim.

Mike coçou o queixo.

— Acho que sei por que você está tão estranha.

Aria virou-se para o armário.

— Você não sabe coisa nenhuma.

— É o que você acha? — retrucou Mike. — Pois eu não concordo. E quer saber do que mais? Vou dar um jeito de descobrir se minhas suspeitas estão corretas.

— Boa sorte, Sherlock. — Aria vestiu o blazer. Mesmo sabendo que Mike provavelmente estava por fora, ela torceu para que ele não notasse o tremor em sua voz.

Enquanto os outros garotos entravam em fila na sala de inglês — a maioria dos meninos tinha a barba de alguns dias por fazer e grande parte das meninas imitava as sandálias de plataforma e as lindas pulseiras de Monae-e-Hanna — Aria dava uma revisada em seus cartões de anotação. Naquela manhã, eles tinham que fazer um relatório oral sobre uma peça chamada *Esperando Godot*. Aria adorava relatórios orais — ela tinha a voz perfeita para isso, rouca e sexy — e acontece que conhecia essa peça muito bem. Certa vez, passara o domingo inteiro em um bar, em Reykjavík, discutindo animadamente com um cara idêntico ao Adrien Brody sobre essa obra... quer dizer, entre goles de deliciosos vodca-martinis de maçã e roçando seus pés nos dele, debaixo da mesa. Então, aquele não apenas era um ótimo dia para se tornar uma aluna nota A, como ainda uma excelente oportunidade para mostrar a todos como a Aria Finlandesa era bacana.

Ezra entrou apressado, parecendo um intelectual amarrotado e muito gostoso, e bateu palmas.

— Tudo bem, turma — começou ele —, nós temos um monte de coisas para fazer hoje. Se acalmem.

Hanna Marin se virou e deu um sorrisinho forçado para Aria.

— Que tipo de roupa de baixo você acha que ele está usando?

Aria sorriu suavemente — cuecas samba-canção de algodão, listradas, claro —, mas voltou sua atenção para Ezra.

— Tudo bem. — Ezra foi até o quadro-negro. — Todo mundo leu a peça, né? Todo fizeram um relatório? Quem quer falar primeiro?

A mão de Aria se ergueu. Ezra concordou com a cabeça. Ela foi até o púlpito, na frente da classe, ajeitou o cabelo negro em volta dos ombros, ficando ainda mais linda, e certificou-se de que seu volumoso colar de coral não estivesse escondido na gola da camisa. Rapidamente, releu as primeiras marcações em seus cartões de resumo.

— Ano passado, assisti a uma montagem de *Esperando Godot*, em Paris — começou a dizer.

Ela notou que Ezra levantou a sobrancelha um pouquinho.

— Foi num teatro perto do Sena, e o ar cheirava como se alguém estivesse assando brioche de queijo ali perto. — Ela fez uma pausa. — Imagine a cena: uma fila enorme de pessoas esperando para entrar, uma mulher passeando com seus dois poodles pequenininhos, a torre Eiffel ao longe.

Ela deu uma olhadinha para a turma. Estavam todos pasmos!

— Eu podia sentir a energia, a excitação, a *paixão* no ar. E não era por causa da cerveja que era vendida para *todo mundo*, até mesmo para meu irmão mais novo — acrescentou ela.

— Que legal! — exclamou Noel Kahn.

Aria sorriu.

— Os assentos eram de veludo vermelho e cheiravam como aquele tipo de manteiga francesa, mais doce que a americana. É ela que faz os doces tão deliciosos.

— Aria — chamou Ezra.

— É o tipo de manteiga que faz até os *escargots* ficarem gostosos.

— Aria!

Aria parou de falar. Ezra se apoiou na lousa com os braços cruzados sobre o blazer de Rosewood.

— Sim? — ela sorriu.

— Tenho que pedir que pare.

— Mas... eu mal cheguei à metade!

— Sim, mas eu quero menos sobre veludos vermelhos e doces e mais sobre a peça em si.

A classe abafou o riso. Aria arrastou-se de volta para sua carteira e sentou-se. Ele não entendeu que ela estava criando um clima?

Noel Kahn ergueu a mão.

— Noel? — disse Ezra. — Você que ser o próximo?

— Não — respondeu Noel. A classe riu. — Eu só queria dizer que achei o relatório de Aria bom. Eu gostei.

— Obrigada — agradeceu Aria, com doçura.

Noel virou-se para ela.

— É verdade que não há limite de idade para começar a beber?

— Não, realmente.

— Devo ir para a Itália com a minha família neste inverno.

— A Itália é demais. Você vai amar.

— Vocês dois acabaram? — perguntou Ezra. Ele fuzilou Noel com o olhar. Aria raspou suas unhas *pink* no tampo de madeira de sua carteira.

Noel virou de novo para ela.

— Eles tomam absinto? — sussurrou ele.

Ela balançou a cabeça, surpresa que Noel já tivesse ouvido falar sobre absinto.

— Senhor Kahn — Ezra interrompeu-os, sério. Um pouco sério demais. — Já chega.

Foi *ciúme* o que ela detectou?

— Droga. — Hanna se voltou para trás. — O que foi que deu nele?

Aria deu um riso amarelo. Pareceu a ela que certa excelente aluna estava deixando certo professor inquieto.

Ezra chamou Devon Arliss para falar em seguida. Quando Ezra virou de lado e apoiou o queixo na mão, ouvindo o relatório, Aria pulsava. Ela o queria tanto que seu corpo inteiro zumbia.

Não, espera aí. Era só o celular, escondido em sua enorme mochila verde-limão, que estava perto de seu pé.

O treco continuou zumbindo. Devagarinho, Aria se abaixou e pegou o aparelho. Havia uma nova mensagem de texto:

> Aria,
> Talvez ele ande por aí com alunas o tempo todo. Uma porção de professores faz isso... pergunte ao seu pai! — A

Aria fechou o telefone rapidamente. Mas depois, abriu outra vez e leu a mensagem de novo. E de novo. E conforme lia, os pelos de seu braço se arrepiavam.

Ninguém na classe estava com o telefone à mostra — nem Hanna, nem Noel, ninguém. E ninguém estava olhando para ela também. Ela até procurou no teto da sala de aula e do lado de fora da porta, mas nada parecia fora do lugar. Tudo estava silencioso e tranquilo.

— Isso não pode estar acontecendo — sussurrou Aria.

A única pessoa que sabia da história com o pai de Aria era... Alison. E ela havia jurado por sua *vida* que não contaria a ninguém. Será que ela estava *de volta*?

14

ISSO VAI ENSINAR VOCÊ A NÃO FICAR PESQUISANDO NOMES NO GOOGLE QUANDO DEVERIA ESTAR ESTUDANDO

Durante seu período livre, na quinta-feira, Spencer foi à sala de estudos do Rosewood Day. Com seus arquivos de fichas de livros, que iam até o teto, um globo gigante num pedestal em um canto, e um vitral na parede mais afastada, a sala era seu lugar favorito no *campus*. Ela ficava no meio da sala vazia, fechava os olhos e inspirava aquele cheiro de livros antigos com capa de couro.

Tudo tinha ido bem naquele dia: o frio pouco habitual para aquela época do ano, que permitira que ela vestisse seu casaco Marc Jacobs de lã azul-clara, novinho; o barista da cafeteria de Rosewood Day fizera um *doble skim latte* perfeito para ela; havia tirado nota máxima em um exame oral de francês; e naquela noite ela iria se mudar para o celeiro, enquanto Melissa teria que dormir em seu velho quarto apertado.

Apesar disso tudo, havia uma nuvem de preocupação sobre ela. Era uma junção entre um certo aborrecimento que sentia quando esquecia de fazer alguma coisa e a sensação de que alguém estava... bem, a estava observando. Era óbvio por que estava se sentindo tão para baixo: aquele e-mail esquisito sobre "inveja". A visão do cabelo de Ali na janela do antigo quarto dela. O fato de que só Ali sabia sobre Ian...

Tentando afastar esses pensamentos, ela se acomodou na frente de um computador, puxou o elástico de sua meias Wolford azul-marinho estampadas e se conectou à internet. Começou a fazer pesquisa para um trabalho de biologia, mas depois de dar uma olhada nos resultados do Google resolveu digitar *Wren Kim* na barra de pesquisa.

Ao ver os resultados, ela segurou o riso. Em um site chamado *Mill Hill School, Londres*, havia uma foto de um Wren, de cabelos longos, de pé ao lado de um bico de Bunsen e um monte de tubos de ensaio. Outro *link* levava para o portal dos estudantes do Corpus Christi College e da Universidade de Oxford. Lá havia uma foto de Wren, muito lindo numa roupa shakespeariana, segurando uma caveira. Ela não sabia que Wren fazia teatro. Enquanto tentava dar zoom na foto para dar uma olhada melhor nas coxas dele, alguém deu um tapinha em seu ombro.

– Esse é o seu namorado?

Spencer deu um pulo, derrubando no chão seu celular Sidekick, incrustado de cristais. Andrew Campbell sorriu, sem jeito, atrás dela.

Ela minimizou a tela rapidinho.

– Claro que não!

Andrew se abaixou para pegar o Sidekick dela no chão, tirando do olho uma mecha do seu cabelo liso e comprido, que ia até o ombro. Spencer reparou que ele tinha mesmo uma boa chance de ser bonitinho, se cortasse aquela juba.

— Opa. — Ele estendeu o Sidekick de volta para ela. — Acho que uns cristaizinhos se desprenderam.

Spencer pegou o telefone da mão dele.

— Você me assustou.

— Desculpe. — Andrew sorriu. — Então, seu namorado é ator?

— Já disse que ele não é meu namorado!

Andrew recuou.

— Desculpe. Só estava puxando assunto.

Spencer olhou para ele, com suspeita.

— De qualquer forma — continuou Andrew, ajeitando sua mochila North Face nos ombros —, eu estive pensando... você vai à festa do Noel amanhã? Posso te dar uma carona.

Spencer olhou para ele sem expressão e, então, se lembrou: a festa no jardim de Noel Kahn. Ela havia ido nos anos anteriores. Os meninos bebiam cerveja em funis, e quase todas as meninas traíam seus namorados. Naquele ano não seria diferente. E, sério? Andrew estava mesmo pensando que ela pegaria uma carona com ele em seu Mini? Será que eles, um dia, seriam *compatíveis*?

— Duvido muito — disse ela.

O sorriso de Andrew se desfez.

— Tudo bem, acho que você deve estar muito ocupada.

Spencer franziu as sobrancelhas.

— O que quer dizer?

Andrew deu de ombros.

— Bem, parece que tem uma porção de coisas acontecendo na sua vida. Sua irmã está em casa, não está?

Spencer encostou na cadeira e mordeu o lábio inferior.

— Sim, ela voltou para casa na noite passada. Como é que você sabe que...

Ela parou. *Espera aí.* Andrew dirigia seu Mini para cima e para baixo na rua dela o tempo todo. Ela o havia visto ontem mesmo, quando estava na frente da caixa de correio pegando os resultados dos testes...

Spencer engoliu em seco. Agora que pensava sobre isso, achava que podia ter visto o Mini preto por ali no dia em que ela e Wren estavam na banheira de hidromassagem. Ele devia dirigir por ali um bocado para notar que Melissa estava em casa. E se... e se fosse *Andrew* quem estivesse bisbilhotando a vida dela? E se ele tivesse escrito aquele e-mail aterrorizante sobre inveja? Andrew era tão competitivo que isso parecia possível. Mandar mensagens ameaçadoras era uma ótima forma de tirar alguém do jogo e tornar a reeleição para representante de classe no próximo ano mais fácil, ou... *melhor ainda*, de varrê-la da competição para orador da turma! E o cabelo comprido dele! Talvez *tivesse sido ele* quem Spencer vira na antiga janela de Ali.

Inacreditável! Spencer olhou para a cara de Andrew, incrédula.

– Tem alguma coisa errada? – perguntou Andrew, parecendo preocupado.

– Preciso ir. – Ela pegou os livros e saiu da sala de estudos.

– Espera um pouco – gritou Andrew.

Spencer continuou andando. Mas quando empurrou as portas da biblioteca, se deu conta de que não sentia raiva. Claro, era muito estranho que Andrew estivesse espionando a vida dela, mas se Andrew fosse A, Spencer estava salva. Fosse o que fosse que Andrew *pensasse* que podia usar contra ela, não era nada... *nada...* comparado ao que Alison sabia.

Ela se dirigiu para a porta que dava para o pátio de escola, chegando lá junto com Emily Fields.

— Oi — disse Emily. Um certo nervosismo passou por seu rosto.

— Oi — respondeu Spencer.

Emily ajeitou sua mochila Nike sobre os ombros. Spencer tirou a franja do rosto. Quando foi a última vez em que havia falado com Emily?

— Está esfriando, né? — perguntou Emily.

Spencer concordou.

— É.

Emily deu um sorriso eu-não-sei-o-que-dizer-a-você. Então, Tracy Reid, outra nadadora, pegou Emily pelo braço.

— Quando é que temos que trazer o dinheiro para os maiôs? — perguntou.

Enquanto Emily respondia, Spencer tirou uma sujeirinha invisível de seu blazer e cogitou se era obrigada a se despedir formalmente ou se podia simplesmente sair dali. Mas, então, algo no pulso de Emily chamou sua atenção. Emily estava usando sua pulseira azul, de fios, do sexto ano. Alison havia feito essas pulseiras para todas elas, logo depois que o acidente — A Coisa com Jenna — acontecera.

Inicialmente, elas só queriam atingir o irmão de Jenna, Toby. Era para ser uma travessura. Depois que as cinco planejaram tudo, Ali atravessou a rua para olhar pela janela da casa da árvore de Toby e, quando aconteceu, foi algo... *horrível*... para Jenna.

Depois que a ambulância saiu da casa de Jenna, Spencer descobriu algo sobre o acidente que nenhuma das outras garotas soube: Toby tinha visto Ali, mas Ali tinha visto Toby fazendo algo *tão ruim* quanto o que ela fizera. Ele não pôde delatá-la, porque senão ela o delataria também.

Pouco depois, Ali fez as pulseiras para todas elas, para que se lembrassem de que eram as melhores amigas umas das outras *para sempre* e que agora que dividiam um segredo como aquele, tinham que proteger umas às outras *para sempre*. Spencer esperava que Ali contasse às outras que alguém a tinha visto, mas ela nunca contou.

Quando os policiais fizeram perguntas a Spencer, depois do desaparecimento de Ali, umas das coisas que quiseram saber foi se Alison tinha inimigos, qualquer pessoa que a odiasse a ponto de querer machucá-la de verdade. Spencer disse que Ali era uma garota popular e que, como qualquer menina popular, sempre havia outras meninas que não gostavam dela, mas era apenas um ciúme bobo.

Isso, é claro, era uma mentira deslavada. Havia, sim, quem odiasse Ali, e Spencer sabia que deveria ter contado à polícia o que Ali lhe contara sobre A Coisa com Jenna... aquilo talvez fosse um motivo para que Toby quisesse machucá-la... mas como ela poderia contar aquilo sem explicar o *porquê*? Não havia um dia em que Spencer não passasse em frente à casa que fora de Toby e Jenna em sua rua. Mas eles haviam sido mandados para um colégio interno longe dali e quase nunca vinham para casa, então, ela achava que o segredo estava a salvo. E que elas estavam a salvo de Toby. E ela estava a salvo de algum dia ter que contar para suas amigas o que só ela sabia.

Quando Tracey Reid disse tchau, Emily se virou. Ela pareceu surpresa que Spencer ainda estivesse ali.

– Tenho que ir para a aula – explicou – Foi bom ver você.

– Tchau – respondeu Spencer, e ela e Emily trocaram um último sorriso sem graça.

15

INSULTAR A MASCULINIDADE DELE É MESMO MUITO BROCHANTE

—Vocês garotos estão muito preguiçosos. Vocês conseguem mais do que isso! — a técnica Lauren gritou com eles da beira da piscina.

Na quinta-feira à tarde, Emily dividia com outros nadadores a água azul cristalina do Rosewood's Anderson Memorial Natatorium, enquanto a incrivelmente jovem ex-treinadora de atletas olímpicos, Lauren Kinkaid, gritava com eles. A piscina tinha mais de dezoito metros de largura, mais de quarenta e cinco de comprimento e um trampolim baixo. Um enorme janelão acompanhava toda a extensão da piscina, então quando se treinava nado costas durante a noite, dava para olhar as estrelas.

Emily se apoiou na borda e puxou a touca de natação para cima das orelhas. Melhor desempenho, tudo bem. Ela precisava mesmo se concentrar naquele dia.

Na noite anterior, depois de voltar do riacho com Maya, ela ficou um tempão deitada na cama, alternando uma sensação de calor no peito e alegria por toda a diversão que Maya e ela tiveram... com um certo incômodo e ansiedade sobre a confissão da nova amiga. *Eu não tenho muita certeza se gosto de meninos... Eu prefiro estar, bem, com alguém mais parecido comigo.* Será que Maya quisera dizer o que Emily achava que ela quisera dizer?

Pensando sobre como Maya havia sido impulsiva na cachoeira – sem mencionar que elas haviam feito cócegas uma na outra e se tocado –, Emily se sentiu nervosa. Depois de chegar em casa naquela noite, ela procurou em sua bolsa da natação pelo bilhete de A, que recebera no dia anterior. Ela leu de novo e de novo e de novo, palavrinha por palavrinha até seus olhos ficarem embaçados.

Na hora do jantar, Emily decidiu que precisava voltar para a piscina. Nada mais de fugidinhas. Negligência nunca mais. Dali em diante, ela seria um modelo de nadadora.

Ben foi batendo os braços até ela e apoiou uma das mãos na borda da piscina.

– Senti sua falta ontem.

– Hummmm. – Ela deveria tentar um novo começo com Ben, também. Com suas sardas, seus olhos azuis penetrantes, seu rosto não barbeado e o belo corpo esculpido pela natação, ele era um tesão, certo? Ela tentou imaginar Ben pulando da ponte da trilha Mawyn. Será que ele ia rir, ou pensaria que aquilo era coisa de criança?

– Então, aonde você foi? – perguntou Ben, baforando em seus óculos de natação para desembaçá-los.

– Fui dar aula particular de espanhol.

– Quer vir à minha casa depois do treino? Meus pais só chegam às oito horas.

– Eu... eu não sei se posso. – Emily se afastou da borda da piscina e começou a bater os pés na água. Ela ficou olhando para baixo, vendo o turbilhão que seus pés e suas pernas geravam na água.

— Por que não? — Ben se afastou da borda para acompanhá-la.

— Porque... — Ela não conseguia inventar uma desculpa.

—Você sabe que quer ir — sussurrou Ben. — Ele começou a espirrar água nela com a mão. Maya havia feito a mesma coisa no dia anterior, mas dessa vez Emily não estava a fim de brincadeira.

Ben parou de jogar água nela.

— O que foi?

— Pare.

Ben colocou as mãos em volta da cintura dela.

— Não? Você não gosta quando eu jogo água em você? — perguntou ele, fazendo manha.

Ela tirou as mãos dele de cima dela.

— *Pare.*

Ele recuou.

— Tudo bem.

Bufando, ela foi para outra raia da piscina. Ela gostava de Ben, gostava mesmo. Talvez *devesse* ir à casa dele depois da natação. Eles assistiriam aos episódios gravados de American Chopper, comeriam pizza para viagem do DiSilvio's e ele, disfarçadamente, passaria a mão no sutiã esportivo e nada sexy dela. De repente ela ficou com lágrimas nos olhos. Ela realmente não queria sentar no colchão piniquento do porão de Ben, tirando pedacinhos de orégano dos dentes e enfiando sua língua dentro da boca dele. Simplesmente *não queria.*

Ela não era o tipo de garota que conseguia fingir. Mas isso significava que queria terminar com ele? Era difícil tomar uma decisão sobre um garoto quando ele estava bem na raia ao lado, a pouco mais de um metro.

A irmã dela, Carolyn, que estava treinando na raia ao lado, bateu em seu ombro.

— Tudo bem?

— Tudo — murmurou Emily, pegando uma prancha de natação azul.

— Então tá. — Carolyn olhou para ela como se quisesse dizer mais alguma coisa. Depois do passeio ao riacho com Maya no dia anterior, Emily tinha embicado o Volvo no estacionamento bem na hora em que Carolyn saía pelas portas duplas do ginásio de natação. Quando Carolyn perguntou por onde ela tinha andado, ela respondeu que estivera dando aulas de espanhol. Pareceu que Carolyn acreditara nela, apesar do cabelo de Emily estar úmido e do barulho esquisito que o carro estava fazendo — coisa que ele só fazia quando esfriava, após ter rodado muitos quilômetros.

Apesar de as irmãs serem fisicamente parecidas — as duas tinham sardas no nariz, cabelos avermelhados manchados de cloro e precisavam passar um montão de rímel Maybelline para alongar os cílios — e de dividirem o mesmo quarto, elas não eram íntimas. Carolyn era uma garota quieta, recatada e obediente e, apesar de Emily também ser, Carolyn parecia realmente feliz assim.

A treinadora soprou o apito.

— Vamos pegar as pranchas! Formem uma fileira!

Os nadadores se alinharam dos mais rápidos aos mais lentos com pranchas na frente deles. Ben estava na frente de Emily. Ele olhou para ela e ergueu uma das sobrancelhas.

— Eu não posso ir para sua casa essa noite — disse ela baixinho, para que os outros meninos, que estavam por ali, rindo do bronzeado falso de Gemma Currant que dera muito errado, não pudessem ouvir. — Desculpe.

A boca de Ben era uma linha fina em seu rosto.

– Ah, tá. Como se *isso* fosse uma surpresa.

Depois, quando Lauren soprou o apito, ele tomou impulso na parede da piscina e começou a bater as pernas. Sentindo-se desconfortável, Emily esperou até que Lauren apitasse de novo e começou a nadar atrás dele.

Enquanto nadava, Emily olhou para as pernas de Ben que se agitavam na água. Era tão ridículo como ele usava a touca de natação cobrindo seus cabelos que já eram bem curtos. Ele ficava tão obsessivo-complusivo antes das disputas que raspava todos os pelos do corpo, inclusive os das pernas e dos braços. Agora, seus pés batiam com força exagerada, jogando água no rosto de Emily. Ela deu uma olhada para sua cabeça que subia e descia à frente e bateu as pernas com mais força.

Apesar de ter largado cinco segundos depois de Ben, Emily alcançou a outra borda quase ao mesmo instante que ele. Ele se virou para ela, superbravo. As regras de boa educação da equipe ditavam que não importava se você era uma estrela da natação, se alguém o alcançasse, você o deixaria começar antes de você. Mas Ben pura e simplesmente tomou impulso na parede e continuou.

– Ben! – gritou Emily. Dava para sentir a raiva em sua voz.

Ele parou na parte rasa da piscina e se virou.

– O que foi?

– Me deixa ir na sua frente.

Ben revirou os olhos e se enfiou embaixo d'água.

Emily tomou impulso e bateu as pernas feito uma louca até alcançá-lo. Ele chegou até a borda e virou-se para ela.

– Dá pra você sair do meu pé? – Ele estava quase gritando.

Emily caiu na gargalhada.

—Você devia me deixar passar!

—Talvez se você não tivesse saído encostada em mim, você não *estivesse* tão encostada em mim.

Ela bufou.

— Não posso fazer nada se sou mais rápida que você.

O queixo de Ben caiu. Ooops.

Emily umedeceu os lábios.

— Ben...

— Não. — Ele ergueu as mãos. — Continue nadando bem rápido, tá bem?

Ele jogou os óculos para fora da piscina. Eles quicaram de um jeito estranho e caíram de volta na piscina, errando por milímetros o ombro com bronzeado falso de Gemma.

— Ben...

Ele olhou para ela, então lhe deu as costas e saiu da piscina.

— Dane-se.

Emily o viu abrir a porta do vestiário dos meninos com raiva.

Ela sacudiu a cabeça, olhando enquanto a porta ia para a frente e para trás devagarinho. Depois, ela se lembrou do que Maya dissera no dia anterior.

—Vou ligar o foda-se — disse ela baixinho. E sorriu.

16

NUNCA CONFIE EM UM CONVITE SEM REMETENTE

— Então você vem hoje à noite? — Hanna trocou seu Black-Berry de orelha e esperou pela resposta de Sean.

Era quinta-feira depois da escola. Ela e Mona tinham acabado de tomar um cappuccino no *campus*, mas Mona teve que ir embora logo para treinar para o torneio de golfe de mães e filhas no qual elas iam competir aquele final de semana. Agora, Hanna estava sentada na varanda da frente de sua casa, falando com Sean e vendo os gêmeos de seis anos do vizinho desenhando com giz, na calçada, garotos pelados que surpreendiam pela correta anatomia.

— Não posso — respondeu Sean. — Eu realmente sinto muito.

— Mas quinta é noite de *Nerve*, você sabe disso!

Hanna e Sean eram viciados em um *reality show* chamado *Nerve*, que mostrava as vidas de quatro casais que se conheciam só pela internet. O episódio dessa noite era importante porque o casal favorito deles, Nate e Fiona, estava quase chegando *lá*. Hanna pensou que isso, no mínimo, seria um bom começo para conversar a respeito.

— Eu... eu tenho uma reunião hoje à noite.
— Uma reunião de que?
— Hum... do Clube V.

O queixo de Hanna caiu. Clube V? Tipo... *Clube da Virgindade?*

— Você não pode faltar?

Ele ficou mudo por um minuto.

— Não posso.
— Bom, pelo menos você vai à festa do Noel amanhã?

Outra pausa.

— Não sei.
— Sean! Você tem que ir! — guinchou ela.
— Tudo bem — ele concordou. — Acho que Noel vai ficar chateado se eu não for.
— *Eu* vou ficar chateada também — completou Hanna.
— Eu sei. Vejo você amanhã.
— Sean, espera... — pediu Hanna. Mas ele já tinha desligado.

Hanna destrancou a porta da casa. Sean *tinha* que ir à festa do dia seguinte. Ela tinha bolado um plano romântico e infalível: ela o levaria até o bosque da casa de Noel, eles declarariam seu amor um pelo outro e depois transariam. O Clube V não podia ter nada contra sexo com amor, podia? Além disso, o bosque dos Kahn era lendário. Eram conhecidos como O Bosque da Virilidade porque muitos meninos tinham perdido a virgindade ali. A lenda dizia que as árvores sussurravam os segredos do sexo para os novos recrutas.

Ela parou na frente do espelho e levantou a camisa para ver os músculos trabalhados de seu abdome. Ela virou de lado para avaliar seu bumbum pequeno e arredondado. Depois, se aproximou do espelho para examinar a pele. A vermelhidão do dia anterior havia desaparecido. Ela verificou os dentes. Um dos da frente parecia estar encavalado com um canino. Será que ele sempre fora assim?

Ela jogou sua bolsa dourada de couro na mesa da cozinha e abriu o freezer. Sua mãe não comprara sorvete da Ben & Jerry's, então os sanduíches de sorvete Tofutti Cutie com cinquenta por cento a menos de açúcar iam ter que servir. Ela pegou três e começou a abrir o primeiro, cheia de gula. Quando deu uma mordida, sentiu-se compelida a comer mais, como sempre.

– Ei, Hanna, coma outro profiterole. – Ali havia sussurrado para ela enquanto visitam o pai de Hanna em Annapolis. Então Ali se virou para Kate, a filha da namorada do pai de Hanna e disse: – Hanna tem tanta sorte! Ela pode comer o que quiser e não engorda nem um grama!

Aquilo não era verdade, lógico. Por isso foi uma frase tão cruel. Hanna já era gordinha e parecia estar aumentando de peso. Kate riu e Ali, que deveria estar do lado de Hanna, riu também.

– Tenho uma coisa para você.

Hanna pulou. Sua mãe estava sentada à mesinha de telefone, vestindo um top rosa-pink da Champion e calças pretas de ioga.

– Ah – disse Hanna em voz baixa.

A sra. Marin deu uma boa olhada em Hanna e nos sanduíches de sorvete em volta dela.

– Você precisa mesmo de *três*?

Hanna baixou os olhos. Ela havia devorado o primeiro sem nem sentir o gosto e já estava desembrulhando o próximo.

Ela esboçou um sorriso para a mãe e enfiou os Cuties que sobraram no freezer de novo. Quando ela se virou, a mãe colocou uma sacolinha azul da Tiffany's em cima da mesa. Hanna olhou para ela inquisitivamente. *O que é isso?*

– Abra.

Dentro havia uma caixinha azul, e no interior dela estava o conjunto completo – a pulseira com pingentes, os brincos redondos e ainda, o colar. Exatamente os mesmos que ela tivera que devolver para a mulher da Tiffany's na delegacia. Hanna os ergueu, fazendo com que brilhassem sob a luz.

– Uau!

A sra. Marin deu de ombros.

– De nada.

Depois, para indicar que a conversa havia acabado, ela se retirou para seu canto, desenrolou seu colchonete roxo e voltou ao seu DVD de Power Yoga.

Lentamente, Hanna guardou os brincos de volta na sacola, confusa. Sua mãe era muito *estranha*. Foi quando ela reparou em um envelope quadrado cor de creme na mesinha de telefone. O nome e o endereço de Hanna estavam escritos nele. Ela sorriu. Um convite para uma festa bem legal era tudo de que ela precisava para se animar.

Inspire pelo nariz, expire pela boca era o que o tranquilo instrutor de ioga dizia na televisão do escritório. A sra. Marin permaneceu com seus braços placidamente largados ao longo do corpo. Ela não se mexeu nem quando seu BlackBerry começou a tocar "Flight of the Bumblebee", que significava que recebera um e-mail. Aquele era um tempo só dela.

Hanna pegou o envelope e subiu as escadas para seu quarto. Sentou em sua cama de dossel, sentiu a maciez de seus lençóis de um bilhão de fios e sorriu ao ver Dot dormindo bem calminho em sua caminha de cachorro.

— Vem cá, Dot — sussurrou. Ele se espreguiçou e subiu no colo dela. Hanna suspirou. Talvez ela só estivesse nervosa ou com TPM e esses sentimentos de desconforto e de ninguém--me-ama-ninguém-me-quer fossem desaparecer em poucos dias.

Ela rasgou o envelope com a unha e franziu a testa.

Não era um convite, e o bilhete não fazia muito sentido.

Hanna,
Nem mesmo papai ama você mais que tudo! — A

O que isso queria dizer? Mas quando ela desdobrou o outro papel que estava dentro do envelope, deu um grito.

Era uma impressão colorida do jornal interno de uma escola particular. Hanna olhou paras as pessoas conhecidas na foto. A legenda dizia: *Kate Randall foi a oradora da Barnbury School no evento de caridade. Fotografada aqui com sua mãe, Isabel Randall e com o noivo de sua mãe, Tom Marin.*

Hanna piscou várias vezes. O pai dela continuava o mesmo desde a última vez em que o vira. E apesar do seu coração ter parado quando ela leu a palavra *noivo* — quando foi que *aquilo* aconteceu? —, foi a imagem de Kate que a deixou ansiosa. Kate parecia ainda mais perfeita. Sua pele brilhava e seu cabelo estava irretocável. Seus braços estavam graciosamente colocados em volta de sua mãe e do sr. Marin.

Hanna jamais esqueceria o momento em que viu Kate pela primeira vez. Ali e Hanna tinham acabado de descer do trem em

Annapolis, e primeiro Hanna viu apenas o pai encostado em seu carro. Mas a porta do carro se abriu e Kate pôde ser vista. Seu cabelo comprido, cor de avelã, era liso e brilhante, e ela se movia como alguém que tivera aulas de balé desde os dois anos. O primeiro instinto de Hanna foi se esconder atrás de uma pilastra. Ela olhou para seu jeans justo, sua malha de *cashmere* e tentou não hiperventilar. *Foi por isso que papai foi embora*, pensou. *Ele queria uma filha que não o matasse de vergonha.*

– Ah, meu Deus – sussurrou Hanna, procurando o endereço do remetente no envelope. Nada. E então algo lhe ocorreu. A única pessoa que realmente sabia sobre Kate era Alison. Seus olhos procuraram o A do bilhete.

O sanduíche de sorvete da Tofutti Cutie dançou em seu estômago. Ela correu para o banheiro e pegou a escova de dentes extra no copo em cima da pia. Depois, se ajoelhou ao lado da privada e esperou. Havia lágrimas em seus olhos. *Não comece com isso de novo*, disse ela a si mesma, segurando a escova com força. *Você é melhor que isso.*

Hanna se levantou e se olhou no espelho. Seu rosto estava vermelho, o cabelo estava grudado em volta do rosto e os olhos, vermelhos e inchados. Devagar, ela colocou a escova de dentes de volta no copo.

– Eu sou Hanna e eu sou fabulosa – disse ela para o reflexo no espelho.

Mas aquilo não soou convincente. Nem um pouco.

17

PATO, PATO, GANSO!

– Tudo bem. – Aria soprou sua franja comprida para tirá-la dos olhos. – Nessa cena, você tem que usar essa peneira na cabeça e falar muito sobre um bebê que nós não temos.

Noel franziu o cenho e colocou o dedão em sua boca rosada em formato de arco.

– Por que eu tenho que usar uma peneira na cabeça, Finlândia?

– Porque sim – respondeu Aria – é Teatro do Absurdo. Por isso ele é, tipo, absurdo.

– Saquei – Noel riu. Era sexta-feira de manhã e eles estavam na sala de inglês. Depois do desastre de *Esperando Godot*, no dia anterior, o novo trabalho passado por Ezra consistia em os alunos se dividirem em grupos e escreverem suas próprias peças existencialistas. Existencialista era outro jeito de dizer "bobo e fora do padrão". E se existia alguém que podia ser bobo e fora do padrão, esse alguém era Aria.

— Eu sei de uma coisa realmente absurda que nós podemos fazer — disse Noel. — Nós podemos ter um personagem que dirige um Navigator e, tipo, depois de umas duas cervejas, cai num lago com patos. Mas ele, tipo assim, cai enquanto dirige, então não percebe que está no lago até o dia seguinte. Podia ter patos dentro do Navigator.

Aria fez cara de preocupada.

— Como a gente vai encenar isso? Parece impossível.

— Eu não sei. — Noel deu de ombros. — Mas isso aconteceu comigo ano passado. E foi mesmo absurdo. E incrível.

Aria suspirou. Ela não havia escolhido Noel para ser seu parceiro porque achava que ele seria um bom coautor. Ela olhou em volta procurando por Ezra, mas ele, infelizmente, não estava olhando para eles como se estivesse com ciúmes.

— E se nós fizermos uma das personagens *pensar* como um pato? — sugeriu ela. — Ele pode dizer um quack de vez em quando.

— Hum, claro. — Noel anotou aquilo num papel pautado com uma caneta Montblanc toda mordiscada. — Ei, talvez nós pudéssemos filmar isso com a câmera Canon DV do meu pai. Daí a gente fazia um filme em vez de uma peça chata.

Aria pensou bem.

— Na verdade, isso seria bem legal.

Noel sorriu.

— Aí, poderíamos manter a cena do Navigator!

— Acho que sim. — Aria se perguntou se os Kahn realmente teriam um Navigator de reserva. Era bem provável.

Noel cutucou Mason Byers, que fazia dupla com James Freed.

— Cara, a gente vai usar um Navigator na nossa peça! E fogos de artifício!

— Espera aí. Fogos de artifício?

— Que legal! — respondeu Mason.

Aria ficou calada. Sério, ela não tinha energia para aguentar aquilo. Na noite anterior, ela mal tinha dormido. Estava bastante atormentada com a mensagem em código que recebera, passou metade da noite pensando e tricotando furiosamente uma touca roxa com protetores de orelha.

Era horrível pensar que alguém soubesse não apenas sobre Ezra e ela, mas também sobre aquela história do pai dela. E se esse tal de A enviasse uma mensagem dessas para Ella? Aria não queria que a mãe descobrisse — não naquele momento, não desse jeito.

Aria também não podia evitar a hipótese de que as mensagens de A pudessem mesmo ser de *Alison*. Simplesmente não havia muitas pessoas que sabiam daquilo. Umas poucas pessoas da faculdade talvez, e Meredith sabia, óbvio. Mas eles não conheciam Aria.

Se o texto era de Alison, aquilo significava que ela estava viva. Ou... *não*. E se os textos fossem do fantasma de Ali? Um fantasma poderia facilmente deslizar entre as fendas do banheiro feminino do Snooker's. Espíritos dos mortos algumas vezes contatavam os vivos para fazer reparos, certo? Era como uma última missão antes de eles se graduarem no céu.

Se Ali precisasse fazer reparos, porém, podia ter pensado em um candidato mais merecedor que ela. Tipo a Jenna. Aria cobriu os olhos com as mãos, bloqueando a memória. Dane-se a terapia que diz que você tem que enfrentar seus demônios: ela havia tentado bloquear "A Coisa com Jenna" tanto quanto tentara bloquear a história entre seu pai e Meredith.

Aria suspirou. Em horas como essa, ela desejava não ter se afastado de suas velhas amigas. Como Hanna, a umas poucas carteiras de distância — se ao menos Aria pudesse andar até lá e conversar com ela sobre aquilo tudo, fazer perguntas a respeito de Ali. Mas o tempo realmente muda as pessoas. Ela se perguntou se em vez de falar com Hanna, seria mais fácil falar com Spencer ou com Emily.

— Ei, você aí! — Aria se endireitou. Ezra estava em pé na frente dela.

— Oi — guinchou ela.

Seu olhar encontrou os olhos azuis dele, e ela sentiu uma pontada de dor no coração.

Ezra virou o quadril sem jeito.

— Como você está?

— Hum, eu... ótima. Muito bem mesmo. — Ela sentou reta. No avião de volta da Islândia, Aria leu em uma revista *Seventeen* que encontrou em seu assento que os homens gostavam de garotas confiantes e entusiasmadas. E já que ser brilhante não tinha adiantado no dia anterior, porque não tentar outra abordagem?

Ezra tampou e destampou sua Bic.

— Olha, desculpa cortar você daquele jeito ontem, bem no meio do seu relatório. Você gostaria de me passar seus cartões de resumo, para que eu lhe dê uma nota baseada neles?

— Tudo bem. — Será que Ezra se oferecia para fazer isso pelos outros alunos?

— Tudo bem, então — Ezra sorriu. Ele abriu a boca como se quisesse dizer mais alguma coisa. — Você está conseguindo alguma coisa, aí? — Ele colocou as mãos na carteira de Aria e se inclinou para olhar o caderno dela. Aria olhou para suas mãos nesse momento, depois encostou seu mindinho no dele. Ela tentou fazer parecer acidental, mas ele não tirou a mão dali. Pareceu que o contato entre eles gerava eletricidade.

— Sr. Fitz! — A mão de Devon Asliss se ergueu na última fileira. — Eu tenho uma pergunta.

— Fique aí — disse Ezra, se levantando.

Aria colocou o dedinho que havia encostado em Ezra na boca. Olhou para ele por alguns segundos, pensando que ele poderia voltar para ela, mas não voltou.

Tudo bem, então. De volta ao plano C: *ciúme*.

Ela se virou para Noel.

— Acho que deveria ter uma cena de sexo em nosso filme.

Ela falou aquilo bem alto, mas Ezra continuava inclinado sobre a carteira de Devon.

— Sensacional — disse Noel. — O cara que pensa que é um pato vai conseguir alguma coisa?

— É isso aí. Com uma mulher que beija como um ganso.

Noel riu.

— Como é que um ganso beija?

Aria se virou na direção da carteira de Devon. Ezra estava de frente para eles. Ótimo.

— Assim. — Ela se inclinou e beijou Noel no rosto. Surpreendentemente, Noel tinha um cheiro muito gostoso. Ele cheirava a creme de barbear Kiehl's Blue Eagle.

— Legal — sussurrou Noel.

O restante da classe fervilhava de atividade, sem se dar conta dos beijos de ganso, mas Ezra, que ainda estava perto da carteira de Devon, permaneceu imóvel.

— Você sabe que eu vou dar uma festa hoje à noite? — Noel colocou a mão no joelho de Aria.

— É, acho que ouvi alguma coisa a respeito.

—Você deveria mesmo ir. Vamos ter muita cerveja. E outras coisas... como uísque. Você gosta de uísque? Meu pai tem uma coleção, então...

— Adoro uísque — Aria sentiu os olhos de Ezra queimando em suas costas. Então ela se inclinou sobre Noel. — É claro que eu vou à sua festa hoje à noite.

Pela forma como a caneta dele escorregou de sua mão e fez barulho ao cair no chão, não era difícil adivinhar se Ezra tinha ou não escutado o que eles diziam.

18

ONDE ESTÁ NOSSA VELHA EMILY E O QUE VOCÊ FEZ COM ELA?

—Você vai à festa dos Kahn hoje à noite? — perguntou Carolyn, entrando com o carro na garagem da casa dos Fields.

Emily passou um pente em seu cabelo ainda molhado.

— Eu não sei. — Durante o treino daquele dia, ela e Ben mal haviam trocado duas palavras, então, não tinha certeza se iria com ele. — Você vai?

— Não sei. Topher e eu podemos resolver ir ao Applebee's, em vez de irmos à festa.

Claro que Carolyn teria dificuldade para decidir entre uma festa no jardim ou o Applebbe's numa sexta-feira à noite.

Elas bateram as portas do Volvo e seguiram o caminho de cascalho até a casa em estilo colonial da família, que devia ter uns trinta anos. Não era uma casa parecida com a maioria das casas em Rosewood, enormes e impressionantes. As telhas azul-
-claro estavam um pouco lascadas e as pedras da entrada já tinham desaparecido. A mobília do deque era meio antiquada.

A mãe as cumprimentou na porta da frente, com o telefone sem fio na mão.

— Emily, preciso falar com você um minutinho.

Emily deu uma olhada para Carolyn, que abaixou a cabeça e correu escada acima. Ah, não.

— O que foi?

A mãe alisou suas calças cinza pregueadas.

— Eu estava ao telefone com a treinadora Lauren. Ela disse que sua cabeça está em outro lugar, que você não se concentra nos treinos. E disse que... você não foi ao treino na quarta-feira.

Emily engoliu em seco.

— Eu estava dando aula particular de espanhol para uns garotos.

— Foi isso que Carolyn me disse. Então, eu liguei para a senhora Hernandez.

Emily baixou a cabeça e olhou para seus tênis verdes. A sra. Hernadez era a professora de espanhol responsável pelas aulas particulares.

— Não minta para mim, Emily. — A sra. Fields franziu o cenho. — Onde você estava?

Emily atravessou a cozinha e desabou em uma cadeira. Sua mãe era uma pessoa racional. Elas podiam falar a respeito do que acontecera.

Ela mexeu com a argolinha prateada na parte de cima de sua orelha. Anos atrás, Alison pediu a Emily que fosse com ela ao Piercing Palace, porque ia fazer um piercing no umbigo, e elas acabaram colocando brincos iguais. Emily ainda usava a mesma argolinha prateada na parte de cima das orelhas. Depois, Ali comprou um par de protetores de orelha imitando pelo de leopardo para esconder a prova do crime. Emily ainda usava aqueles protetores nos dias mais frios do inverno.

— Olha — ela disse, por fim —, eu estava com aquela menina nova, Maya. Ela é muito legal. Nós somos amigas.

Sua mãe parecia confusa.

— Vocês não podiam fazer alguma coisa juntas depois do treino, ou no sábado?

— Não vejo razão para tanta preocupação — disse Emily. — Eu perdi um dia de treino. Vou nadar o dobro neste final de semana, prometo.

A mãe apertou os lábios e se sentou.

— Mas Emily... eu não consigo entender. Quando se inscreveu na natação este ano, assumiu um compromisso. Você não pode sair por aí com suas amigas quando deveria estar nadando.

Emily a interrompeu.

— *Me inscrevi* na natação? Como se eu tivesse escolha?

— O que está acontecendo com você? Está usando um tom estranho; mentindo sobre onde tem andado... — A mãe balançou a cabeça. — Por que essa mentira agora? Você nunca foi disso.

— *Mamãe...* — Emily começou, e depois parou de falar, se sentindo muito cansada. Ela queria dizer que sim, havia mentido, muitas vezes. Mesmo quando fora "a boa menina" em seu grupo de amigas do sétimo ano, ela fizera todo tipo de coisa e sua mãe nunca soubera.

Logo depois do desaparecimento de Ali, Emily temeu que o sumiço da amiga fosse uma espécie de... punição... cósmica porque Emily havia desobedecido seus pais secretamente, fazendo um piercing, se envolvendo na "Coisa com Jenna". Desde aquela época, tentara ser perfeita, fazer tudo que os pais mandassem. Ela fizera de si mesma uma filha modelo, por dentro e por fora.

— Eu só quero saber o que está acontecendo com você — disse a mãe.

Emily colocou as mãos sobre o jogo americano. Tentando se lembrar de como havia se transformado naquela versão de si mesma que não era *realmente* ela. Ali não havia desaparecido porque Emily desobedecera aos seus pais — agora ela conseguia entender isso. E da mesma forma que não conseguia se imaginar no colchão piniquento de Ben, sentindo sua língua nauseante em seu pescoço, não conseguia se imaginar passando os próximos dois anos do ensino médio — e depois os quatro anos de faculdade — tendo que passar quatro horas por dia dentro de uma piscina. Por que Emily não podia ser só... Emily? Será que o tempo dela não seria mais bem aproveitado se ela o usasse para estudar ou, quem sabe, se divertir um pouco?

— Se você quer saber o que está acontecendo comigo — começou Emily, tirando o cabelo do rosto. Respirou fundo —, acho que não quero mais nadar.

O olho direito da sra. Fields se contraiu. Sua boca se abriu lentamente. Ela então se virou para ficar de frente para a geladeira, encarando os ímãs em formato de galinhas. Não disse nada, mas seus ombros tremiam. Finalmente, ela se virou. Seus olhos estavam um pouco vermelhos e seu rosto parecia exausto, como se tivesse envelhecido dez anos em poucos instantes.

— Eu vou ligar para o seu pai. Ele vai colocar algum juízo na sua cabeça.

— Eu já tomei minha decisão — ao dizer isso, ela se deu conta de que já tinha mesmo decidido.

— Não, não tomou. Você não sabe o que é melhor para você.

— Mamãe! — Emily sentiu lágrimas em seus olhos. Era assustador e triste ver a mãe tão brava com ela. Mas agora que tinha decidido, ela se sentia como se finalmente estivesse tirando um enorme peso dos ombros.

Os lábios da mãe tremiam.

— Isso tem a ver com essa nova amiga?

Emily ficou tensa e assoou o nariz.

— O quê? Quem?

A sra. Fields suspirou.

— A menina que mudou para a casa dos DiLaurentis. Foi para ficar com ela que você matou o treino de natação, não foi? O que vocês duas ficaram fazendo?

— Nós... nós só fomos até a trilha — sussurrou Emily. — E conversamos.

A mãe abaixou os olhos.

— Eu não tenho bons pressentimentos sobre meninas... como ela.

Opa. O quê? Emily olhou para a mãe. Ela... *sabia?* Mas como? Sua mãe nem conhecia Maya. Seria possível simplesmente olhar para ela e *saber?*

— Mas a Maya é muito legal. — Emily tentou consertar a situação. — Eu me esqueci de contar, mas ela disse que os *brownies* estavam maravilhosos e mandou agradecer.

A mãe juntou os lábios.

— Eu fui até lá. Estava tentando ser uma boa vizinha. Mas isso... isso é demais. Ela não é uma boa influência para você.

— Eu não...

— Por favor, Emily — interrompeu a mãe.

As palavras ficaram presas na garganta de Emily.

A mãe suspirou.

— Existem tantas diferenças culturais entre vocês e... ela... e eu simplesmente não consigo entender o que você e Maya têm em comum, de qualquer forma. E o que é que sabemos sobre aquela família? Quem sabe o tipo de coisas em que eles estão metidos?

— Espera, *como assim*? — Emily encarou a mãe. A *família* de Maya? Até onde Emily sabia, o pai de Maya era engenheiro civil e a mãe dela trabalhava como enfermeira particular. O irmão frequentava uma das turmas mais adiantadas em Rosewood e era um prodígio no tênis; eles estavam construindo uma quadra de tênis na propriedade. O que é que a família dela tinha a ver com essa história?

— Eu simplesmente não confio naquelas pessoas — disse a mãe de Emily. — Sei que isso soa muito bitolado, mas não confio mesmo.

A cabeça de Emily quase explodiu. *A família dela. Diferenças culturais. Aquelas pessoas?* Ela reviu tudo o que a mãe havia dito.

Ai... meu... Deus.

A sra. Fields não estava preocupada porque achava que Maya era gay. Ela estava preocupada porque Maya — assim como o restante da família dela — era *negra*.

19

QUENTE E FRIO

Na sexta-feira à noite, Spencer estava deitada em sua cama de bordo com dossel, instalada bem no meio de seu novíssimo quarto no ex-celeiro, com as costas cheias de gelol, fitando o teto iluminado e lindo. Ninguém jamais diria que, há cinquenta anos, vacas dormiam naquele celeiro. O quarto era enorme, com quatro janelas bem grandes e um pátio pequeno. Depois do jantar da noite anterior, ela havia carregado todas as suas coisas para lá. Havia organizado todos os seus livros e CDs de acordo com autor e artista, havia arrumado seu *home theater* e até mesmo reprogramado o TiVo com suas preferências, incluindo seus novos programas favoritos na BBC América. Tudo estava perfeito.

Exceto, claro, pela dor nas costas. Seu corpo doía como se ela tivesse feito *bungee jumping* sem corda de proteção. Ian havia feito com que corressem quase cinco quilômetros – de corrida puxada – e, em seguida, um monte de exercícios. Todas as garotas ficaram tagarelando sobre o que usariam na festa de Noel naquela noite, mas, depois de todo aquele treino infernal, Spencer estava bem satisfeita em ficar em casa e fazer seus deveres de cálculo. Especialmente quando "casa", agora, significava ficar em seu celeiro encantado.

Spencer se esticou para pegar o tubo de gelol e viu que havia acabado. Ela se sentou bem devagar e colocou a mão nas costas como se fosse uma velhinha. Teria de pegar mais lá na casa principal. Spencer *adorava* o fato de que agora podia chamá-la de *casa principal*. Isso parecia muito adulto.

Enquanto atravessava o gramado grande e irregular, deixou a mente retornar ao seu assunto favorito *du jour*, Andrew Capbell. Sim, era um alívio que A fosse Andrew e não Ali, e sim, ela se sentia um milhão de vezes melhor e um zilhão de vezes menos paranoica desde o dia anterior, mas mesmo assim... Que espião mais horroroso e bisbilhoteiro! Como ele ousara fazer perguntas tão intrometidas e ser tão fofoqueiro na sala de estudos e ainda escrever um e-mail tão assustador! E todo mundo achando que ele era doce e inocente, com seu laço de gravata perfeito e sua pele luminosa – provavelmente era do tipo que usava sabonete antibactericida depois da aula de ginástica. Que esquisitão.

Fechando a porta do banheiro do andar de cima, ela encontrou o tubo de gelol no armário, abaixou as calças de moletom Nuala Puma, se virou e começou a esfregar a pomada nas costas e nos tendões das pernas. O cheiro de mentol impregnou todo o cômodo e ela fechou os olhos.

A porta do banheiro se abriu. Spencer tentou puxar as calças o mais rápido possível.

— Ah, meu Deus — disse Wren, com os olhos arregalados. — Eu... ah, merda. Me desculpe.

— Tudo bem — disse Spencer, lutando para amarrar o cordão da calça.

— Eu ainda me confundo com essa casa... — Wren estava usando seu uniforme azul do hospital, que consistia em uma camisetona de gola V e uma calça de amarrar. Pareciam pijamas. — Eu pensei que este fosse o nosso quarto.

— Acontece o tempo todo — disse Spencer, apesar de não acontecer, claro.

Wren ficou parado na soleira da porta. Spencer sentiu que ele estava olhando para ela e rapidamente olhou para baixo, para se certificar de que seu peito não estava aparecendo e de que não havia gelol em seu pescoço.

— Então, hum, como está o celeiro? — perguntou Wren.

Spencer deu uma risada e, depois, lembrando-se de algo, cobriu a boca com a mão. No ano anterior, ela havia feito um tratamento dentário para clarear os dentes e eles acabaram ficando um pouquinho brancos demais. Ela tivera que escurecê--los de propósito, tomando montes de café.

— Está tudo bem. E como vão as coisas no quarto da minha irmã?

Wren sorriu, irônico.

— Hum.... está um pouco... rosa.

— Imagino. Todas aquelas cortinas rendadas — acrescentou Spencer.

— E eu encontrei um CD perturbador, também.

— Ah, é? Qual?

— *O Fantasma da Ópera* — ele riu.

— Mas você não fazia teatro? — Spencer deixou escapar.

— Bom, Shakespeare e coisas do gênero. — Wren ergueu uma sobrancelha. — Como é que você sabe disso?

Spencer ficou branca. Ia parecer bem esquisito se contasse a Wren que tinha procurado por ele no Google. Ela deu de ombros e se inclinou sobre a bancada. Uma dor absurda atingiu a parte de baixo de suas costas e ela recuou.

Wren hesitou.

— Qual é o problema?

— Ah, você sabe. — Spencer se inclinou na pia. — Treino de hóquei de novo.

— O que você fez dessa vez?

— Ah, devo ter deslocado alguma coisa. Está vendo o gelol?
— Segurando a toalha em uma das mãos, ela pegou o tubo de pomada, colocou um pouco na palma da mão e enfiou a mão por dentro da calça, para esfregar o tendão. Ela gemeu baixinho, e torceu para que tivesse sido um gemido sexy. Tudo bem, podem processá-la por ser um pouquinho dramática.

— Você precisa de ajuda?

Spencer hesitou. Mas Wren parecia mesmo muito preocupado. E era uma dor lancinante — bem, era muita dor, de qualquer forma — para que ela conseguisse torcer as costas daquele jeito para passar o remédio, mesmo que estivesse fazendo aquilo de propósito.

— Se você não se importar — disse ela, com doçura. — Obrigada.

Spencer encostou a porta com um dos pés. Ela colocou um pouco de pomada na mão dele. As mãos grandes de Wren pareceram sexy lambuzadas de pomada. Ela viu suas imagens refletidas no espelho e estremeceu. Eles ficavam lindos juntos.

— Então, onde está doendo? — perguntou Wren.

Spencer mostrou. O músculo ficava bem embaixo da bunda.

— É aí — murmurou ela e pegou uma toalha do toalheiro, enrolou-a em seu corpo, depois tirou as calças por baixo da toalha. Fez sinal para mostrar onde doía, indicando a Wren onde massagear. — Mas, hum, tente não sujar muito a toalha — pediu.
— Eu implorei à minha mãe que importasse essas toalhas da França especialmente para mim e o gelol acaba com elas. Nem lavando o cheiro sai.

Ela ouviu Wren prendendo o riso e tentando ficar sério. Será que aquilo tinha soado muito agressivo e "Melissístico"?

Wren alisou seu cabelo macio para trás com a mão que não tinha pomada e se ajoelhou, passando uma generosa quantidade de gelol na pele dela. Com as mãos debaixo da toalha, ele começou a massagear os músculos lentamente, com movimentos circulares. Spencer relaxou e se apoiou nele um pouquinho. Ele se levantou, mas não se afastou dela. Ela sentiu a respiração dele em seu ombro e em sua orelha. Podia sentir a pele radiante de Wren pegar fogo.

— Está se sentindo melhor? — murmurou Wren.

— Isso foi incrível. — Ela talvez houvesse dito aquilo só em sua cabeça, não tinha certeza.

Eu deveria ir em frente, pensou Spencer. *Eu deveria beijá-lo.* Ele pressionou as mãos com mais firmeza nas costas dela, as unhas entrando um pouco na carne. O peito dela subia e descia descompassado.

O telefone tocou no corredor.

— Wren, querido? — a mãe de Spencer chamou lá de baixo. — Você está aí em cima? Melissa quer falar com você no telefone.

Ele deu um pulo para trás. Com um sobressalto, Spencer prendeu a toalha mais firmemente em torno de si. Depressa, ele limpou o gelol da mão em outra toalha. Spencer estava tão em pânico que nem conseguiu dizer a ele para não fazer isso.

– Hum... – murmurou ele.

Ela desviou o olhar.

– Você deveria ir...

– É.

Ele abriu a porta.

– Espero que melhore.

– Ah, sim, obrigada – ela murmurou de volta, fechando a porta atrás de si. Depois, se arrastou até a pia e olhou para seu reflexo no espelho.

Alguma coisa se moveu na imagem e, por um segundo, ela achou que havia alguém no boxe. Mas fora apenas a cortina agitada por uma brisa que vinha da janela aberta. Spencer virou de novo para a pia.

Eles haviam sujado a bancada de gelol. Estava branca e grudenta, parecia coberta de glacê. Com a ponta do dedo, ela escreveu o nome dele com a pomada. Depois, desenhou um coração em volta.

Spencer pensou em deixar aquilo ali. Mas depois ouviu Wren andando pelo corredor e dizendo:

– Oi, meu amor, estou com saudades.

Franzindo o cenho, ela apagou aquilo com a palma da mão.

20

TUDO O QUE EMILY PRECISA É DE UM SABRE DE LUZ E UM CAPACETE PRETO

Estava escurecendo quando Emily entrou no Jeep Cherokee verde de Ben.

— Obrigada por convencer meus pais a só começarem o castigo amanhã.

— Sem problemas — respondeu Ben. Ele não havia dado um beijo de boas-vindas nela. E estava tocando Fall Out Boy no CD player, que ele sabia que Emily detestava.

— Eles estão bem bravos comigo.

— Ouvi dizer. — Ele manteve os olhos no caminho.

O interessante é que Ben não perguntou por quê. Talvez ele já soubesse. E, mais estranho ainda, o pai de Emily entrara no quarto dela mais cedo e dissera:

— Ben vem apanhar você em vinte minutos, esteja pronta.

Tudo bem. Emily havia pensado que estava de castigo para o resto da vida por ter renegado os Deuses da Natação, mas sentiu que eles *queriam mesmo* que ela saísse com Ben. Talvez ele conseguisse colocá-la nos eixos de novo.

Emily suspirou.

— Me desculpe pelo o que aconteceu no treino de ontem. Estou um pouco estressada.

Ben finalmente abaixou o volume.

— Tudo bem. Você só está um pouco confusa.

Emily lambeu os lábios cheios de ChapStick. *Confusa?* Sobre o quê?

— Vou perdoar você desta vez – acrescentou Ben. Ele esticou o braço e apertou a mão dela.

Emily ficou furiosa. *Desta vez?* E ele não deveria ter pedido desculpas também? Afinal de contas, ele havia corrido para o vestiário todo nervosinho, como se fosse um bebê.

Eles atravessaram os portões de ferro abertos da casa dos Kahn. A propriedade era bem afastada da estrada, então, o caminho que levava à casa tinha meio quilômetro de comprimento e era ladeado por pinheiros altos e espigados. Até o ar parecia mais limpo. A casa de tijolos vermelhos repousava atrás de enormes colunas dóricas. Tinha um pórtico com uma estatueta de cavalo no alto, e uma varanda maravilhosa, toda envidraçada ao lado da casa. Emily contou catorze janelas no segundo andar, de uma ponta a outra.

Mas não era a casa que importava naquela noite. Eles iam ficar no campo, que ficava separado da propriedade por cercas vivas altas de hera e por um muro de pedras que se estendia por quilômetros. Metade do campo abrigava o haras da família Kahn; e do outro lado havia um enorme gramado e um lago com patos. Todo o lugar era cercado por um bosque denso.

Depois que Ben parou o carro no estacionamento improvisado num gramado, Emily saltou e ouviu The Killers vindo dos fundos da propriedade. Rostos conhecidos de Rosewood saíam de seus Jeeps, Escalades e Saabs, um grupo de garotas perfeitamente maquiadas pegaram maços de cigarro de suas bolsinhas com alça de correntinha e os acenderam, sempre falando em seus minúsculos celulares. Emily olhou para seu All-Star azul meio gasto e tocou em seu rabo de cavalo bagunçado.

Ben começou a andar ao seu lado e, cortando pela hera e através de um trecho estreito do bosque, entraram na área da festa. Havia um monte de gente que Emily não conhecia, mas isso se devia ao fato de os Kahn convidarem todos os estudantes de escolas particulares descolados da região, além da turma de Rosewood. Havia um barril e uma mesa de bebidas perto dos arbustos, uma pista de dança com chão de madeira, lanternas penduradas e tendas no meio do terreno. E do outro lado, perto das árvores, uma cabine de fotografia antiga toda enfeitada com luzinhas de Natal. Os Kahn tiravam aquilo do porão para a festa todos os anos.

Noel os saudou. Ele vestia uma camiseta cinza, onde se lia QUALQUER COISA EM TROCA DE COMIDA, usava um jeans desbotado e rasgado, e estava sem sapatos nem meias.

– E aí? – Ele deu cerveja para os dois.

– Obrigado, cara – Ben pegou seu copo e começou a beber. Um pouco da cerveja escorreu pelo queixo dele. – Bela festa.

Alguém bateu no ombro de Emily.

Emily se virou. Era Aria Montgomery, vestindo uma camiseta justa e vermelha, que dizia Universidade da Islândia, minissaia jeans com a barra desfiada e botas coubói vermelhas John Fluevog. Seu cabelo preto estava preso num rabo de cavalo.

— Opa, e aí! — Emily a cumprimentou. Ela ouvira dizer que Aria estava de volta, mas não a tinha visto ainda. — Como estava a Europa?

— Maravilhosa — Aria sorriu. As meninas olharam uma para a outra por alguns segundos. Emily ficou parada, querendo dizer a Aria que estava feliz, que abandonara o piercing falso no nariz e as mechas cor-de-rosa no cabelo, mas depois se perguntou se não seria esquisito mencionar sua antiga amizade. Ela deu um gole em sua cerveja e fingiu estar interessadíssima no formato do copo.

Aria estava impaciente.

— Olha, estou feliz que você esteja aqui. Eu estava mesmo querendo falar com você.

— Estava? — Emily olhou em seus olhos e depois baixou o rosto.

— Bem... ou com você ou com Spencer.

— É mesmo? — Emily sentiu um aperto no coração. *Spencer?*

— Bem, prometa que você não vai me achar louca. Eu fiquei fora muito tempo, mas... — Aria fez uma careta de que Emily se lembrava bem. Isso significava que ela estava medindo as palavras.

— E então? — Emily ergueu as sobrancelhas, na expectativa. Talvez Aria quisesse que todas as suas velhas amigas se reunissem, claro. Estando fora, ela não tinha como saber que elas estavam muito afastadas. *Isso* seria muito chato.

— Bem... — Aria olhou em volta com muita atenção. — Houve alguma novidade sobre o desaparecimento de Ali enquanto eu estive fora?

Emily recuou ao ouvir o nome de Ali saindo da boca de sua antiga amiga.

— Sobre o desaparecimento dela? Como assim?

— Ah, assim... descobriram quem a levou? Ela voltou?
— Hum... não... — Sem graça, Emily roía a unha do dedão.
Aria se inclinou, chegando mais perto de Emily.
—Você acha que ela morreu?
Emily arregalou os olhos.
— Eu... eu não sei. *Por quê?*
Aria projetou o maxilar. Ela parecia imersa em pensamentos.
— O que você quer dizer com isso tudo? — Emily perguntou, com o coração disparado.
— Nada.
Então os olhos de Aria se fixaram em alguém para além dela. Ela fechou a boca.
— Oi — disse alguém com voz grave atrás de Emily.
Emily se virou. Era Maya.
— Ei — ela respondeu, quase derrubando o copo. — Eu... eu não sabia que você viria.
— Nem eu — disse Maya. — Mas meu irmão queria vir. Ele está por aí, em algum lugar.
Emily se virou para apresentá-la a Aria, mas sua velha amiga havia desaparecido.
— Então, essa é a Maya? — Ben se materializou ao lado delas. — A garota que levou Emily para o lado negro?
— Lado negro? — guinchou Emily. — Que lado negro?
— Abandonar a natação — respondeu Ben. Ele se virou para Maya. —Você sabe que ela está largando a natação, né?
— *Está?* — Maya se virou para Emily e sorriu, toda feliz.
Emily fuzilou Ben com os olhos.
— Maya não tem nada a ver com isso. E nós não temos que conversar sobre esse assunto.
Ben deu outro gole na cerveja.

— Por que não? Essa não é a sua grande novidade?

— Eu não sei...

— Bem, que seja. — Ele bateu com uma de suas mãos grandes no ombro dela, talvez um pouco forte demais. — Vou tomar outra cerveja. Você quer?

Emily concordou, apesar de beber, no máximo, uma cerveja quando ia a festas. Ben não perguntou se Maya queria outra cerveja. Enquanto ele se afastava, ela reparou em seus jeans largos na bunda. Credo.

Maya pegou a mão de Emily e a apertou.

— Como está se sentindo?

Emily olhou para suas mãos enlaçadas e ruborizou, mas continuou de mãos dadas.

— Bem. — *Ou assustada. Ou, em alguns momentos, como num filme ruim.* — Confusa, mas bem.

— Eu tenho exatamente a coisa certa para celebrar — sussurrou Maya. Ela pegou sua mochila Manhattan Portage e mostrou a Emily a ponta de uma garrafa de Jack Daniel's. — Roubei da mesa de bebidas. Quer me ajudar a acabar com ela?

Emily olhou para Maya. O cabelo dela estava preso e ela vestia uma camiseta simples, sem mangas, e uma saia cargo, verde-militar. Ela parecia efervescente e divertida — muito mais divertida que Ben com seus jeans largos na bunda.

— Por que não? — respondeu, e seguiu Maya na direção do bosque.

21

GAROTAS GOSTOSAS – ELAS SÃO IGUAIZINHAS A NÓS!

Hanna deu um gole em sua vodca com limão e acendeu outro cigarro. Ela não tinha visto Sean desde que eles estacionaram o carro no gramado dos Kahn, duas horas antes, e até mesmo Mona havia desaparecido. Agora, ela estava presa numa conversa com James Freed, o melhor amigo de Noel, Zelda Millings – uma bela garota loura, que só usava roupas e sapatos feitos de fibras de cânhamo – e mais um bando de garotas histéricas da panelinha de Doringbell Friends, uma escola *quaker* superexclusiva da cidade ao lado. As meninas tinham vindo à festa de Noel no ano anterior e, apesar de Hanna ter falado com elas na ocasião, não conseguia se lembrar de seus nomes.

James apagou um Marlboro na sola de seu Adidas de bico redondo e deu um gole em sua cerveja.

– Ouvi dizer que o irmão de Noel tem um monte de maconha.

– Eric? – perguntou Zelda. – E onde é que ele está?

– Na cabine de fotos – respondeu James.

De repente, Sean apareceu, vindo do meio dos pinheiros. Hanna se levantou, arrumou seu vestido leve BCBG que, com sorte, faria com que ela parecesse mais magra, e amarrou as tiras de suas novíssimas sandálias azul-clarinhas Cristian Louboutin em volta dos tornozelos. Conforme ela corria ao encontro dele, seus saltos afundavam na grama úmida. Ela agitou os braços, derrubou sua bebida e, de repente, caiu de bunda no chão.

— E lá vai ela! — gritou James, completamente bêbado. Todas as meninas de Doringbell riram.

Hanna levantou-se rapidamente, beliscando a palma da mão para evitar o choro. Aquela era a grande festa do ano, mas ela se sentiu completamente deslocada: seu vestido parecia apertado em volta do quadril, ela não conseguira fazer Sean dar nenhum sorriso na viagem de carro até a festa, apesar de ele ter conseguido o BMW 760i do pai para ir até lá, de ela estar em sua terceira e supercalórica vodca com limão, e ainda eram nove e meia.

Sean pegou a mão dela para ajudá-la a se levantar.

— Tudo bem com você?

Hanna hesitou.

Sean estava vestindo uma camisa branca, que acentuava seu físico largo de jogador de futebol e sua barriga de tanquinho graças aos bons genes; jeans azul-escuro Paper Denim, que deixavam sua bunda incrível e tênis pretos Puma bem velhos. Seu cabelo castanho-alourado estava desalinhadamente arrumado, seus olhos castanhos pareciam mais profundos que de costume e seus lábios pareciam mais beijáveis que o normal. Na última hora, ela havia visto Sean parar para conversar com todos os caras que podia, evitando-a, cuidadosamente.

— Eu estou bem. — Ela fez o biquinho que era sua marca registrada.

— Qual é o problema?

Ela tentou encontrar equilíbrio em cima dos saltos.

— Nós podemos... Ir a algum lugar mais tranquilo um pouquinho? Talvez o bosque? Para conversar?

Sean deu de ombros.

— Tudo bem.

Beleza!

Hanna levou Sean pela trilha até o Bosque da Masculinidade. Árvores margeavam o caminho e longas sombras cortavam seus corpos. Hanna só havia estado ali uma vez, no sétimo ano, quando suas amigas tiveram um encontro secreto com Noel Kahn e James Freed. Ali ficou com Noel, Spencer ficou com James e ela, Emily e Aria ficaram sentadas em troncos, sentindo-se como lixo, dividindo cigarros e esperando que os casais terminassem. Naquela noite, ela jurou que seria diferente.

Ela se sentou em um trecho gramado do caminho e puxou Sean para se sentar com ela.

— Você está se divertindo? — Ela estendeu sua bebida para ele.

— Sim, está muito legal. — Ele tomou um golinho. — E você?

Hanna hesitou. A pele de Sean brilhava à luz da lua. Sua camiseta tinha uma manchinha de barro perto da gola.

— Acho que sim.

Tudo bem, o momento conversinha fiada tinha acabado. Hanna tirou a bebida da mão dele, agarrou seu rosto quadrado e doce e começou a beijá-lo. *Ahá.* Era bem desagradável o fato de o mundo estar meio que girando e que em vez de sentir o gosto da boca de Sean, ela sentiu o gosto de Mike's Hard Lemonade, mas e daí?

Depois de uns minutos de beijos, ela sentiu que Sean começava a se afastar dela. Talvez fosse a hora de subir um pouco as apostas. Ela ergueu seu vestido azul, mostrando as pernas e a calcinha minúscula cor de lavanda da Cosabella. O ar do bosque era frio. Um mosquito pousou na parte de cima de sua coxa.

— Hanna — disse Sean, gentilmente, tentando puxar o vestido dela para baixo —, isso não...

Mas ele não foi rápido o suficiente, ela já havia tirado o vestido. Os olhos de Sean percorreram todo o seu corpo. Por incrível que pareça, essa foi apenas a segunda vez em que ele a via com roupa de baixo — a não ser que contasse a semana que eles passaram na casa dos pais dele, em Avalon, na Jersey Shore, quando ela usou biquíni. Mas era completamente diferente.

— Você não quer *mesmo* parar, quer? — Ela avançou na direção dele, esperando ainda parecer atraente.

— Sim. — Sean parou a mão dela no ar. — Eu quero parar.

Hanna se enfiou em seu vestido o mais rápido que pôde. Ela já devia ter levado umas cem picadas de mosquito. Seus lábios tremiam.

— Mas... eu não entendo. Você não me ama? — As palavras pareciam pequenas e frágeis saídas de sua boca.

Sean demorou um tempão para responder. Hanna ouviu outro casal da festa dando risadinhas ali perto.

— Eu não sei — respondeu ele.

— Jesus! — Hanna se afastou dele. As vodcas com limão se agitavam em seu estômago. — Você é *gay*?

— Não! — Sean pareceu magoado.

— Bem, então o que é? Eu não sou bonita o suficiente?

— Claro que você é! — disse Sean, parecendo chocado. Ele pensou por um momento. — Você é uma das meninas mais bonitas que eu conheço, Hanna. Como é que *você* não sabe disso?

— Do que é que você está falando? — perguntou Hanna, infeliz.

— Eu só... — começou Sean. — Eu só acho que você talvez devesse ter um pouco mais de respeito por si mesma...

— Eu tenho muito respeito por mim! — Hanna gritou para ele. Ela mexeu o traseiro, que estava em cima de uma pinha.

Sean se levantou. Ele parecia desanimado e triste.

— Olhe só para você. — Os olhos de Sean correram dos sapatos dela até o topo de sua cabeça. — Eu só quero ajudar, Hanna, eu *me importo* com você.

Hanna sentiu lágrimas se formando nos cantos de seus olhos e tentou fazê-las desaparecer. Ela não ia chorar agora.

— Eu me respeito — repetiu. — Eu só queria... queria.... mostrar como eu me sinto.

— Eu só estou tentando ser seletivo com essa coisa de sexo. — Ele não foi gentil, mas também não foi cruel. Sean foi apenas... taxativo. — Eu quero estar no lugar certo com a pessoa certa. E não me parece que essa pessoa seja você. — Sean suspirou e se afastou. — Sinto muito.

Então, ele se enfiou no meio das árvores e desapareceu.

Hanna estava tão envergonhada e brava que não conseguia falar. Ela tentou se levantar para seguir Sean, mas seu salto ficou preso de novo e ela caiu. Ela se amparou com os braços e olhou para as estrelas, pressionando os dedões nos cantos dos olhos para impedir que as lágrimas rolassem.

— Ela parece prestes a vomitar.

Hanna abriu os olhos e viu dois calouros – provavelmente penetras – olhando para ela como se ela fosse uma mulher criada em seus computadores.

–Vão se danar, seus pervertidos – disse ela para os calouros com cara de apaixonados, enquanto ficava em pé. Do outro lado do gramado, conseguia ver Sean correndo atrás de Mason Byers, empunhando um taco amarelo de *croquet*. Hanna fungava, enquanto dava uma limpada em si mesma e voltava para a festa. Será que ninguém se importava com ela? Hanna pensou na carta que recebera no dia anterior. *Nem o papai ama você mais que tudo!*

Hanna desejou, de repente, ter o telefone de seu pai. Sua mente voltou ao dia em que ela e Ali encontraram com ele, Isabel e Kate.

Apesar de ter sido em fevereiro, o tempo em Annapolis estava estranhamente quente e Hanna, Ali e Kate haviam ido sentar do lado de fora, na varanda, para tentar se bronzear. Ali e Kate emprestavam uma para a outra suas sombras favoritas da MAC e lixavam as unhas, mas Hanna não estava participando. Ela se sentia pesada e inadequada. Percebera o alívio de Kate ao vê-la quando ela e Ali saíram do trem – surpresa ao ver como Ali era maravilhosa, mas aliviada quando colocou os olhos em Hanna. Foi como se Kate tivesse pensado: *Bem, com ela eu não preciso me preocupar.*

Sem se dar conta, Hanna tinha comido uma tigela inteira de pipoca com queijo que estava em cima da mesa. E mais seis profiteroles. E um pouco do queijo Brie, que era para Isabel e seu pai. Ela segurara o estômago com força, olhara para as barrigas durinhas de Ali e Kate e gemera alto, sem querer.

— Minha porquinha não está se sentindo bem? — o pai de Hanna perguntara, apertando seu dedo do pé.

Hanna estremeceu com a lembrança e tocou na barriga — agora lisa como uma tábua. A — quem quer que fosse — estava coberto de razão. Nem o pai dela a amava mais que tudo.

— Todo mundo para o lago! — Noel gritou, arrancando Hanna de seus pensamentos.

Do outro lado do campo, Hanna viu Sean tirar a camiseta e correr na direção da água. Noel, James, Mason e alguns outros meninos jogaram suas camisas longe, mas Hanna não deu a mínima. Tantas noites para ver os meninos mais bonitos de Rosewood sem camisa...

— Todos eles são tão lindos — murmurou Felicity McDowell, que estava misturando tequila com Fanta Uva perto dela. — Não são?

— Hummm — resmungou ela.

Hanna trincou os dentes. Danem-se seu pai feliz e sua perfeita quase-enteada, e danem-se Sean e suas escolhas. Ela pegou uma garrafa de vodca Ketel One em cima da mesa e bebeu direto do gargalo. Colocou a garrafa de volta na mesa, mas pensando bem, resolveu levar a garrafa consigo para o lago. Sean não ia escapar tão fácil de tê-la desprezado, insultado e depois a ignorado. Sem chance.

Ela parou na frente da pilha de roupas que, sem dúvida nenhuma, eram de Sean — os jeans estavam dobrados direitinho e ele colocara as meias dentro dos tênis Puma, como o garoto certinho que era. Depois de se assegurar de que ninguém estava olhando, ela pegou os jeans e começou a se afastar do lago. O que diriam seus amiguinhos do Clube da Virgindade se ele fosse pego dirigindo para casa só de cuecas?

Enquanto andava na direção das árvores com as calças de Sean nas mãos, algo caiu e bateu em seu pé. Hanna se abaixou para olhar, esperando por um momento até que as coisas parassem de girar.

Era a chave do BMW.

– Legal – sussurrou ela, apertando o botão de alarme. Então, largou os jeans no chão e enfiou as chaves em sua bolsa azul Moschino.

Estava uma noite maravilhosa para um passeio de carro.

22

BANHOS DE CERVEJA FAZEM BEM PARA OS POROS

– Dá só uma olhada – sussurrou Maya toda animada. – Costumava ter uma dessas no meu café favorito na Califórnia!

Emily e Maya olharam para a cabine de fotografia no terreno da festa de Noel, perto das árvores. Uma comprida extensão elétrica cor de laranja saía da cabine e seguia até a casa, através do gramado. Enquanto elas olhavam para a cabine, o irmão mais velho de Noel, Eric, e uma Mona Vanderwaal bem tontinha saíram de dentro da cabine, pegaram suas fotos e foram embora.

Maya deu uma olhada para Emily.

– Quer tentar?

Emily concordou. Antes que elas entrassem na cabine, ela deu uma olhada para a festa. Alguns garotos estavam reunidos em volta do barril e uma porção de outras pessoas dançava com seus copos erguidos. Noel e um bando de garotos nadavam só de cuecas no lago e Ben não estava à vista.

Emily se sentou ao lado de Maya no banquinho laranja da cabine de fotografia e fechou a cortina. Elas estavam tão espremidas ali que seus ombros e coxas roçavam.

— Toma. — Ela estendeu a garrafa de Jack Daniel's para Emily e apertou o botão verde. Emily deu um gole e depois segurou a garrafa com animação no momento em que a câmera bateu a primeira foto. Então elas encostaram o rosto uma na outra e deram grandes sorrisos. Emily ficou vesga e Maya inchou as bochechas com ar como um macaquinho para a terceira foto. Depois a câmera as pegou quase normais, se bem que um pouco nervosas.

— Vamos ver como ficaram — sugeriu Emily.

Mas, quando se levantaram, Maya puxou a manga de sua camisa.

— Podemos ficar aqui só mais um segundo? Esse é um ótimo esconderijo.

— Hum, claro — Emily se sentou de novo. Sem querer, fez barulho ao engolir.

— E então, como você está? — Maya perguntou, tirando uma mecha de cabelo da frente dos olhos de Emily.

Emily suspirou, tentando parecer confortável no banquinho minúsculo. *Confusa. Irritada com meus pais provavelmente racistas. Com medo de ter tomado a decisão errada sobre a natação. Meio assustada por estar sentada tão perto de você.*

— Eu estou bem — ela acabou dizendo.

Maya bufou e deu um gole no uísque.

— Eu não acredito nisso nem por um segundo.

Emily ficou quieta. Maya parecia ser a única pessoa que a entendia de verdade.

— É, acho que não — confessou Emily.

— Bom, então o que é que está acontecendo?

Mas, de repente, Emily não queria falar sobre a natação, ou sobre Ben ou seus pais. Ela queria falar sobre... outra coisa. Algo que ela vinha percebendo aos poucos. Talvez ter visto Aria tivesse começado isso tudo. Ou talvez, finalmente, ter uma amiga tivesse trazido aquela sensação de volta. Emily pensou que Maya entenderia.

Ela respirou fundo.

— Ah, sabe aquela menina, a Alison, que morava na sua casa?

— Sei.

— Nós éramos muito chegadas e eu, tipo, realmente a amava. Eu adorava tudo nela.

Ela ouviu Maya respirando aflita e tomou outro gole da garrafa de Jack Daniel's.

— Nós éramos melhores amigas. — Emily passou os dedos entre o tecido azul desgastado da cortina da cabine de fotos. — Eu gostava demais dela. E por isso, um dia, assim, do nada, eu fiz.

— Fez o quê?

— Bem, Ali e eu estávamos na casa da árvore no quintal da casa dela. Nós íamos muito lá para conversar. Estávamos sentadas, conversando sobre um carinha de que ela gostava, um menino mais velho que nós, cujo nome ela não me falou, e eu não consegui mais me segurar. Então eu me inclinei... e a beijei.

Maya fungou baixinho.

— Mas Alison não estava a fim daquilo. Ela se afastou de mim e disse algo como "Bem, agora eu sei por que você fica tão quieta quando estamos nos trocando para a aula de educação física".

— Nossa — disse Maya.

Emily tomou outro gole do uísque e se sentiu meio tonta. Ela nunca tinha bebido tanto. E lá estava um de seus maiores segredos, exposto como as calcinhas da vovó no varal.

— Ali disse que não achava que amigas deveriam se beijar — continuou ela. — Então eu tentei lidar com aquilo como se fosse uma piada. Mas quando cheguei em casa, me dei conta de como realmente me sentia. Então, escrevi uma carta para ela, contando que eu a amava. Eu não acho que ela a tenha recebido. Se recebeu, nunca disse nada.

Uma lágrima caiu no joelho exposto de Emily. Maya percebeu e a enxugou com o dedo.

— Eu ainda penso um bocado nela. — Emily suspirou. — Eu meio que bloqueei as lembranças, disse a mim mesma que tudo aquilo foi só porque ela foi a minha primeira amiga de verdade e, você sabe... *nada além disso*... mas agora eu não sei.

Elas ficaram ali sentadas por alguns minutos. O barulho da festa parecia diluído. A cada poucos segundos, Emily ouvia o barulho de um isqueiro Zippo sendo usado para acender um cigarro. Ela não estava surpresa pelo que tinha acabado de dizer sobre Ali. Era assustador, claro — mas também era a verdade. De certa forma, era bom que ela finalmente tivesse entendido isso.

— Já que estamos trocando confidências — disse Maya com calma —, tenho algo para contar a você também.

Ela virou o pulso na direção de Emily, mostrando a cicatriz esbranquiçada.

— Você já deve ter visto isso.

— Sim — sussurrou Emily, olhando para a cicatriz na semiescuridão da cabine.

— Ela é do tempo em que eu me cortava com uma gilete. Eu não sabia que esse corte ficaria tão profundo. Saiu muito sangue. Meus pais me levaram para o pronto-socorro.

—Você se cortava de propósito? — perguntou Emily baixinho.

—Ah... sim. Quero dizer, não faço mais isso. Eu tento não fazer.

— Por que você faz isso?

— Eu não sei. — Às vezes eu só... sinto que preciso. Você pode tocar nela se quiser.

Emily tocou. Era irregular ao toque, e macia, não parecia com pele de verdade. Tocar nela era a coisa mais íntima que Emily já fizera. Ela abraçou Maya.

O corpo de Maya estremeceu. Ela deitou sua cabeça no pescoço de Emily. Como da outra vez, ela tinha um cheiro artificial de banana. Emily apertou seu corpo contra o peito magro de Maya. Como seria cortar a si mesma e se ver sangrando tanto? Emily tinha lá sua cota de dores, mas nem mesmo as suas piores lembranças — como quando Ali a rejeitou ou A Coisa com Jenna — a fizeram sentir-se culpada, horrível e esquisita, haviam despertado o desejo de se ferir daquele jeito.

Maya ergueu o rosto e encarou Emily. Depois, com um sorriso triste, ela beijou Emily nos lábios. Emily piscou para ela, surpresa.

— Às vezes melhores amigas se beijam, *sim* — disse Maya. — Viu?

Elas ficaram ali, juntas, seus narizes quase se tocando. Lá fora, os grilos faziam uma barulheira.

Maya a puxou de novo. Emily derreteu-se em seus lábios. Suas bocas estavam abertas e ela sentia a língua macia de Maya. O peito de Emily estava tenso de excitação enquanto ela deslizava as mãos pelo cabelo áspero de Maya, pelos ombros e pelas costas dela. Maya enfiou as mãos por baixo da camisa polo de Emily e apertou a barriga dela com os dedos. Emily, dando conta disso, teve medo, mas depois relaxou. Era um zilhão de vezes diferente de beijar Ben.

As mãos de Maya percorreram o corpo dela e pararam em seu sutiã. Emily fechou os olhos. A boca de Maya tinha um gosto delicioso, de Jack Daniel's e álcool. Então, Maya beijou os ombros e o peito de Emily. Emily jogou a cabeça para trás. Alguém tinha pintado uma lua e um monte de estrelinhas no teto da cabine.

De repente, a cortina começou a se abrir. Emily pulou, mas era tarde demais — a cortina havia sido completamente aberta por alguém. E então, Emily viu quem estava ali.

— Ai, meu Deus — disse ela.

— Droga — Maya xingou. A garrafa de Jack Daniel's virou no chão.

Ben carregava dois copos de cerveja, um em cada mão.

— É. Isso explica tudo.

— Ben... eu... — Emily tentou cambalear para fora da cabine, batendo com a cabeça na porta.

— Não se levante por minha causa — disse Ben, numa voz horrivelmente irônica, brava e magoada, que Emily nunca tinha ouvido antes.

— Não... — Emily gritou. — Você não entende.

Ela saiu da cabine. Maya também. Ela viu Maya pegar a tira com as fotos e enfiá-la no bolso.

— Nem começa — Ben cuspiu. Então, jogou um dos copos cheio de cerveja nela. A cerveja morna espirrou nas pernas de Emily, em seus sapatos e seu short.

O copo voou até um arbusto.

— Ben — Emily gritou.

Ben titubeou e depois jogou o outro copo com maior precisão em Maya, molhando o rosto e o cabelo dela. Maya gritou.

— Pare com isso! — Emily engasgou.

— Suas sapatões filhas da mãe — disse ele. Ela percebeu a mágoa em sua voz. E então, ele deu as costas para elas e correu cambaleando para a escuridão.

23

A ISLANDESA ARIA CONSEGUE O QUE QUER

– Finlândia! Procurei você por todo lado!

Uma hora se passara e Aria estava saindo da cabine de fotos. Noel Kahn parou na frente dela, nu, exceto pelas cuecas Calvin Klein, que estavam molhadas e pegajosas. Ele segurava um copo amarelo de plástico e a tira com as fotos dela. Noel chacoalhou o cabelo, espirrando água na minissaia APC dela.

– Por que você está todo molhado? – perguntou Aria.

– Nós estávamos jogando polo aquático.

Aria deu uma olhada para o lago. Os meninos estavam batendo na cabeça uns dos outros com boias cor-de-rosa. À margem, garotas usando vestidos Alberta Ferrari quase idênticos estavam juntas, fofocando. Para além das cercas vivas, não muito longe dali, ela viu seu irmão, Mike. Ele estava com uma garota pequena que vestia uma sainha e usava saltos plataforma. Noel seguiu os olhos dela.

– É uma daquelas meninas do colégio *quaker* só de garotas – murmurou ele. – Elas são umas doidas.

Mike olhou para cima e viu Aria e Noel juntos. Ele lançou a Aria um aceno aprovador com a cabeça.

Noel apontou para as fotos dela.

— Essas fotos estão incríveis.

Aria deu uma olhada. Entediada, ela havia passado os últimos vinte minutos tirando fotos de si mesma. Na última vez, ela fizera caras sexy, provocantes.

Ai, ai. Ela viera à festa pensando que Ezra, enciumado e cheio de desejo, também viria para procurá-la. Mas, dããaã, ele era um professor e professores não frequentavam festas de alunos.

— Noel! — James Freed chamou do outro lado do gramado. — O barril está vazio!

— Droga — Noel xingou. Ele deu um beijo molhado no rosto de Aria. — Essa cerveja é para você. Não vá embora.

— Hã-rã — concordou Aria com bom humor, vendo-o afastar-se, com a cueca escorregando e deixando à mostra seu bumbum branco e bem-definido.

— Ele gosta mesmo de você, sabe.

Aria se virou. Lá estava Mona Vanderwaal, sentada no chão, a poucos metros. O cabelo louro formava círculos em volta de seu rosto e seus enormes óculos escuros de aros dourados tinham escorregado pelo nariz. O irmão de Noel, Eric, estava com a cabeça em seu colo.

Mona piscou devagar.

— Noel é incrível. Ele seria um ótimo namorado.

Eric teve um ataque de riso.

— O que foi? — Mona se inclinou. — O que é tão engraçado?

— Ela tá doidona — disse Eric para Aria.

Enquanto Aria esquadrinhava seu cérebro procurando alguma coisa para dizer, seu celular Treo tocou. Ela o alcançou em sua bolsa e olhou o número para ver quem estava chamando. Ezra. *Ah meu Deus, ah meu Deus!*

— Hum, alô. — Ela atendeu, falando baixinho.

— Oi. Hum... Aria?

— Ah, oi! E aí? — ela tentou parecer o mais controlada e tranquila possível.

— Estou em casa, bebendo um uísque e pensando em você.

Aria ficou muda, fechou os olhos e foi invadida por uma onda de felicidade.

— É mesmo?

— É. Você está naquela grande festa?

— Hã-rã.

— Está de saco cheio?

Ela riu.

— Um pouco.

— Quer vir até aqui?

— Tudo bem. — Ezra começou a ensinar como chegar lá, mas Aria já sabia onde era. Ela havia procurado o endereço dele no MapQuest e no Google Earth, mas ela não podia contar isso *a ele*.

— Legal — disse ela. — Vejo você daqui a pouco.

Aria enfiou o telefone de volta na bolsa o mais tranquilamente que pôde e depois deu um pulo, batendo as solas de borracha de suas botas uma na outra. Beleza!!!

— Ei, eu sei de onde conheço você.

Aria olhou. O irmão de Noel, Eric, estava olhando para ela, enquanto Mona beijava seu pescoço.

— Você é amiga daquela garota que desapareceu, não é?

Aria olhou para ele e tirou o cabelo dos olhos.

— Eu não sei do que você está falando — disse, e se afastou.

Boa parte de Rosewood era formada por propriedades particulares e haras restaurados de cinquenta acres, mas perto do colégio havia uma porção de ruas irregulares, de pedra, cheias de casas vitorianas caindo aos pedaços. As casas em Old Hollis eram pintadas de cores malucas como roxo, rosa-pink e verde-azulado, e geralmente eram divididas em apartamentos e alugadas para estudantes. A família de Aria havia vivido em uma casa em Old Hollis até ela completar cinco anos, e o pai dela conseguir seu primeiro emprego dando aulas na faculdade.

Enquanto dirigia devagar para a casa de Ezra, Aria notou uma casa com letras gregas na fachadas. Havia papel higiênico pendurado nas árvores diante dela. Outra casa tinha uma pintura semiterminada em uma moldura no jardim.

Ela parou na frente da casa de Ezra. Depois de estacionar, subiu os degraus da frente da casa e tocou a campainha. A porta da frente se abriu e lá estava ele.

— Uau — disse ele. — Oi. — Ele deu um sorrisinho.

— Oi — respondeu Aria, sorrindo de volta do mesmo jeito que ele.

Ezra riu.

— Eu... hum, você está aqui. Uau.

— Você já disse uau — provocou Aria.

Eles entraram no vestíbulo. À frente, uma escada com carpete em diferentes estados de conservação a cada degrau levava para o andar superior. À direita, a porta estava aberta.

— Esse é o meu apartamento.

Aria entrou e viu uma banheira de pezinhos bem no meio da sala. Ela apontou.

— É pesada demais para movê-la — explicou ele, envergonhado. — Então eu guardo livros nela.

— Legal — Aria olhou ao redor, reparando na *bay window* enorme, nas prateleiras embutidas cheias de pó e no sofá amarelo todo detonado. Tinha um leve cheiro de macarrão com queijo, mas havia um lustre de cristal pendurado no teto, um lindo mosaico de cerâmica em volta da lareira e madeira de verdade dentro dela. Fazia muito mais o estilo de Aria do que a casa dos Kahn, de um milhão de dólares, com o lago e seus vinte e sete cômodos.

— Eu superadoraria viver aqui — declarou Aria.

— Eu não consigo parar de pensar em você — disse Ezra ao mesmo tempo.

Aria olhou por cima dos ombros.

— É mesmo?

Ezra veio por trás dela e colocou as mãos em sua cintura. Aria se encostou nele. Eles ficaram assim por alguns instantes e então Aria se virou. Ela olhou para o rosto recém-barbeado dele, para a protuberância na ponta de seu nariz, para seus olhos salpicados de verde. Ela tocou num sinal no lóbulo de sua orelha e sentiu que ele estremeceu.

— Eu simplesmente... não conseguia ignorar você na aula — sussurrou ele. — Foi uma tortura. Quando você estava fazendo aquele relatório...

— Você tocou na minha mão hoje — provocou Aria. — Você estava olhando meu caderno.

— Você beijou o Noel — retrucou Ezra. — Eu fiquei com tanto ciúme.

— Então funcionou — sussurrou Aria.

Ezra suspirou e passou os braços em volta dela. Aria procurou a boca dele e eles se beijaram ardentemente, as mãos percorrendo as costas um do outro. Recuaram por um instante, olhando-se nos olhos sem fôlego.

— Chega de falar sobre as aulas.

— Combinado.

Ele a levou até um quarto pequeno, com roupas espalhadas pelo chão e um saco de batata frita Lay's aberto em cima do criado-mudo. Eles se sentaram na cama. O colchão estava cheio de farelo de batata frita e Aria nunca sentira nada tão perfeito em toda a sua vida.

Aria ainda estava na cama, olhando uma rachadura no teto. A luz da rua que entrava pela janela criava sombras que atravessavam o quarto, dando um esquisito tom cor-de-rosa a sua pele nua. Uma brisa forte e gelada que vinha da janela aberta apagou a vela de sândalo perto da cama. Ela ouviu Ezra abrir a torneira no banheiro.

Uau. Uau uau *uau*!

Ela se sentia viva. Ela e Ezra estiveram perto de fazer sexo... mas depois, exatamente ao mesmo tempo, eles concordaram que deveriam esperar. Então eles se aninharam nus nos braços um do outro e começaram a conversar. Ezra contou a ela sobre quando tinha seis anos e esculpiu um esquilo de barro vermelho, só para o seu irmão estragar. Como ele costumava fumar maconha depois que seus pais se divorciaram. Sobre a vez em que ele teve que levar a *fox-terrier* da família ao veterinário para que ela fosse sacrificada. Aria contou a ele que quando era pequena tinha uma lata de sopa de ervilha chamada Pee que dizia ser seu bichinho de estimação e chorava quando a mãe queria cozinhar Pee para o jantar. Ela contou a ele sobre seu hábito de tricotar furiosamente e prometeu fazer um suéter para ele.

Era fácil falar com Ezra – tão fácil que ela podia se imaginar fazendo isso para sempre. Eles poderiam viajar juntos para lugares distantes. O Brasil seria incrível... eles poderiam dormir em árvores sem comer nada além de frutas e escrever peças de teatro para o resto de suas vidas...

Seu Treo tocou. *Eca!* Devia ser Noel querendo saber o que acontecera com ela. Aria puxou um dos travesseiros de Ezra para perto dela – hummm, tinha o cheiro dele – e esperou que ele saísse do banheiro e a beijasse mais um pouquinho.

Então seu celular tocou de novo. E de novo, e de novo.

– Cruzes – reclamou ela, inclinando seu corpo nu para fora da cama e tirando o telefone de dentro da bolsa. Sete novas mensagens. E mais estavam chegando.

Quando abriu a caixa postal, Aria franziu o cenho. Todas as mensagens tinham o mesmo título: REUNIÃO ENTRE PROFESSOR E ALUNA! Seu estômago revirava enquanto ela abria a primeira mensagem.

Aria,

Isso é o que eu chamo de conseguir pontos extras.

Com amor, — A

P.S. Imagine o que sua mãe iria achar se descobrisse sobre a, ahn, companheira de estudos de seu pai... e que você sabia disso!

Aria leu a mensagem seguinte e a outra e a outra. *Todas as mensagens diziam a mesma coisa.* Ela jogou o Treo no chão. Precisava sentar.

Não. Ela tinha que sair dali.

— Ezra? — Aria espiava frenética pelas janelas de Ezra. Será que ela a estava observando exatamente nesse segundo? O que é que ela queria? Era mesmo *ela*? — Ezra, eu tenho que ir. É uma emergência.

— O quê? — perguntou Ezra por trás da porta do banheiro. — Você está indo embora?

Aria também não conseguia acreditar. Ela começou a vestir a saia.

— Eu te ligo, pode ser? Mas agora eu tenho que ir fazer uma coisa.

— Espera. O que é? — perguntou ele, abrindo a porta do banheiro.

Aria agarrou sua bolsa e disparou pela porta, atravessando o jardim. Ela precisava sair dali. Imediatamente.

24

HÁ MAIS QUE JEANS E SAPATOS NO CLOSET DE SPENCER

— O limite de x é... — murmurou Spencer para si mesma. Ela se apoiou com um dos cotovelos na cama e olhou para seu livro de cálculo novinho e recém-encapado com papel pardo. Suas costas ainda ardiam por causa do gelol.

Spencer checou o relógio: passava da meia-noite. Ela estava louca de se matar desse jeito por causa do dever de casa de cálculo na primeira sexta-feira do ano escolar? A Spencer do ano anterior teria se jogado na festa dos Kahn com seu Mercedes, bebido a cerveja ruim do barril e talvez ficado com Mason Byers ou algum outro garotinho bonito e meio detonado. Mas não a Spencer de agora. Ela era a Estrela e a Estrela tinha lição de casa para fazer. No dia seguinte, a Estrela iria visitar lojas de decoração com a mãe para comprar objetos adequados para o celeiro. Ela podia até mesmo ir ao Main Line Bikes com seu pai à tarde — ele estivera estudando uns catálogos de ciclismo com ela durante o jantar, perguntando qual aro da Orbea ela gostava mais. Ele nunca havia perguntado a opinião dela sobre bicicletas antes.

Ela ergueu a cabeça. Foi uma batidinha na porta o que ela ouviu? Baixando a lapiseira, Spencer olhou pela enorme janela do celeiro. A lua estava cheia e prateada, e as janelas da casa principal brilhavam num amarelo intenso. Bateram novamente. Ela foi até a porta pesada de madeira e a abriu com um puxão.

— Ei — sussurrou Wren. — Estou atrapalhando?

— Claro que não — Spencer abriu completamente a porta. Wren estava descalço e usava uma camiseta branca com os dizeres FACULDADE DE MEDICINA DA PENSILVÂNIA e bermudas cáqui largas. Ela olhou para baixo, para sua camiseta *baby look* preta French Connection, shorts cinza curtos de corrida Villanova e pernas nuas. Seu cabelo estava puxado para trás num rabo de cavalo bagunçado, com mechinhas em volta do rosto. Era uma aparência tão diferente da que exibia todos os dias, com suas blusas Thomas Pink e jeans Citizens. Aquele *look* dizia: *Sou sofisticada e sexy*; esse *look* dizia: *Estou estudando... mas ainda sou sexy*.

Tudo bem, então talvez ela estivesse preparada para a remota hipótese disso acontecer. Mas isso servia para mostrar que nunca se deve se enfiar em suas calcinhas de cintura alta e numa velha camiseta toda nojenta com os dizeres EU AMO GATOS PERSAS.

— Como vão as coisas? — perguntou ela. Uma brisa morna soprava as pontas de seu cabelo. Uma pinha caiu de uma árvore próxima e fez barulho.

Wren continuou na soleira.

— Você não deveria estar numa festa? Ouvi dizer que está rolando um festão em algum lugar aqui por perto.

Spencer deu de ombros.

— Não estava a fim.

Wren olhou em seus olhos.

— Não?

A boca de Spencer parecia macia.

— Hum... onde está Melissa?

— Está dormindo. Muita reforma, eu acho. Então pensei que talvez você pudesse me conceder uma visita guiada a este fabuloso celeiro no qual eu não posso morar. Eu nunca nem entrei nele!

Spencer ficou séria.

— Você trouxe presente para a casa nova?

— Ah, eu... — Wren ficou pálido.

— Eu estou brincando. — Ela abriu a porta. — Adentre o celeiro de Spencer Hastings.

Ela passara algumas noites sonhando com todos os cenários possíveis onde poderia ficar sozinha com Wren, mas nada comparado a tê-lo assim tão perto dela.

Wren parou para admirar o pôster de Thom Yorke e colocou as mãos atrás da cabeça.

— Você gosta de Radiohead?

— Adoro.

O rosto de Wren se iluminou.

— Devo ter ido ao show deles em Londres umas vinte vezes. Eles ficam cada vez melhores.

Spencer alisou o edredom em sua cama.

— Sortudo. Eu nunca os vi ao vivo.

— Temos que dar um jeito nisso. — Ele se ajeitou no sofá. — Se eles vierem para a Filadélfia, nós iremos.

Spencer parou.

— Mas eu não acho que... — e parou. Ela ia dizer *Eu não acho que Melissa goste deles,* mas... talvez Melissa não fosse convidada.

Ela mostrou o closet para ele.

— Esse é meu, hum, closet — disse, ela batendo sem querer no batente da porta. — Era usado como sala de ordenha.

— Ah, é?

— É. Era aqui que os fazendeiros apertavam os mamilos da vacas ou qualquer coisa assim.

Ele riu.

— Você não que dizer *tetas*?

— Ah, é. — Spencer ficou vermelha. Opa. — Você não precisa olhar aí pra ser educado. Quero dizer, eu sei que rapazes não se interessam por closets.

— Ah, não. — Wren riu. — Eu vim até aqui, faço questão de ver o que Spencer Hastings tem no closet.

— Como quiser. — Spencer acendeu a luz do closet. O lugar cheirava a couro, naftalina e Happy, o perfume da Clinique. Ela arrumara todas as suas calcinhas, sutiãs, camisolas e uniformes de hóquei em gaveteiros de vime e suas camisas estavam penduradas em fileiras, separadas por cor.

Wren riu.

— É como estar em uma loja!

— É sim — disse Spencer, tímida, passando as mãos pelas camisetas.

— Eu nunca vi uma janela em um closet — Wren apontou para a janela aberta na parede mais distante deles. — Que engraçado.

— Era parte do celeiro original — explicou Spencer.

—Você gosta que as pessoas a vejam nua?

—Tem *cortinas* — disse Spencer.

— Que pena — retrucou Wren com a voz macia. —Você estava tão linda no banheiro... Eu desejei poder vê-la... daquele jeito... de novo.

Quando Spencer se virou bruscamente — *o que* é que ele tinha acabado de dizer? —Wren a estava encarando. Ele passou os dedos pela bainha de um par de calças Joseph pendurados. Ela colocou e tirou seu anel de coração Tiffany's Elsa Peretti diversas vezes, com medo de falar. Wren deu um passo para a frente, depois outro, até ficar bem na frente dela. Spencer podia ver a luz brincando nas sardas do nariz dele.

A bem-comportada Spencer de um universo paralelo teria dado a volta nele e mostrado o resto do celeiro. Mas Wren continuou olhando para ela com seus lindos e enormes olhos castanhos. A Spencer que estava lá fechou a boca, com medo de dizer o que quer que fosse, ainda que morrendo de vontade de... fazer alguma coisa.

E então ela fez. Fechou os olhos, avançou e beijou Wren.

Wren não hesitou. Ele a beijou de volta, depois, colocou uma das mãos em sua nuca e a beijou mais forte. A boca dele era macia e tinha um ligeiro gosto de cigarro.

Spencer recuou até a parede onde estavam penduradas suas camisetas. Wren a seguiu. Alguns cabides caíram, mas Spencer não se importou.

Eles caíram no chão acarpetado. Spencer chutou o equipamento de hóquei que estava atrapalhando. Wren veio para cima dela, gemendo baixinho. Spencer pegou a camiseta velhinha de

Wren e a puxou por cima da cabeça dele. Ele tirou a dela e acariciou suas pernas com as dele. Eles rolaram de novo e agora Spencer estava sobre ele. Uma enorme onda de – bem, ela nem sabia de quê – tomou conta do seu corpo. O que quer que fosse, era tão intensa que nem ocorreu a ela sentir culpa. Ela parou em cima dele, ofegante.

Ele reagiu e a beijou de novo, beijando depois o nariz dela e seu pescoço. Depois ele se levantou.

– Eu volto já.

– Por quê?

Ele indicou o banheiro com os olhos.

Assim que ela ouviu Wren fechando a porta, deitou a cabeça de novo no chão, sentindo-se tonta, olhando para suas roupas. Depois, ergueu-se e começou a olhar para si mesma no enorme espelho de três folhas do closet. Seu cabelo havia se soltado do rabo de cavalo e caía sobre seus ombros. Sua pele nua parecia luminosa e seu rosto estava um tantinho corado. Ela sorriu para as três Spencers no espelho. Aquilo... era... *inacreditável*.

Foi quando o reflexo da tela de seu computador, diretamente oposta ao closet, chamou sua atenção.

Ela estava piscando. Spencer se virou e deu outra olhada. Parecia que havia montes de mensagens instantâneas, empilhadas umas sobre as outras. Outra mensagem pulou na tela, dessa vez escrita em fonte de tamanho 72. Spencer piscou.

A A A A A A: Eu já te avisei: beijar o namorado de sua irmã é ERRADO.

Spencer correu até o monitor e leu a mensagem de novo. Ela se virou e deu uma olhada para o banheiro. Um fio de luz escapava por baixo da porta.

A, definitivamente, não era Andrew Campbell.

Quando ela correspondeu o beijo de Ian no sétimo ano, ela contou a Alison, esperando que a amiga lhe desse algum conselho. Ali olhou para suas unhas à francesinha durante um tempão, antes de finalmente dizer:

– Você sabe, sempre fico do seu lado quando se trata de Melissa. Mas isso é diferente. Eu acho que você deveria contar a ela.

– *Contar a ela?* – Spencer gritou. – Sem chance. Ela iria me matar.

– Espera aí! Você está achando que Ian vai ficar com você? – Ali perguntou com maldade.

– Eu não sei – disse Spencer. – Por que não?

Ali bufou.

– Se você não contar a ela, talvez eu conte.

– Você não faria isso!

– Ah, não?

– Se você contar a Melissa – declarou Spencer, depois de um breve momento, o coração batendo enlouquecido dentro do peito –, eu vou contar para todo mundo sobre A Coisa com Jenna.

Ali riu alto.

– Você é tão culpada quanto eu.

Spencer encarou Ali por um bom tempo, bem nos olhos.

– Mas ninguém *me* viu.

Ela se virou para Spencer e a encarou, cheia de ódio – mais assustador que qualquer olhar que ela já tivesse dado para qualquer outra das garotas.

— Você sabe que eu já cuidei disso.

E depois houve a noite em que dormiram todas juntas no celeiro, a última noite do sétimo ano. Quando Ali disse como Ian e Melissa ficavam bem juntos, Spencer entendeu que Ali era bem capaz de contar a Melissa. Depois, estranhamente, um sentimento de liberdade a tomou. *Deixa ela ir,* pensou Spencer. De repente, ela não ligava mais. E mesmo que soasse horrível dizer isso, a verdade era que Spencer queria se livrar de Ali, naquele lugar e naquele momento.

Agora Spencer se sentia enjoada.

Ela ouviu o barulho da descarga. Wren saiu do banheiro e ficou parado na porta do closet.

— Bem, onde é que nós estávamos? — disse ele, suavemente.

Mas Spencer ainda tinha os olhos fixos na tela do computador. Alguma coisa nela — um brilho vermelho — acabara de se mover. Parecia com um... reflexo.

— Qual é o problema? — perguntou Wren.

— Shhhh — disse Spencer. Seus olhos se focaram. Era um reflexo. Ela se virou. Havia alguém lá fora, na janela.

— Droga. — Spencer xingou. Ela segurou a camiseta à frente do peito nu.

— O que foi? — perguntou Wren.

Spencer recuou. Sua garganta estava seca.

— Oh — grasnou.

— Oh — Wren repetiu.

Melissa estava parada em frente à janela, seu cabelo bagunçado, parecendo o da Medusa, seu rosto sem expressão alguma. Um cigarro tremia em suas mãos pequenas e geralmente muito firmes.

— Eu não sabia que você fumava — disse Spencer, por fim.

Melissa não respondeu. Em vez disso, deu mais uma tragada, jogou o cigarro na grama úmida e se virou para voltar à casa principal.

— Você vem, Wren? — chamou Melissa, com a voz gelada, por cima de seu ombro.

25

COMO ESSES JOVENS DIRIGEM HOJE EM DIA!

O queixo de Mona caiu quando ela virou a esquina em direção ao gramado de Noel.

— Merda.

Hanna desceu o vidro da janela do BMW do pai de Sean e sorriu para ela.

— Gostou?

Os olhos de Mona brilharam.

— Estou sem palavras.

Hanna sorriu graciosamente e tomou um gole da garrafa de Ketel One que ela roubara da mesa de bebidas. Há dois minutos ela havia enviado uma mensagem para Mona, com a foto do BMW e o seguinte texto: *Eu estou pronta e em ponto de bala. Venha dar uma volta comigo.*

Mona abriu a porta do carona, que era bem pesada, e escorregou para o banco. Ela se ajeitou e encarou a insígnia da BMW no volante.

— É tão lindo... — ela seguiu os pequenos triângulos azuis e brancos com o dedinho.

Hanna tirou a mão dela dali.

— Você está doidona?

Mona ergueu o queixo e deu uma boa olhada no cabelo sujo de Hanna, seu vestido todo torcido em seu corpo e seu rosto marcado de lágrimas.

— As coisas não foram bem com Sean?

Hanna olhou para baixo e virou a chave na ignição.

Mona tentou abraçá-la.

— Ah, Han, sinto muito... o que foi que aconteceu?

— Nada. Deixa pra lá.

Hanna recuou e colocou os óculos de sol — o que atrapalhava um pouco a visão, mas quem é que se importava? — e olhou para o carro. O BMW tinha entrado em ação, com todas as luzes do painel piscando.

— Que lindo! — gritou Mona. — São como as luzes do Club Shampoo!

Hanna engatou a ré e os pneus se moveram pela grama encharcada. Então ela aprumou o volante e lá foram elas. Hanna estava nervosa demais para se preocupar com o fato de que as faixas duplas na estrada estavam quadruplicadas em sua visão.

— Uhul!! — Mona comemorou. Ela abaixou o vidro do seu lado e deixou seu cabelo louro e comprido voar atrás dela. Hanna acendeu um Parliament e foi mudando as estações no dial do rádio via satélite Sirius até encontrar uma emissora de raps retrô que tocava "Baby Got Back". Ela aumentou o volume e o carro todo vibrava. *Claro* que aquele era o melhor som que o dinheiro podia comprar.

— É melhor do que o que estava tocando antes — disse Mona.

— Com certeza — respondeu Hanna.

Conforme fazia a curva com tudo, um pouco rápido demais, algo no fundo de sua cabeça martelava.

E não me parece que esta pessoa vai ser você.

Ai.

Nem o papai ama você mais que tudo!

Duplo ai.

Bem, foda-se. Hanna pisou fundo no acelerador e quase acertou uma caixa de correio em formato de cachorro.

— Nós temos que ir a algum lugar exibir essa gracinha.

Mona apoiou seus saltos altos Miu Miu no painel, espalhando grama e terra nele.

— E por que não no Wawa? Eu queria um bolinho Tastykake.

Hanna riu e tomou outro gole de sua Ketel One.

— Você deve estar muito drogada.

— Não estou só drogada, estou megadrogada.

Elas pararam de qualquer jeito no estacionamento do Wawa e cantaram *"I like big* BUTTS *an I cannot lie!"* enquanto entravam na loja. Dois entregadores sujos, segurando copos enormes de café, se inclinaram para fora de seus caminhões, olhando para elas de boca aberta.

— Posso pegar seu boné? — perguntou Mona para o mais magrinho dos dois, apontando para o boné dele, que dizia FAZENDAS WAWA. Sem dizer uma palavra, ele deu o boné para ela.

— Eca — sussurrou Hanna. — Esse negócio está cheio de germes.

Mas Mona já tinha colocado o boné na cabeça.

Na loja, ela comprou dezesseis Tastykake Butterschotch Krimpets, uma *US Weekly* e uma garrafa enorme de Tahitian Treat; Hanna comprou uma Tootsie Pop por dez centavos. Quando Mona não estava olhando, ela enfiou um Snickers e um pacote de M&M's na bolsa.

– Eu posso ouvir o carro – disse Mona com voz sonhadora enquanto pagava. – Ele está gritando.

Era verdade. Em sua confusão de bêbada, Hanna havia ativado o alarme com o dispositivo do chaveiro.

– Opa! – ela riu.

Morrendo de rir, elas correram de volta para o carro e entraram. Pararam no sinal vermelho, sacudindo as cabeças. A galeria cheia de lojas, à esquerda delas, estava vazia, exceto por alguns carrinhos de compras. As placas em neon das lojas brilhavam despreocupadamente, e até o Outback estava vazio.

– As pessoas em Rosewood são umas perdedoras – Hanna gesticulou para a escuridão.

A estrada também estava completamente vazia, então Hanna deixou escapar um "Epaaa!" quando um carro vindo do nada, apareceu na pista ao lado dela. Era um Porsche prateado e de capô afilado, com janelas escuras e aqueles faróis azuis esquisitos.

– Olha só – disse Mona, com pedaços de bolinho caindo de sua boca.

Quando elas encararam o motorista, ele acelerou o carro.

– Ele quer disputar uma corrida – cochichou Mona.

– Isso é loucura. – Hanna não conseguia ver quem estava dentro do outro carro, apenas o brilho vermelho da brasa de um cigarro. Ela foi tomada por uma sensação incômoda.

O carro acelerou de novo, de forma impaciente, dessa vez, e ela finalmente pode ver uma silhueta vaga no banco no motorista. Ele acelerou mais uma vez.

Hanna ergueu a sobrancelha para Mona, se sentindo bêbada, sensacional e completamente invencível.

— Vai lá — sussurrou Mona, abaixando o boné de leiteiro do Wawa.

Hanna engoliu em seco. O sinal abriu e ela pisou no acelerador, o carro avançou rapidamente. O Porsche rosnava na frente dela.

— Sua molenga, não deixe que ele vença você! — gritou Mona.

Hanna enfiou o pé no acelerador e o motor roncou. Ela emparelhou com o Porsche. Elas estavam a cento e trinta, depois a cento e cinquenta e logo a cento e sessenta. Dirigir rápido assim era ainda melhor que roubar.

— Acaba com ele! — berrou Mona.

Com o coração acelerado, Hanna encostou o pedal do acelerador no chão. Ela mal podia ouvir o que Mona estava dizendo por causa do barulho do motor. Ao fazerem uma curva, um cervo entrou bem na frente delas. Ele veio do nada.

— Merda! — gritou Hanna. O cervo ficou ali parado. Ela agarrou o volante, pisou no freio e desviou para a direita, e o cervo pulou para fora do caminho. Rapidamente, ela endireitou o volante, mas o carro começou a derrapar. Os pneus começaram a rodar em uma trilha de cascalhos no acostamento e, de repente, elas estavam dando um cavalo de pau.

O carro girou, girou e girou, até que atingiu alguma coisa. Tudo ao mesmo tempo: batida, vidro estilhaçando e... escuridão.

Menos de um segundo depois, o único barulho ouvido no carro era um horrível zumbido que vinha do capô.

Devagar, Hanna apalpou o rosto. Estava tudo bem, nada havia batido nela. E ela podia mover as pernas. Ela tentou se livrar de um monte de tecido inflado e macio – o *air bag*. Checou Mona. Suas pernas longas se debatiam por detrás do *air bag*. Hanna limpou as lágrimas dos cantos dos olhos.

– Você está bem?

– Tira essa coisa de cima de mim!

Hanna saiu do carro e puxou Mona para fora. Elas ficaram no acostamento, respirando com dificuldade. Do outro lado da estrada havia placas da SEPTA, a companhia de trânsito da Pensilvânia, e a estação escura de Rosewood. Elas podiam ver um bom pedaço da avenida. Nenhum vestígio do Porsche – ou do cervo de que haviam desviado. Diante delas, o sinal piscou, mudando de amarelo para vermelho.

– Isso foi uma aventura – disse Mona com a voz trêmula.

Hanna concordou.

– Tem certeza de que você está bem? – Ela olhou para o carro.

Toda a frente fora enfiada em um poste. O para-choque ficou pendurado, arrastando no chão. Um dos faróis tinha entortado num ângulo esquisito, o outro acendia e apagava insanamente. Uma nuvem malcheirosa vinha da floresta.

– Você não acha que isso vai dar problema, né? – perguntou Mona.

Hanna deu uma risadinha. Isso não deveria ser engraçado, mas era.

– O que devemos fazer?

— Temos que sumir daqui — respondeu Mona — Podemos ir andando para casa.

Hanna deu mais risinhos.

— Ah, meu Deus. Sean vai ficar puto.

As duas meninas começaram a rir. Soluçando, Hanna se virou para a estrada vazia e abriu os braços. Ficar no meio de uma estrada de quatro pistas completamente vazia dava uma sensação de poder. Ela se sentiu a dona de Rosewood. Também se sentiu completamente tonta, mas talvez fosse porque ainda estava bêbada. Ela jogou o chaveiro perto do carro. Ele caiu no pavimento e o alarme disparou de novo.

Hanna se abaixou rápido e apertou o botão do chaveiro. O alarme parou.

— Esse negócio precisa tocar tão alto? — reclamou.

— Pois é. — Mona colocou os óculos escuros de novo. — O pai de Sean realmente deveria mandar arrumar esse treco.

26

VC ME AMA? S OU Ñ?

O relógio que era de seu avô e ficava na sala bateu nove horas no sábado de manhã, assim que Emily desceu furtivamente as escadas até a cozinha. Ela nunca acordava cedo nos finais de semana, mas, naquela manhã, não conseguiu dormir.

Alguém tinha feito café, e havia algumas fatias de rocambole em uma bandeja com desenho de galinha em cima da mesa. Parecia que seus pais tinham saído para um daqueles passeios "faça-chuva-ou-faça-sol". Se eles tivessem ido dar suas duas voltas em torno da vizinhança, Emily poderia sair de lá sem que ninguém notasse.

Na noite anterior, depois que Ben a flagrou com Maya na cabine de fotos, Emily saiu da festa sem se despedir de Maya. Emily chamou Carolyn, que *estava* no Applebee's, e pediu uma carona. Carolyn e o namorado dela, Topher, foram até lá sem fazer perguntas, apesar de a irmã de Emily (que estava com cheiro de uísque) ter dado a ela um olhar mal-encarado enquanto Emily se acomodava no banco traseiro. Em casa, se escondeu debaixo das cobertas e caiu num sono profundo. Mas naquela manhã, se sentia pior do que nunca.

Ela não sabia o que pensar sobre o que havia acontecido na festa. Era tudo meio nebuloso. Queria acreditar que beijar Maya havia sido um engano, que poderia explicar para Ben, e que tudo ficaria ok. Mas quando Emily se lembrava de como havia se sentido com tudo aquilo. Era como se... até a noite passada, nunca tivesse sido beijada antes.

Mas não havia nada, *nada* de lésbica em Emily. Ela comprava produtos de beleza para seus cabelos danificados pelo cloro. Tinha um pôster do gostosíssimo nadador australiano Ian Thorpe na parede. Dava risadinhas, junto com as outras nadadoras, ao ver os rapazes em suas sungas Speedo. Ela só havia beijado outra garota uma única vez, anos atrás, e aquilo não havia sido para valer. Mesmo que tivesse sido, não significava nada, certo?

Emily partiu uma fatia de torta dinamarquesa ao meio e enfiou um pedaço dentro da boca. Sua cabeça latejava. Queria que as coisas voltassem a ser como eram antes. Meter uma toalha limpa na sacola e estar pronta para treinar, ficar feliz da vida ao fazer umas caretas de porquinho para a câmera digital de alguém, no ônibus de excursão. Estar contente consigo mesma e com a vida, e não ser um ioiô emocional.

Então era isso. Maya era incrível e tudo mais, e elas estavam apenas confusas e tristes, cada uma por suas próprias razões. Mas não eram gays. Certo?

Ela precisava de um pouco de ar.

Estava deserto do lado de fora. Os pássaros arrulhavam e o cachorro de alguém estava latindo, mas tudo parecia calmo. Jornais recém-entregues permaneciam na soleira das portas, embrulhados em plástico azul.

A velha *mountain bike* Trek vermelha estava encostada junto às ferramentas. Emily a ergueu, torcendo para que ainda tivesse coordenação motora para lidar com a bicicleta, após todo o uísque da noite anterior. Ela a empurrou até a rua, mas a roda da frente fazia um rangido esquisito.

Emily se agachou. Havia alguma coisa grudada no aro. Um pedaço de papel estava preso entre as hastes. Ela o puxou e leu algumas linhas. Espere. Era sua própria letra.

"... eu amo olhar a parte de trás de sua cabeça na aula, eu amo como você mastiga seu chiclete quando estamos ao telefone, e eu amo quando você fica sacudindo os pés, sempre que a sra. Hat começa a falar sobre casos famosos da corte americana, eu sei que você está completamente entediada."

Os olhos de Emily percorreram o campo vazio. Aquilo era o que ela pensava? Nervosa, ela pulou para o final, sua boca estava seca.

"... e eu pensei muito sobre por que eu beijei você no outro dia. Eu entendi: aquilo não era uma brincadeira, Ali. Eu acho que amo você. Eu posso entender se nunca mais quiser falar comigo, mas eu tinha que te dizer isso. – Em"

Tinha alguma coisa mais escrita do outro lado do papel. Ela o virou.

Pensei que você poderia querer isso de volta.

Com amor, — A

Emily deixou sua bicicleta despencar no chão.

Aquela era *a* carta para Ali, a que ela tinha enviado logo após o beijo. Ela ficava imaginando se Ali sequer chegara a recebê-la.

Fique calma, Emily disse para si mesma, se dando conta de que suas mãos estavam tremendo. *Existe uma explicação lógica para isto.*

Tinha de ser Maya. Ela morava no antigo quarto de Ali. Emily havia contado a Maya sobre Alison e a carta na noite passada. Poderia ela estar apenas devolvendo a carta?

Mas então... *Com amor, A.* Maya não teria escrito aquilo.

Emily não sabia o que fazer, ou com quem poderia falar. Repentinamente, pensou em Aria. Tanta coisa tinha acontecido na noite anterior, depois de Emily fugir dela, que havia esquecido sobre a conversa que tiveram. O que eram todas aquelas perguntas bizarras sobre Alison? E havia algo na expressão dela, na noite anterior. Aria parecia... nervosa.

Emily se sentou no chão e olhou para o bilhete e leu "Pensei que você poderia querer isso de volta" outra vez. Se Emily se lembrava bem, a letra de Aria parecia bastante com aquela.

Nos últimos dias antes de Ali sumir, ela se aproveitara do beijo de Emily para forçá-la a fazer qualquer coisa que ela quisesse. Não havia ocorrido a Emily que talvez Ali tivesse contado para o restante de suas amigas.

Mas talvez...

– Meu bem?

Emily pulou. Seus pais estavam diante dela, com tênis brancos de ginástica, shorts largos e camisetas polo em tons pastel.

O pai usava uma pochete e sua mãe balançava pequenos halteres para a frente e para trás.

— Oi — grasnou Emily.

—Vai dar uma volta de bicicleta? — perguntou a mãe.

— Hã-rã.

—Você está de castigo. — O pai colocou os óculos, como se precisasse ver Emily para lhe dar uma bronca. — Só a deixamos sair ontem à noite porque você iria com Ben. Esperávamos que colocasse um pouco de juízo em sua cabeça. Mas sair de bicicleta está fora de cogitação.

— Bom... — resmungou Emily, se levantando. Se ao menos não precisasse explicar as coisas aos pais. Mas então... Deixa para lá. Ela não podia. Não agora. Passou a perna por sobre o banco e se acomodou no assento.

— Preciso ir a um lugar — disse ela, seguindo em frente.

— Emily, volte já aqui! — berrou o pai, irritado.

Mas Emily, pela primeira vez na vida, apenas continuou pedalando.

27

NÃO SE INCOMODE COMIGO.
EU SÓ ESTOU MORTA!

Aria acordou com a campainha tocando. Só que não era o barulho normal que a campainha de sua família fazia. Era "American Idiot", do Green Day. Hum, quando seus pais tinham trocado aquilo?

Ela se atirou para fora do edredom, enfiou uma blusa azul florida, colocou os tamancos que tinha comprado em Amsterdã e desceu a escada em espiral com os sapatos fazendo "toc, toc" para ver quem era.

Quando abriu a porta, engasgou. Era Alison. Ela estava mais alta e seu cabelo loiro estava cortado em longas mechas bagunçadas. O resto dela parecia ser mais angular e ter mais glamour do que no sétimo ano.

— *Tcharãa!* — Ali sorriu e abriu os braços. — Estou de volta!

— Ai, meu... — Aria parou no meio da frase, piscando repetidamente algumas vezes. — O-onde você esteve?

Ali revirou os olhos.

— Meus pais estúpidos — respondeu ela. — Você se lembra da minha tia Camille, aquela realmente legal, que nasceu na França e se casou com meu tio Jeff quando estávamos no sétimo ano? Eu fui visitá-la em Miami naquele verão. Daí, gostei tanto daquilo que simplesmente acabei ficando por lá. Eu falei para os meus pais sobre isso, mas aposto que eles se esqueceram de informar o restante das pessoas.

Aria esfregou seus olhos.

— Então, espera. Você esteve esse tempo todo em... *Miami*? Você está *bem*?

Ali deu uma voltinha.

— Eu pareço estar mais do que bem, não pareço? Ei, você gostou dos meus textos?

O sorriso de Aria empalideceu um pouco.

— Hum... na verdade, não.

Ali pareceu magoada.

— Por que não? Aquele sobre sua mãe estava *bem* engraçado.

Aria ficou olhando, perplexa.

— Meu Deus, você é sensível. — Ali semicerrou seus olhos. — Você vai me mandar embora de novo?

— Espere, o quê? — balbuciou Aria.

Alison deu uma olhada atenta para ela, e uma substância negra, gelatinosa, começou a escorrer de suas narinas.

— Eu contei aos outros, você sabe. Sobre seu pai. Eu contei tudo.

— Seu... nariz... — Aria apontou. De repente, a coisa começou a escorrer pelos olhos. Como se ela estivesse chorando óleo. Estava fluindo de suas unhas, também.

— Oh, eu estou apenas apodrecendo. — Ali sorriu.

Aria pulou da sua cama. O suor ensopava sua nuca. O sol se esgueirava através da janela, e ela ouviu "American Idiot" vindo do estéreo do irmão na porta ao lado. Checou suas mãos procurando pela substância negra, mas elas estavam limpas.

Uau.

– Bom dia, querida.

Aria desceu cambaleando pela escada em espiral e viu o pai, vestindo apenas uma cueca samba canção xadrez e uma camiseta sem mangas, lendo o *Philadelphia Inquirer*.

– Oi – murmurou ela, em resposta.

Mexendo na cafeteira, ela olhou fixamente, por um longo tempo, para a figura pálida do pai, com seus ombros cheios de pelo e indefinidos. Ele mexeu nos pés e fez "huumm" para o jornal.

– Pai? – sua voz parecia levemente fraca.

– Hã?

Aria dava voltinhas em torno da ilha da cozinha.

– Os fantasmas podem enviar uma mensagem de texto?

O pai levantou o olhar para ela, um tanto surpreso e confuso.

– O que quer dizer com "uma mensagem de texto"?

Ela enfiou uma das mãos em uma caixa aberta de cereal e retirou um punhado deles.

– Deixa para lá.

– Tem certeza? – perguntou Byron.

Ela mexeu o maxilar, nervosa. O que ela queria perguntar? *Será que tem um fantasma me mandando mensagens?* Ora, ela sabia que não. De qualquer modo, não saberia explicar o motivo pelo qual o fantasma de Ali faria algo assim. Era como se quisesse vingança, mas será que isso era possível?

Ali tinha sido incrível no dia em que flagraram o pai de Aria no carro. Aria fugira pelo canto e correra até não aguentar mais. Ela continuou andando por todo o caminho até sua casa, sem ter certeza do que fazer consigo mesma. Ali a abraçara por muito tempo.

— Eu não vou contar — sussurrou ela.

Só que no dia seguinte, as perguntas começaram. *Você conhece aquela garota? Ela é estudante? Seu pai vai contar para sua mãe? Você acha que ele está transando com outras alunas?* Normalmente, Aria podia lidar com as perguntas, e até mesmo com as provocações de Ali numa boa — ela não tinha problemas em ser a "garota esquisita" do grupo. Mas aquilo era diferente. Aquilo *doía*.

Então, nos últimos dias antes do desaparecimento, Aria evitara Alison. Não enviava mensagens de texto dizendo "estou entediada" durante a aula de ciências, nem a ajudava a arrumar o armário dela. E, certamente, não falava sobre o ocorrido. Ela estava chateada com Ali por estar se intrometendo - como se isso fosse alguma fofoca de celebridades da *Star*, e não a vida dela. Ficou maluca com o fato de Ali saber. Por um tempo.

Mas então, três anos depois, Aria entendia que não fora com Ali que estivera chateada. Mas com o pai.

— Sério, deixa para lá — Aria respondeu ao pai, que estava esperando pacientemente, mexendo seu café. — Só estou com um pouco de sono.

— Ok — disse Byron, sem muita convicção.

A campainha da porta tocou. Não era o Green Day, mas o ding-dong de sempre. O pai olhou para cima.

— Acho que pode ser para o Mike. — Você sabia que uma garota do colégio *quaker* veio aqui umas oito e meia procurando por ele?

— Eu atendo — disse Aria.

Ela abriu cuidadosamente a porta da frente, mas era apenas Emily Fields, com seus cabelos avermelhados desarrumados e os olhos inchados.

— Oi — murmurou Emily.

— Oi — respondeu Aria.

Emily tirou o ar das bochechas — seu velho hábito de quando ficava nervosa. Ela ficou ali parada por um momento.

Então, disse:

— Eu tenho que ir. — E começou a se virar.

— Espera. — Aria segurou o braço dela. — O quê? O que está acontecendo?

Emily ficou parada.

— Hum. Certo. Mas isso vai soar estranho.

— Tudo bem — O coração de Aria começou a bater mais forte.

— Eu estava pensando sobre o que você disse ontem na festa. Sobre Ali. Eu estava pensando... Ali alguma vez falou para vocês algo sobre mim? — Emily disse isso e ficou imóvel.

Aria tirou o cabelo dos olhos.

— Como assim? — sussurrou ela. — Recentemente?

Os olhos de Emily se arregalaram.

— O que você quer dizer com *recentemente*?

— Eu...

— No sétimo ano — interrompeu Emily. — Ela contou a vocês... algo como... algo sobre mim no sétimo ano? Ela estava contando para todo mundo?

Aria piscou. Na festa do dia anterior, quando viu Emily, quis mais do que tudo contar a ela sobre as mensagens.

— Não — respondeu Aria, lentamente. — Ela nunca falou pelas suas costas.

— Ah. — Emily olhou para o chão. — Mas eu... — ela começou.

— Eu tenho recebido esses... — Aria falou quase ao mesmo tempo. Então, Emily olhou para ela e seus olhos se arregalaram também.

— Senhorita Emily Fields! Olá!

Aria se virou. Na sala de estar, estava Byron. Pelo menos, ele havia colocado um roupão de banho listrado.

— Não a vejo faz tempo! — continuou Byron, todo animado.

— Pois é — Emily tirou o ar preso nas bochechas novamente. — Como vai, sr. Montgomery?

Ele franziu o cenho.

— Por favor, você já tem idade o bastante para me chamar de Byron. — Ele coçou seu queixo com a parte de cima da xícara de chá. — Como você está?

— Muito bem — Emily parecia prestes a chorar.

— Você quer comer alguma coisa? — ofereceu Byron. — Você parece estar com fome.

— Ah. Não. Obrigada. Eu, hum, eu acho que não dormi muito bem.

— Vocês, mocinhas. — Ele balançou a cabeça. — Vocês nunca dormem! Eu sempre falo para Aria que ela precisa de onze horas de sono. Ela precisa estocar tempo de sono para quando for para a faculdade e tiver festas todas as noites! — Ele começou a subir as escadas para o segundo andar.

Assim que o pai estava fora do campo de visão, Aria virou para trás feito um furacão.

— Ele é tão... — ela começou. Mas, então, se deu conta de que Emily já estava na metade do caminho de grama, indo em direção à bicicleta.

— Ei! Aonde você está indo?

Emily ergueu a bicicleta do chão.

— Eu não devia ter vindo.

— Espere! Volta aqui! Eu... eu preciso falar com você! — chamou Aria.

Emily parou e olhou para ela. Aria sentiu todas as suas palavras pinicando como abelhas dentro de sua boca. Emily parecia apavorada.

Mas, de repente, Aria estava com medo demais para perguntar também. Como poderia falar sobre os textos de A sem mencionar seu segredo? Ela continuava não querendo que as pessoas soubessem. Especialmente com sua mãe no andar logo acima.

Então, ela pensou em Byron em seu roupão, e no quanto Emily parecera desconfortável perto dele ainda há pouco. Emily perguntou: *Ali alguma vez falou para vocês algo sobre mim?* Por que ela teria perguntado uma coisa como essa?

A menos que...

Aria roeu a unha. E se Emily já soubesse *seu* segredo? Aria soltou um gemido, paralisada. Emily balançou a cabeça.

— Te vejo mais tarde — murmurou e, antes que Aria pudesse se recompor, Emily já estava longe, pedalando furiosamente.

28

BRAD E ANGELINA NA VERDADE SE CONHECERAM NA DELEGACIA DE ROSEWOOD

– Senhoras, descubram a si mesmas!

Enquanto a plateia de Oprah aplaudia freneticamente, Hanna afundou em seu sofá de almofadas cor de café, equilibrando o controle remoto do TiVo na barriga nua. Um pouco de autodescoberta não seria nada mau naquela manhã fresca de sábado.

A noite anterior estava um pouco embaçada – como se tivesse passado a noite inteira sem lentes de contato – e sua cabeça estava latejando. A noite havia envolvido algum tipo de animal? Ela havia encontrado algumas embalagens de bala em sua bolsa. Ela tinha comido? *Todas* elas? Afinal, seu estômago doía, e parecia um pouco inchado. E por que Hanna tinha uma lembrança clara de um caminhão de laticínios Wawa? Era como tentar montar um quebra-cabeças, só que Hanna não tinha paciência para quebra-cabeças – ela sempre encaixava à força peças que ficavam de fora.

A campainha da porta tocou. Hanna gemeu, então rolou para fora do sofá, sem se incomodar em arrumar a camiseta de malha canelada verde-exército, que estava retorcida e praticamente expondo seus seios. Ela escancarou a porta de carvalho e então, com uma pancada, a fechou novamente.

Uau. Era um policial, sr. Abril. Hum, quer dizer, Darren Wilden.

— Abra, Hanna!

Ela deu uma olhada nele pelo olho mágico da porta. Ele esrava de pé, com os braços cruzados, parecendo compenetrado, mas seu cabelo estava uma bagunça e ela não viu um revólver em lugar nenhum. E que tipo de policial trabalhava às dez da manhã, num sábado sem nuvens como aquele?

Hanna deu uma olhada em seu reflexo no espelho redondo, do outro lado da sala. Jesus. Marcas de travesseiro no rosto? Sim. Olhos inchados, lábios precisando de *gloss*? Certamente. Hanna passou depressa as mãos pelo rosto, juntou o cabelo num rabo de cavalo, e colocou seus óculos de sol Chanel. Então, escancarou a porta.

— Oi! — ela o cumprimentou, alegremente. — Como você está?

— Sua mãe está em casa? — perguntou ele.

— Não — informou Hanna, flertando. — Ela ficará fora à manhã toda.

Wilden apertou os lábios, parecendo estressado.

Hanna percebeu que Wilden tinha um pequeno Band-Aid bem em cima da sobrancelha.

— O que foi? Sua namorada enfeitou você? — ela perguntou, apontando para o curativo.

– Não... – Wilden tocou o Band-Aid. – Eu dei uma pancada no meu armário de remédios quando estava lavando o rosto. – Ele revirou os olhos. – Não sou a pessoa mais graciosa pela manhã.

Hanna sorriu.

– Bem-vindo ao clube. Eu caí de bunda ontem à noite, à toa.

A expressão gentil de Wilden subitamente se tornou rígida.

– Foi antes ou depois que você roubou o carro?

Hanna deu um passo para trás.

– O quê?

Por que Wilden estava olhando para ela como se ela fosse a filha de extraterrestres?

– Houve uma denúncia anônima de que você roubou um carro – afirmou, vagarosamente.

A boca de Hanna se abriu.

– Eu... *o quê?*

– Uma BMW preta? Pertencente ao sr. Edwin Ackard? Você bateu em um poste? Depois de beber uma garrafa inteira de Ketel One? Qualquer dessas coisas lhe soa familiar?

Hanna empurrou os óculos escuros para cima do nariz. Espera aí, foi isso o que aconteceu?

– Eu não estava bêbada ontem à noite – mentiu.

– Nós encontramos uma garrafa de vodca no chão do carro, do lado do motorista – disse Wilden. – Então, alguém estava bêbado.

– Mas... – começou Hanna.

– Eu tenho que levá-la para a delegacia – Wilden interrompeu, parecendo um pouco desapontado.

– Eu não roubei! – gritou Hanna. – Sean, o filho dele, disse que eu podia pegá-la!

Wilden levantou uma das sobrancelhas.

— Então, você admite que estava dirigindo a BMW?

— Eu... — começou Hanna. *Merda*. Ela deu um passo de volta para dentro da casa. — Mas minha mãe nem mesmo está aqui. Ela não saberá o que aconteceu comigo.

Vergonhosamente, lágrimas brotaram em seus olhos. Ela virou-se, tentando se recompor.

Wilden jogava o peso do corpo de um pé para o outro, balançando-se desconfortavelmente. Parecia que ele não sabia o que fazer com as mãos — primeiro, ele as colocou nos bolsos, depois, as levantou perto de Hanna, e então apertou uma contra a outra.

— Ouça, nós podemos ligar para a sua mãe da delegacia, certo? Eu não vou algemá-la. Você pode ir no banco da frente, comigo. — Ele caminhou de volta para o carro e abriu a porta do passageiro para ela.

Uma hora mais tarde, ela sentou nos mesmos assentos de plástico da delegacia, encarando o mesmo cartaz de "*O mais procurado do condado de Chester*", lutando contra a vontade de chorar novamente. Ela tinha acabado de fazer um exame de sangue para ver se ainda estava bêbada. Hanna não sabia se estava — o álcool fica no corpo por tanto tempo? Agora Wilden estava curvado sobre a mesma mesa, que tinha as mesmas canetas Bic e uma mola metálica. Ela beliscou a palma da mão com as unhas e engoliu em seco.

Infelizmente, os eventos da noite passada tinham se misturado em sua cabeça. O Porsche, o cervo, o *air bag*. Sean tinha dito que ela podia pegar o carro? Ela duvidava; a última coisa de que conseguia se lembrar era o pequeno discurso de autoestima dele, antes de se livrar dela no bosque.

— Ei, você estava na batalha das bandas, em Swarthmore, na noite passada?

Um cara com idade para estar na faculdade, com um cabelo escovinha e sobrancelhas unidas, sentou ao lado dela. Ele usava uma camisa de surfista, de flanela rasgada, jeans respingado de tinta e estava sem sapatos. As mãos dele estavam algemadas.

— Hum, não — murmurou Hanna.

Ele se inclinou para perto dela, e Hanna podia sentir seu hálito de cerveja.

— Ah. Eu pensei ter visto você lá. Eu estava, bebi demais e comecei a assustar as vacas de alguém. É por isso que estou aqui! Estava invadindo a propriedade alheia!

— Bom para você — retrucou ela, fria.

— Qual o seu nome? — Ele fez tinir suas algemas.

— Hum, Angelina. — Até parece que ela ia dizer seu nome verdadeiro para aquele cara.

— Oi, Angelina — disse ele —, meu nome é Brad!

Hanna riu de como a frase soara.

Bem nesse momento, a porta da frente da delegacia se abriu. Hanna deu um salto para trás em seu assento e empurrou os óculos escuros para o alto do nariz. Ótimo. Era a mãe dela.

— Eu vim assim que soube — disse a sra. Marin para Wilden.

Naquela manhã, a sra. Marin usava uma simples camiseta com decote canoa, jeans James de cintura baixa, sapatos Gucci de salto alto abertos na ponta e atrás, e exatamente os mesmos óculos Chanel que Hanna estava usando. Sua pele brilhava — ela tinha passado a manhã inteira no SPA — e seu cabelo vermelho--alourado estava puxado para trás num rabo de cavalo simples. Hanna deu uma olhada. Sua mãe estava usando sutiã com enchimento? Os seios dela pareciam pertencer a outra pessoa.

— Eu falarei com ela — a sra. Marin garantiu a Wilden, em voz baixa. Então, caminhou até Hanna. Ela cheirava a bandagem corporal de algas marinhas. Hanna, certa de que cheirava a Ketel One e panquecas Eggo, tentou se encolher em seu assento.

— Sinto muito — choramingou Hanna.

— Eles obrigaram você a fazer um exame de sangue? — sibilou ela.

Hanna concordou com a cabeça, miseravelmente.

— O que mais você disse a eles?

— Na-nada — gaguejou ela.

A sra. Marin entrelaçou as mãos manicuradas à francesinha.

— Ok. Eu cuidarei disso. Apenas fique quieta.

— O que você vai fazer? — sussurrou ela de volta. —Você vai chamar o pai de Sean?

— Eu disse que *eu cuido* disso, Hanna.

A mãe dela se levantou de um dos assentos de plástico e se inclinou sobre a escrivaninha de Wilden. Hanna abriu sua bolsa com violência, procurando pelo seu pacote de emergência de balas Twizzlers Pull-n-Peel. Ela deveria ter apenas umas duas, não um pacote inteiro. Tinha que estar ali em algum lugar.

Enquanto retirava as Twizzlers, sentiu seu BlackBerry zumbir. Hanna hesitou. E se fosse Sean, xingando-a por mensagem de voz? E se fosse Mona? Onde diabos *estava* Mona? Eles realmente tinham deixado que ela fosse ao torneio de golfe? Ela não tinha roubado o carro, mas havia ido junto no passeio. Isso tinha que contar para alguma coisa.

O BlackBerry de Hanna tinha algumas chamadas perdidas. Sean... seis vezes. Mona, duas vezes, às oito e às oito e meia da manhã. Havia também algumas mensagens de texto novas: um punhado dos garotos da festa, que não tinham nada a ver com a história, e outra de um número de celular que ela não conhecia. O estômago de Hanna deu um nó.

> Hanna: Você se lembra da escova de dentes de Kate?
> Eu achei que lembraria! — A

Hanna piscou. Um suor frio e pegajoso grudou em sua nuca. Ela se sentiu tonta. *A escova de dentes de Kate?*

— Vamos lá — disse ela, tremendo, tentando rir. Deu uma olhada para cima, para a mãe, mas ela ainda estava curvada sobre a mesa de Wilden, conversando com ele.

Quando estava em Annapolis, depois que o pai dela lhe disse que ela era, essencialmente, uma porca, Hanna saiu rapidamente da mesa e correu para dentro da casa. Ela se enfiou no banheiro, fechou a porta e sentou-se no vaso sanitário.

Ela inspirava profundamente, tentando se acalmar. Por que não podia ser linda, graciosa e perfeita como Ali ou Kate? Por que tinha que ser quem ela era, atarracada e desajeitada, um lixo? E ela não sabia ao certo com quem estava mais brava — seu pai, Kate, ela mesma ou... Alison.

Enquanto se engasgava em lágrimas quentes e raivosas, percebeu três fotos enquadradas na parede em frente ao vaso sanitário. Todas as três eram closes dos olhos de alguém. Ela reconheceu imediatamente os olhos furtivos, expressivos, de seu pai. E havia os de Isabel, pequenos, em forma de amêndoa. O terceiro par de olhos era grande, inebriante. Eles pareciam saídos diretamente de uma propaganda de rímel Chanel. Eles eram, obviamente, de Kate.

Estavam todos olhando para ela.

Hanna encarou-se no espelho. O som de um riso fraco veio de fora. O estômago dela parecia que estava explodindo com a pipoca que todo mundo a tinha visto comer. Ela se sentiu tão enjoada, só queria *aquilo* fora dela, mas quando se inclinou sobre o vaso, nada aconteceu. Lágrimas escorreram por seu rosto. Enquanto alcançava um lenço de papel, percebeu uma escova de dentes verde, colocada em uma pequena xícara de porcelana. Ela lhe deu uma ideia.

Demorou dez minutos para que ela tivesse coragem para colocá-la na garganta, mas, quando o fez, se sentiu pior e ao mesmo tempo melhor. Começou a chorar ainda mais forte, mas também queria fazê-lo novamente. Quando enfiou a escova de dentes de volta na boca, a porta do banheiro se escancarou.

Era Alison. Os olhos dela correram de Hanna ajoelhada no chão para a escova de dentes em sua mão.

— Uau — disse.

— Por favor, vá embora — sussurrou Hanna.

Alison deu um passo para dentro do banheiro.

— Você quer falar sobre isso?

Hanna olhou para ela, desesperada.

— Pelo menos feche a porta!

Ali fechou a porta e se sentou na beirada da banheira.

— Há quanto tempo você vem fazendo isso?

O lábio de Hanna tremia.

— Fazendo o quê?

Ali fez uma pausa, olhando para a escova de dentes. Seus olhos se alargaram. Hanna olhou para ela também. Ela não tinha percebido antes, mas KATE estava impresso na lateral, em letras brancas.

Um telefone tocou alto na delegacia e Hanna deu um salto. *Lembra-se da escova de dentes de Kate?* Outras pessoas poderiam saber sobre o distúrbio alimentar de Hanna, tê-la visto entrando na delegacia, ou até mesmo saber sobre Kate. Mas sobre a *escova de dentes verde* só uma pessoa sabia.

Hanna gostava de acreditar que, se Ali estivesse viva, estaria contente por ela, agora que sua vida era tão perfeita. Aquela cena era repassada em sua mente constantemente. Ali impressionada com os jeans tamanho 36 dela. Ali surpresa, fazendo "ohs" sobre seus batons – o *gloss* Chanel. Ali lhe dando os parabéns pelo fato de ela ter planejado uma festa perfeita na piscina.

Com as mãos tremendo, Hanna digitou: *É a Alison?*

– Wilden! – um policial gritou. – Nós precisamos de você aqui nos fundos.

Hanna olhou para cima. Darren Wilden levantou-se de sua mesa, se desculpando com a mãe de Hanna. Em segundos, o recinto inteiro explodiu em ação. Um carro de polícia saiu voando do estacionamento; três outros o seguiram. Telefones tocavam loucamente; quatro policias correram pela sala.

– Parece ser algo grande. – disse Brad, o invasor bêbado sentado ao lado dela. Hanna sobressaltou-se. Tinha esquecido que ele estava lá.

– Falta de rosquinha? – perguntou ela, tentando rir.

– Maior – ele agitou as mãos algemadas, animado. – Parece algo *muito* grande.

29

BOM DIA, NÓS ODIAMOS VOCÊ

O sol entrou através da janela do celeiro, e, pela primeira vez na vida de Spencer, ela foi acordada pelo gorjeio de pardais cheios de vida, em vez do apavorante *mix techno* dos anos 1990, que o pai dela fazia explodir na sala de ginástica da casa principal. Mas ela podia aproveitá-lo? Não.

Embora não tivesse bebido uma gota na noite passada, seu corpo estava dolorido, com calafrios e de ressaca. Havia zero de sono em seu tanque de combustível. Depois que Wren saiu, tinha tentado dormir, mas sua mente dava voltas. A maneira como Wren a segurou pareceu tão... diferente. Spencer nunca tinha sentido nada nem remotamente parecido.

Mas, então, aquele torpedo. E a expressão calma, assombrada. E...

Na noite anterior, o celeiro rangeu e gemeu, e Spencer puxou as cobertas para cima do nariz, tremendo. Ela se repreendeu por ser tão paranoica e imatura, mas não podia evitar. Continuou pensando nas possibilidades.

Finalmente, ela se levantou e reiniciou o computador. Por algumas horas, procurou na internet. Primeiro, olhou em sites técnicos, procurando por respostas de como rastrear torpedos. Sem sorte. Então, tentou encontrar de onde aquele primeiro e-mail, aquele sobre "inveja", tinha vindo. Ela queria, desesperadamente, que a trilha acabasse em Andrew Campbell.

Descobriu que Andrew tinha um blog, mas depois de explorar a coisa toda, não encontrou nada. As anotações eram todas sobre os livros que Andrew gostava de ler, um garoto estúpido filosofando, um par de passagens melancólicas sobre uma paixonite não correspondida por alguma garota cuja nome ele nunca citou. Ela pensou que ele podia cometer um erro e se entregar, mas ele não o fez.

Por fim, introduziu as palavras-chave *pessoas desaparecidas* e *Alison DiLaurentis*.

Ela encontrou a mesma coisa de três anos antes – os relatórios da CNN e do *Philadelphia Inquirer*, grupos de busca, e sites bizarros, como um mostrando como Alison poderia estar com diferentes estilos de cabelo. Spencer encarou a foto da escola que eles tinham usado; ela não via uma foto de Ali há muito tempo. Reconheceria Ali se ela tivesse, por exemplo, um cabelo curto, preto? Ela certamente parecia diferente nessa foto que eles tinham criado.

A porta de tela da casa principal rangeu quando ela a empurrou, aflita. Lá dentro, ela sentiu o cheiro de café recém-preparado, o que era estranho, porque normalmente a mãe dela ainda estava nos estábulos a esta hora, enquanto o pai estava cavalgando, ou no campo de golfe. Ela se perguntava o que tinha acontecido entre Melissa e Wren depois da noite anterior, rezando para não ter de encará-los.

— Nós estávamos esperando você.

Spencer saltou. Na mesa da cozinha estavam seus pais e Melissa. O rosto da mãe estava pálido e cansado e as bochechas do pai estavam vermelho-beterraba. Os olhos de Melissa estavam vermelhos e inchados. Nem mesmo os dois cachorros pularam para saudá-la, como normalmente faziam.

Spencer engoliu em seco. Nem uma oração poderia ajudá-la ali.

— Sente-se, por favor — pediu o pai, calmamente.

Spencer se arrastou pesadamente até uma cadeira de madeira e sentou-se ao lado da mãe. A sala estava tão parada e silenciosa que ela podia ouvir o próprio estômago dando cambalhotas de medo.

— Eu nem mesmo sei o que dizer — resmungou a mãe. — Como você *pôde*?

O estômago de Spencer pesou. Ela abriu a boca, mas a mãe levantou a mão para ela.

— Você não tem o direito de falar agora.

Spencer fechou a boca, apertando os lábios, e abaixou os olhos.

— Honestamente — começou o pai —, estou tão envergonhado por você ser minha filha neste momento. Eu achava que nós a tínhamos educado melhor.

Spencer futucou uma cutícula áspera em um dos polegares e tentou fazer seu queixo parar de tremer.

— O que você estava pensando? — perguntou a mãe. — Aquele era o *namorado* dela. Eles estavam planejando morar juntos. Você percebe o que fez?

— Eu... — começou Spencer.

— Quero dizer... — interrompeu a mãe dela e então, torceu as mãos e olhou para baixo.

— Você é menor de dezoito anos, o que significa que nós somos legalmente responsáveis por você – disse o pai. – Mas, se dependesse de mim, eu trancaria você do lado de fora agora mesmo.

— Eu queria nunca mais ter que ver você novamente – Melissa cuspiu.

Spencer achou que ia desmaiar. Ela meio que esperou que eles abaixassem suas xícaras de café e dissessem a ela que estavam só brincando, que tudo estava bem. Mas eles sequer conseguiam olhar para ela. As palavras de seu pai machucavam seus ouvidos: *Eu estou tão envergonhado por você ser minha filha.* Ninguém nunca havia dito algo assim para ela antes.

— Uma coisa é certa: Melissa se mudará para o celeiro – continuou a mãe dela. – Eu quero todas as suas coisas fora de lá e de volta ao seu velho quarto. E quando a casa dela na cidade estiver pronta, eu vou transformar o celeiro num estúdio de cerâmica.

Spencer fechou os punhos sob a mesa, desejando não chorar. Ela não ligava para o celeiro, de verdade. Era o que tinha vindo com o celeiro que importava. Era que seu pai iria construir prateleiras para ela. Sua mãe ia ajudá-la a escolher novas cortinas. Eles tinham dito que ela podia ter um gatinho, e todos passariam alguns minutos pensando em nomes engraçados para ele. Eles estavam animados por ela. Eles *se importavam.*

Ela alcançou o braço de sua mãe.

— Eu sinto muito...

A mãe tirou o braço.

— Spencer, não.

Ela não conseguiu engolir o soluço. As lágrimas começaram a escorrer por suas faces.

— Não é a mim que você deve desculpas, de qualquer forma — declarou a mãe, numa voz baixa.

Spencer olhou para Melissa, chorando do outro lado da mesa. Ela assoou o nariz. Por mais que odiasse Melissa, ela nunca tinha visto a irmã tão infeliz — não desde que Ian havia terminado com ela no colégio. Era errado paquerar Wren, mas Spencer não havia pensado que isso iria tão longe quanto foi. Tentou se colocar no lugar de Melissa — se ela tivesse conhecido Wren primeiro e Melissa o tivesse beijado, ela estaria destruída também. O coração dela amoleceu.

— Eu sinto muito — sussurrou ela.

Melissa estremeceu.

— Apodreça no inferno — cuspiu a irmã.

Spencer mordeu o lado de dentro da boca com tanta força que sentiu gosto de sangue.

— Apenas tire suas coisas do celeiro. — A mãe suspirou. — E então, saia da nossa frente.

Os olhos de Spencer se arregalaram.

— Mas... — guinchou ela. O pai lançou-lhe um olhar enfraquecido.

— É tão desprezível — murmurou a mãe.

— Você é uma cadela — xingou Melissa.

Spencer concordou com a cabeça — talvez, se concordasse com eles, eles parassem. Ela queria virar uma bolinha e sumir. Em vez disso, murmurou:

— Eu vou fazer isso agora.

— Que bom. — O pai tomou outro gole de café e saiu da mesa.

Melissa fez um barulhinho e empurrou sua cadeira para trás. Soluçou o caminho todo até o seu quarto e bateu a porta.

—Wren foi embora na noite passada — informou o sr. Hastings, enquanto parava no batente da porta. — Nós não ouviremos mais falar dele. E se você sabe o que é melhor para você, nunca mais falará sobre ele novamente.

— Claro — resmungou Spencer, e abaixou a cabeça na fria mesa de carvalho.

— Bom.

Spencer manteve a cabeça firmemente pressionada contra a mesa, fazendo respirações da ioga, esperando alguém voltar e dizer a ela que tudo ficaria bem. Mas ninguém fez isso.

Do lado de fora, ouviu a sirene de uma ambulância à distância. Parecia que estava vindo na direção da casa. Spencer sentou-se. *Oh Deus.* E se Melissa tivesse... se ferido? Ela não faria isso, faria? As sirenes aumentavam, chegando mais perto. Spencer empurrou sua cadeira para trás.

Caramba. O que ela havia feito?

— Melissa! — gritou ela, correndo para as escadas.

—Você é uma vagabunda! — veio uma voz. — Uma maldita vagabunda!

Spencer desmoronou para trás contra o gradil. Parecia que Melissa estava bem, afinal.

30

O CIRCO ESTÁ DE VOLTA À CIDADE

Emily pedalava furiosamente para longe da casa de Aria, desviando por pouco de um corredor na lateral da estrada.

– Cuidado! – gritou ele.

Quando passou por um vizinho, que passeava com dois enormes cães dinamarqueses, Emily tomou uma decisão. Ela precisava ir à casa de Maya. Era a única resposta. Talvez Maya quisesse dizer aquilo de uma forma legal, como se estivesse apenas devolvendo o bilhete, depois do que Emily havia lhe contado sobre Alison, na noite anterior. Talvez Maya quisesse mencionar a carta naquela ocasião, mas por qualquer que fosse a razão, não o fez. Seria o *A* na verdade um *M*?

Além disso, ela e Maya tinham toneladas de outras coisas para conversar além do bilhete. Como sobre tudo o que acontecera na festa. Emily fechou os olhos, lembrando. Ela praticamente podia sentir o cheiro do chiclete de banana de Maya e os suaves contornos de sua boca. Abrindo os olhos, desviou da curva.

Certo, elas definitivamente precisavam concluir aquilo. Mas o que Emily ia dizer?

Eu amei aquilo.

Não. Claro que ela não diria isso. Ela diria, *nós devemos ser apenas amigas*. Afinal, voltaria para Ben. Se ele a quisesse. Ela queria voltar no tempo para ser a Emily que era feliz com sua vida, cujos pais estavam satifeitos com ela. A Emily que apenas se preocupava com a velocidade do seu nado de peito e com a lição de casa de álgebra.

Emily pedalou além de Myer Park, onde ela e Ali costumavam se balançar por horas. Elas tentavam se impulsionar juntas, compassadas, e quando estavam completamente empatadas, Ali sempre gritava:

— Nós estamos casadas! — então, elas gritavam e pulavam para fora do balanço ao mesmo tempo.

Mas e se Maya não tivesse colocado o bilhete em sua bicicleta?

Quando Emily perguntou a Aria se Ali havia lhe contado o seu segredo, Aria respondeu:

— O quê, recentemente? — Por que Aria diria aquilo? A menos... a menos que Aria soubesse de algo. A menos que Ali estivesse de volta.

Isso era possível?

Emily derrapou pelo cascalho. Não, isso era insano. A mãe dela ainda trocava cartões de Natal com a sra. DiLaurentis; ela teria ouvido se Ali tivesse voltado. Quando Ali desapareceu, aparecia no noticiário vinte e quatro horas por dia, sete dias por semana. Os pais de Emily costumavam assistir a CNN, enquanto tomavam o café da manhã. Seria certamente a história do momento novamente.

Ainda assim, era emocionante pensar no assunto. Toda noite, por quase um ano depois do desaparecimento de Ali, Emily tinha perguntado a sua Bola Mágica 8 se Alison voltaria. Embora ela algumas vezes dissesse, *Espere e veja*, ela nunca, nunca dissera *Não*. Ela fazia apostas consigo mesma, também: *se duas crianças entrassem no ônibus da escola hoje usando camisas vermelhas*, ela sussurraria para si mesma, *Ali está bem. Se estiverem servindo pizza no almoço, Ali não está morta. Se o técnico nos fizer praticar idas e voltas, Ali voltará.*

Nove vezes em dez, de acordo com as pequenas superstições de Emily, Ali estava prestes a voltar para elas.

Talvez ela estivesse bem o tempo todo.

Ela fez força, pedalando ladeira acima e em volta de uma curva fechada. Por pouco evitou uma pedra, um marco do memorial da batalha da Guerra Revolucionária. Se Ali estivesse de volta, o que isso significaria para a amizade dela com Maya? Ela meio que duvidava de que pudesse ter duas melhores amigas... duas melhores amigas por quem tinha sentimentos tão parecidos. Ela se perguntava o que Ali pensaria de Maya.

E se elas se odiassem?

Eu amei aquilo.

Nós devemos ser apenas amigas.

Ela passou rapidamente por lindas casas de fazenda, pousadas com fachadas de pedra, e caminhonetes de jardineiros paradas nos cantos da estrada. Costumava pedalar nesse mesmo caminho para ir à casa de Ali. A última vez, na verdade, tinha sido antes do beijo. Emily não tinha planejado beijar Ali antes de vir; algo acontecera no calor do momento. Ela nunca esqueceria de como os lábios de Ali eram macios, ou do olhar espantado no rosto de Ali quando ela se afastou.

— Para que você fez isso? — ela havia perguntado.

De repente, uma sirene urrou atrás dela. Emily mal teve tempo de se mover para a beira da estrada novamente, antes de uma ambulância de Rosewood passar zunindo. Uma rajada de vento soprou, jogando pó em seu rosto. Ela esfregou os olhos e viu a ambulância subir até o topo da colina e fazer uma pausa na rua de Alison.

Agora ela estava entrando na rua de Ali. O medo tomou conta de Emily. A rua de Alison era... a rua de Maya. Ela agarrou as empunhaduras de borracha do guidão da bicicleta.

Com toda a loucura, tinha esquecido o segredo que Maya havia lhe contado na noite anterior. O corte. O hospital. Aquela cicatriz irregular. *Às vezes, eu apenas sinto que preciso,* Maya tinha dito.

— Ah, meu Deus — sussurrou Emily.

Ela pedalou furiosamente e derrapou na esquina.

Se a sirene da ambulância parar assim que eu virar a esquina, ela pensou, *Maya estará bem.*

Mas então a ambulância encostou, parando em frente à casa de Maya. As sirenes ainda rugiam. Carros de polícia estavam em todo lugar.

— Não — disse Emily baixinho. Médicos de jaleco branco saíram do veículo e correram para a casa. Uma multidão tomava o jardim de Maya, algumas pessoas estavam com câmeras. Emily jogou sua bicicleta na calçada e correu desajeitadamente em direção à casa.

— Emily!

Maya irrompeu através da multidão. Emily ofegou, então correu para os braços de Maya, as lágrimas correndo, desordenadas, por suas faces.

—Você está bem? – soluçou Emily. – Eu estava com medo...
– Eu estou bem – disse Maya.
Mas havia algo em sua voz que, claramente, *não* estava bem. Emily deu um passo para trás. Os olhos de Maya estavam vermelhos e úmidos. Sua boca estava repuxada para baixo, nervosamente.
– O que foi? – perguntou Emily. – O que está acontecendo?
Maya engoliu em seco.
– Encontraram sua amiga.
– O quê? – Emily encarou, então, a cena no gramado de Maya.
Era tudo tão assustadoramente familiar: a ambulância, os carros de polícia, as multidões de pessoas, as câmeras de lentes longas. Um helicóptero de notícias dava voltas acima delas. Aquela era exatamente a mesma cena de três anos atrás, de quando Ali desaparecera.
Emily deu um passo para trás, saindo dos braços de Maya, com um riso de incredulidade. Ela *estava* certa!
Alison estava de volta para a casa dela, como se nada nunca tivesse acontecido.
– Eu sabia! – murmurou.
Maya pegou a mão de Emily.
– Eles estavam cavando para a nossa quadra de tênis. Minha mãe estava lá. Ela... a viu. Eu ouvi o grito dela do meu quarto.
Emily deixou a mão cair.
– Espere. O quê?
– Eu tentei ligar para você – completou Maya.
Emily franziu a sobrancelha e encarou Maya. Então, olhou a equipe de vinte fortes policiais. Para a sra. St. Germain, soluçando no balanço de pneu. Para a fita PERÍMETRO SOB INVESTI-

GAÇÃO DA POLÍCIA, NÃO ULTRAPASSE, dando voltas em torno do quintal. E então, para a caminhonete estacionada na entrada de carros. Tinha a inscrição NECROTÉRIO DE ROSEWOOD. Ela teve que ler seis vezes até que as palavras fizessem sentido. O coração de Emily disparou e, de repente, ela não conseguia mais respirar.

– Eu não... entendo – falou Emily, confusa, dando outro passo para trás. – Quem eles encontraram?

Maya olhou para ela com pena, os olhos brilhando por causa das lágrimas.

– Sua amiga Alison – sussurrou ela. – Eles acabaram de encontrar o corpo dela.

31

O INFERNO SÃO OS OUTROS

Byron Montgomery bebeu um grande gole de café e, tremendo, acendeu seu cachimbo.

— Eles a encontraram quando estavam escavando sob a placa de concreto no velho quintal dos DiLaurentis, para fazer uma quadra de tênis.

— Ela estava sob o concreto — interrompeu Ella. — Eles souberam que era ela pelo anel que estava usando. Mas estão fazendo testes de DNA para ter certeza.

Parecia que um punho socava o estômago de Aria. Ela se lembrava do anel de ouro branco com a inicial de Ali. Os pais da amiga o tinham comprado para ela na Tiffany's, quando ela tinha dez anos e operara as amígdalas. Ali gostava de usá-lo no mindinho.

— Por que eles tiveram que fazer testes de DNA? — perguntou Mike. — O corpo estava em decomposição?

— Michelangelo! — Byron olhou feio. — Isso não é uma coisa muito sensível para se dizer na frente da sua irmã.

Mike deu de ombros e apertou um pedaço de chiclete de maçã verde em sua boca. Aria, com as lágrimas calmamente correndo pelas faces, sentou-se em frente a ele, distraidamente descosturando a beirada de uma toalha do jogo americano de palha. Eram duas da tarde e eles estavam sentados em volta da mesa da cozinha.

— Eu posso lidar com isso. — A garganta de Aria se contraiu. — Ela estava decomposta?

Os pais dela olharam um para o outro.

— Bem, sim. — O pai coçou o peito através de um pequeno furo na camisa. — Corpos se decompõem bastante rápido.

— Que coisa nojenta — sussurrou Mike.

Aria fechou os olhos. Alison estava morta. Seu corpo estava decomposto. Provavelmente, alguém a tinha matado.

— Querida? — perguntou Ella calmamente colocando uma das mãos em concha sobre a de Aria. — Querida, você está bem?

— Não sei — murmurou Aria, tentando não começar a chorar tudo de novo.

— Você quer um Xanax? — perguntou Byron.

Aria sacudiu a cabeça

— *Eu* quero um Xanax — disse Mike, depressa.

Nervosa, Aria cutucava a lateral do polegar. Seu corpo ficava quente e então, frio. Ela não sabia o que fazer ou pensar. A única pessoa que ela achava que poderia fazê-la se sentir melhor era Ezra; achava que poderia explicar todos os seus sentimentos para ele. No mínimo, ele a deixaria se encolher no seu sofá de tecido grosso e chorar.

Arrastando a cadeira para trás, Aria caminhou para seu quarto. Byron e Ella trocaram alguns olhares e a seguiram até a escada em espiral.

— Querida? — perguntou Ella. — Há algo que a gente possa fazer?

Mas Aria os ignorou e empurrou a porta do quarto. O quarto dela era um desastre. Aria não o limpara desde que chegara da Islândia, e ela também não era a garota mais organizada do mundo. As roupas dela estavam por todo o chão em pilhas desorganizadas. Na cama, estavam CDs, lantejoulas que ela estava usando para fazer um chapéu com contas, pôsteres de pinturas, vários novelos de lã. O carpete tinha uma grande mancha de vela vermelha.

Ela procurou nas cobertas da cama e no tampo da escrivaninha pelo seu Treo — precisava dele para ligar para Ezra. Mas não o encontrou. Aria verificou a bolsa verde que tinha levado à festa na noite anterior, mas o telefone também não estava nela.

Então, ela se lembrou.

Depois que recebeu aquela mensagem de texto, tinha deixado cair o telefone, como se ele estivesse envenenado. Ela devia tê-lo deixado para trás.

Voou escada abaixo. Os pais dela ainda estavam no meio da escada.

— Vou pegar o carro — murmurou ela, pegando as chaves no suporte ao lado da mesa da entrada.

— Ok — disse o pai.

— Não tenha pressa — a mãe acrescentou.

Alguém tinha escorado a porta da casa de Ezra, mantendo-a aberta com um grande *terrier* esculpido em metal. Aria deu a volta e entrou pelo saguão. Ela bateu na porta de Ezra. Tinha a mesma sensação de quando estava realmente apertada para ir ao banheiro — podia ser uma tortura, mas você sabia que muito em breve, iria se sentir bem melhor.

Ezra escancarou a porta. Assim que ele a viu, tentou fechá-la novamente.

— Espere — Aria gritou, sua voz ainda cheia de lágrimas. Ezra escapou para a cozinha, as costas viradas para ela. Ela o seguiu.

Ezra virou-se para encará-la. Ele não estava barbeado e parecia exausto.

— O que você está fazendo aqui?

Aria mordeu o lábio.

— Eu estou aqui para ver você. Eu recebi uma notícia... — O Treo dela estava na mesa lateral. Ela o pegou.

— Obrigada. Você o encontrou.

Ezra deu uma olhada para o Treo.

— Ok, já o tem de volta. Pode ir embora, agora?

— O que está acontecendo? — Ela caminhou na direção dele. — Eu recebi uma notícia. Eu tinha que ver você...

— É, eu recebi uma notícia também — interrompeu ele. Ezra foi para longe dela. — Sério, Aria, eu não posso... eu não posso nem mesmo olhar para você.

Lágrimas jorraram dos olhos dela.

— *O que houve?* — Aria o encarava, confusa.

Ezra abaixou os olhos.

— Eu descobri o que você disse sobre mim no seu telefone celular.

Aria franziu suas sobrancelhas.

— Meu telefone celular?

Ezra levantou a cabeça. Seus olhos faiscavam de raiva.

— Você acha que eu sou estúpido? Isso era só um jogo? Um *desafio*?

— Do que você está...?

Ezra suspirou, bravo.

— Bem, quer saber? Você me pegou. Ok? Eu sou a maior parte da sua grande piada. Você está contente? Agora saia.

— Eu não entendo — disse Aria alto.

Ezra bateu a mão contra a parede. A força daquilo fez Aria pular.

— Não banque a idiota. Eu não sou moleque, Aria!

O corpo inteiro de Aria começou a tremer.

— Eu juro por Deus que não sei do que você está falando. Você pode me explicar, por favor? Estou desmoronando aqui!

Ezra retirou a mão da parede e começou a caminhar pelo cômodo minúsculo.

— Bem. Depois que você saiu, tentei dormir. Havia essa coisa... esse bip. Você sabe o que era? — Ele apontou para o Treo. — Essa coisa do seu telefone celular. A única maneira de calá-lo era abrir as suas *mensagens de texto*.

Aria enxugou os olhos.

Ezra cruzou os braços sobre o peito.

— Eu preciso mencioná-las para você?

Então, Aria percebeu. As mensagens de texto.

— Espere! Não! Você não entende!

Ezra tremeu.

— *Conferência aluno-professor? Crédito extra?* Isso soa familiar?

— Não, Ezra — gaguejou Aria. — Você não entende.

O mundo estava girando. Aria agarrou a beirada da mesa da cozinha de Ezra.

— Estou esperando — disse Ezra.

— Essa minha amiga foi assassinada — começou ela. — Acabaram de encontrar o corpo dela. — Aria abriu a boca para contar mais, mas não conseguia encontrar as palavras. Ezra permaneceu no ponto mais distante do cômodo, longe dela, atrás da banheira.

— É tudo tão estúpido — disse Aria. — Você pode, por favor, vir até aqui? Você pode pelo menos me abraçar?

Ezra cruzou os braços sobre o peito e olhou para baixo. Ele permaneceu daquele jeito pelo que pareceu um longo tempo.

— Eu gostei de você de verdade — disse ele, finalmente, com a voz grossa.

Aria sufocou um soluço.

— Eu também gosto de você de verdade... — ela caminhou até ele.

Mas Ezra se afastou.

— Não. Você tem que sair daqui.

— Mas... — Ezra a interrompeu, tapando a boca de Aria com a mão.

— Por favor — pediu ele, um tanto desesperadamente. — *Por favor, saia.*

Aria arregalou os olhos e seu coração começou a pular. Os alarmes explodiram em sua cabeça. Isso parecia tão...*errado*. Num impulso, ela mordeu a mão de Ezra.

— Que merda é essa? — gritou ele, empurrando-a para trás.

Aria ficou parada, confusa. Pingava sangue da mão de Ezra no chão.

— Você é louca! — gritou Ezra.

Aria respirava pesadamente. Ela não conseguiria falar, mesmo que quisesse.

Então, se virou e correu para a porta. Enquanto virava a maçaneta, algo passou zumbindo por ela, bateu na parede, e aterrissou ao lado de seu pé. Era uma cópia de *O Ser e o Nada*, de Jean-Paul Sartre. Aria virou-se para Ezra, a boca aberta em choque.

— *Saia!* — rugiu Ezra.

Aria bateu a porta atrás de si e atravessou o gramado o mais rapidamente que suas pernas permitiram.

32

UMA ESTRELA CAÍDA

No dia seguinte, Spencer ficou na janela de seu velho quarto, fumando um Marlboro, e olhando através do gramado para o velho quarto de Alison. Ele estava escuro e vazio. Então, seus olhos se moveram para o quintal dos DiLaurentis. As lanternas não tinham se apagado desde que eles a tinham encontrado.

A polícia havia colocado uma fita de NÃO ULTRAPASSE ao redor de toda a área de concreto do velho quintal dos fundos de Ali, mesmo depois de terem removido seu corpo da terra. Eles também haviam instalado grandes tendas em volta da área enquanto faziam aquilo, então, Spencer não tinha visto nada. Não que ela quisesse. Era mais do que terrível pensar que o corpo de Ali tinha estado na porta ao lado, apodrecendo no subsolo por três anos. Spencer se lembrava da construção antes de Ali desaparecer. Eles haviam cavado o buraco bem por volta da noite em que ela sumiu. Ela sabia, também, que eles o tinham preenchido depois que Ali desapareceu, mas não tinha certeza de quando. Alguém simplesmente a tinha *atirado* ali.

Ela amassou seu Marlboro no tijolo lateral da sua casa, e se voltou para a revista *Lucky*. Mal tinha trocado uma palavra com a família desde o confronto do dia anterior, e estava tentando se acalmar, lendo metodicamente, marcando tudo o que ela queria comprar com os pequenos adesivos SIM da revista. Mas, enquanto olhava para uma página de blazers de tweed, seus olhos se embaçaram.

Ela não podia nem mesmo falar com seus pais sobre aquilo. No dia anterior, depois que eles a confrontaram no café da manhã, Spencer tinha perambulado do lado de fora para ver o que eram todas aquelas sirenes – ambulâncias ainda a deixavam nervosa, tanto por causa da Coisa com Jenna quanto pelo desaparecimento de Ali. Enquanto ela caminhava pelo seu gramado, para a casa dos DiLaurentis, sentiu algo e se virou. Os pais dela também haviam saído para ver o que estava acontecendo. Quando ela se virou, eles rapidamente olharam para o outro lado. A polícia disse a ela para se afastar porque aquela área estava fora dos limites. Então, Spencer viu o carro do necrotério. Um dos rádios comunicadores de um dos policiais estalou, "Alison".

O corpo dela tornou-se muito frio. O mundo girava. Spencer desabou na grama. Alguém falou com ela, mas ela não conseguiu entender o que lhe diziam.

– Você está em choque – ela finalmente ouviu. – Apenas tente se acalmar. – O campo de visão de Spencer estava muito estreito. Ela não tinha certeza de quem era, apenas sabia que não era sua mãe nem seu pai. O sujeito voltou com um cobertor e lhe disse para ficar sentada por um tempo e se manter aquecida.

Quando Spencer se sentiu bem o suficiente para se levantar, quem quer que a tivesse socorrido havia ido embora. Os pais dela tinham ido embora também. Eles nem mesmo haviam se incomodado em ver se ela estava bem.

Spencer tinha passado o resto do sábado e a maior parte do domingo em seu quarto, apenas saindo no corredor para ir ao banheiro quando ela sabia que não havia ninguém por perto. Ela esperava que alguém subisse para dar uma olhada nela, mas quando ouviu uma pequena tentativa de batida na porta, mais cedo, naquela tarde, Spencer não respondeu. Ela não sabia ao certo por quê. Ela ouviu quem quer que fosse suspirar e caminhar de volta pelo corredor.

E então, apenas meia hora antes, Spencer tinha visto o Jaguar do pai sair de marcha a ré pela entrada da garagem e virar na direção da estrada principal. A mãe estava no banco do passageiro; Melissa estava atrás. Ela não tinha ideia de aonde eles estavam indo.

Spencer desabou na cadeira do computador e abriu o primeiro e-mail de A, aquele falando sobre invejar as coisas que ela não podia ter. Depois de lê-lo algumas vezes, ela clicou em RESPONDER. Vagarosamente, digitou, *Você é a Alison?*

Ela hesitou antes de apertar ENVIAR. Será que todas aquelas luzes dos policiais a estavam deixando maluca? Garotas mortas não têm contas no Hotmail. Nem tinham nicks em programas de mensagens instantâneas. Spencer tinha que aceitar o óbvio: alguém estava fingindo ser Ali. Mas quem?

Ela olhou para cima, encarando o móbile Mondrian que tinha comprado no ano passado no Museu de Arte da Filadélfia. Então, ouviu um som. *Plinc.* E então, mais uma vez.

Plinc.

Parecia realmente perto, de verdade. Como se fosse na janela do quarto. Spencer sentou-se bem ereta quando uma pedrinha acertou a janela dela novamente. Alguém estava jogando pedras.

A?

Quando outra pedra bateu, ela foi até a janela — e ofegou. No gramado, estava Wren. As luzes azuis e vermelhas dos carros de polícia ficavam fazendo sombras listradas pelas faces dele. Quando ele a viu, abriu um grande sorriso. Imediatamente, ela escapuliu escada abaixo, não ligando para o quanto seu cabelo parecia horrível ou que estava usando calças de pijama Kate Spade manchadas de molho. Wren correu para Spencer quando ela apareceu na porta. Ele lançou os braços em torno dela e beijou sua cabeça suja.

— Você não devia estar aqui — murmurou ela.

— Eu sei. — Ele deu um passo para trás. — Mas eu percebi que o carro dos seus pais tinha saído, então...

Ela passou as mãos por entre o cabelo macio dele. Wren parecia exausto. E se ele teve que dormir em seu pequeno Toyota na noite passada?

— Como você soube que eu estava de volta ao meu velho quarto?

Ele deu de ombros.

— Um pressentimento. Eu também pensei ter visto seu rosto na janela. Eu queria ter vindo antes, mas havia... tudo aquilo. — Ele fez um gesto para o carro de polícia e as caminhonetes de notícias que vagavam por ali.

— Você está bem?

— Sim — respondeu Spencer. Ela encostou a cabeça na boca de Wren e mordeu o próprio lábio machucado para evitar o choro. — *Você* está bem?

— Eu? Claro.

—Você tem algum lugar para morar?
— Eu posso ficar no sofá de um amigo até encontrar alguma coisa. Isso não é problema.

Se pelo menos Spencer pudesse ficar no sofá de um amigo também.

Então, algo ocorreu a ela.

—Você e Melissa terminaram?

Wren pegou o rosto dela com as duas mãos e suspirou.

— Claro — respondeu ele, baixinho. — Era meio óbvio. Com Melissa não era como...

Ele não terminou a frase, mas Spencer achava que sabia o que ele ia dizer. *Não era como estar com você.* Ela sorriu, abalada, e pousou a cabeça novamente contra o peito dele. Ela podia ouvir as batidas do coração dele.

Ela olhou para a casa dos DiLaurentis. Alguém tinha começado a construir um santuário para Alison na curva, cheio de fotos e velas à Virgem Maria. No meio, estava um pequeno alfabeto de ímãs que formavam o nome *Ali*. A própria Spencer tinha colado uma foto de Alison sorrindo numa camiseta azul Von Dutch, apertada, e novos e excelentes jeans Seven. Ela se lembrava de quando havia tirado aquela foto: elas estavam no sexto ano, e era a noite do Baile de Gala de Inverno de Rosewood. Elas cinco haviam espiado Melissa quando Ian foi buscá-la. Spencer soluçou de tanto rir quando Melissa, tentando fazer uma grande entrada, tropeçou na calçada diante da casa dos Hastings, a caminho da cafona limusine Hummer. Foi, talvez, sua última lembrança verdadeiramente divertida, despreocupada. A Coisa com Jenna aconteceu não muito depois. Spencer deu uma espiada na casa de Toby e Jenna.

Ninguém estava em casa, como sempre, mas o lugar ainda a fazia estremecer.

Enquanto Spencer secava seus olhos com as costas de sua mão pálida e magrinha, uma das caminhonetes de noticiário passou devagar, e um sujeito num boné vermelho dos Phillies a encarou. Ela abaixou a cabeça. Aquela não era a melhor hora para fazer a tomada de colapso da garota emocionada com a tragédia.

– É melhor você ir. – Ela fungou e se virou para Wren. – As coisas estão meio confusas por aqui. E eu não sei quando meus pais voltarão.

– Tudo bem. – Ele levantou a cabeça dela. – Mas nós podemos nos ver novamente?

Spencer engoliu em seco e tentou sorrir. Quando o fez, Wren curvou-se e a beijou, passando uma mão em volta da nuca dela, e a outra em torno da parte de baixo de suas costas que, até sexta-feira, doía como o inferno.

Spencer afastou-se dele.

– Eu nem mesmo tenho o seu telefone.

– Não se preocupe – sussurrou Wren. – Eu ligo para você.

Spencer ficou do lado de fora, na beirada de seu vasto terreno por um momento, olhando Wren caminhar para seu carro. Quando o carro começou a se afastar, seus olhos arderam com lágrimas novamente. Se ao menos ela tivesse alguém com quem conversar – alguém que não fosse banido de sua casa. Ela deu uma olhada de volta no santuário de Ali e se perguntou como suas velhas amigas estavam lidando com aquilo.

Quando Wren alcançou o fim da rua dela, Spencer notou os faróis de outro carro virando para dentro da via. Ela congelou. Eram seus pais? Eles tinham visto Wren?

Os faróis se aproximaram. De repente, Spencer percebeu quem era. O céu estava de um púrpura-escuro, mas ela podia bem distinguir o cabelo comprido de Andrew Campbell.

Ela ofegou, se encolhendo atrás dos arbustos de rosas de sua mãe. Andrew vagarosamente encostou seu Mini ao lado da caixa de correio dela, abriu-a, colocou alguma coisa dentro e fechou-a com cuidado. Seu carro se afastou novamente.

Ela esperou até que ele tivesse ido embora, antes de correr até a curva e puxar com força a portinhola para abrir a caixa do correio. Andrew tinha deixado um recado para ela num pedaço de papel dobrado.

> Oi, Spencer. Eu não sei se você estava recebendo telefonemas. Eu sinto muito sobre Alison, de verdade. Espero que meu cobertor a tenha ajudado ontem. — Andrew.

Spencer voltou para a entrada da casa, lendo e relendo o bilhete.

Ela encarava a escrita inclinada do rapaz. *Cobertor? Que cobertor?*

Então, ela percebeu. Fora *Andrew* que a ajudara?

Ela amassou o bilhete em suas mãos e começou a soluçar novamente.

33

O MELHOR DE ROSEWOOD

"A polícia reabriu o caso DiLaurentis, e estão ouvindo testemunhas", relatou um locutor do jornal das onze. *"A família DiLaurentis, agora vivendo em Maryland, terá que encarar algo que tem tentado deixar para trás. Exceto que agora há uma conclusão."*

Locutores eram tão dramáticos, pensou Hanna, com raiva, enquanto enfiava outro punhado de cereal Cheez-Its na boca. Só o noticiário achava um jeito de tornar uma história horrível ainda pior. A câmera focalizou no santuário de Ali, como eles o chamavam, nas velas, bonecas, flores murchas que as pessoas, sem dúvida, pegavam nos jardins dos vizinhos, marshmallows Peeps – o doce favorito de Ali – e, claro, fotos.

A câmera voltou-se para a mãe de Alison, que Hanna não via há um tempo. Apesar do rosto cheio de lágrimas, a sra. DiLaurentis parecia bonita – com um corte de cabelo desordenado e brincos enormes que balançavam.

– Nós decidimos fazer uma cerimônia religiosa para Alison em Rosewood, que foi o único lar que ela conheceu – a sra. Di-

Laurentis disse, numa voz controlada. – Nós queremos agradecer todos aqueles que ajudaram na busca por nossa filha três anos atrás, pelo seu apoio permanente.

O apresentador voltou à tela.

– Uma cerimônia acontecerá amanhã na Abadia de Rosewood e será aberta ao público.

Hanna desligou a televisão. Era noite de domingo. Ela sentou no sofá da sala de estar em sua camiseta C&C mais surrada e um par de cuecas samba-canção que tinha surrupiado da gaveta de Sean. Seu cabelo castanho estava uma bagunça, parecendo palha em volta do seu rosto, e ela tinha quase certeza de que tinha uma espinha na testa. Uma enorme tigela de Cheez-Its descansava em seu colo, uma embalagem vazia de chocolate Klondike estava amassada sobre a mesinha de centro e uma garrafa de vinho *pinot noir* estava confortavelmente aninhada ao seu lado. Ela tinha tentado a noite toda não comer daquela forma, mas, bem, a força de vontade dela simplesmente não estava muito forte naquele dia.

Ela ligou novamente a televisão, desejando ter alguém com quem conversar... sobre a polícia, sobre A e, sobretudo, a respeito de Alison. Sean estava fora de cogitação, por razões óbvias. A mãe dela – que estava num encontro naquele momento – era inútil para essas coisas. Depois da confusão na delegacia, no dia anterior, Wilden disse a Hanna e sua mãe para irem para casa; eles cuidariam daquilo mais tarde, pois a polícia tinha coisas mais importantes para fazer no momento. Nem Hanna, nem a mãe dela sabiam o que estava acontecendo na delegacia, apenas que envolvia um assassinato.

Na volta para casa, em vez de a sra. Marin repreender Hanna por, oh, *roubar um carro e dirigir bêbada,* disse a Hanna que *estava cuidando daquilo.* Hanna não tinha noção do que aquilo significava. No ano anterior, um policial tinha falado na reunião do Dia de Rosewood sobre a regra de tolerância zero para condutores bêbados menores de vinte e um anos na Pensilvânia. Naquela época, Hanna havia prestado atenção apenas porque ela tinha achado o policial meio bonito, mas, naquele momento as palavras dele a assombravam.

Hanna também não podia contar com Mona: ela ainda estava num torneio de golfe, na Flórida. Elas tinham conversado rapidamente ao telefone, e Mona tinha admitido que a polícia havia telefonado para ela para falar a respeito do carro de Sean, mas ela havia bancado a boba, dizendo que tinha estado na festa o tempo todo e Hanna também. A filha da mãe era sortuda: eles tinham pegado a parte de trás da cabeça dela na fita de segurança "Wawa", mas não seu rosto, pois ela estava usando aquele boné de entregas horroroso. Isso, entretanto, ocorrera no dia anterior, depois que Hanna tinha voltado da delegacia. Ela e Mona não tinham conversado naquele dia, e elas ainda não tinham discutido sobre Alison.

E então... havia A ou se A era Alison, teria A ido embora agora? Mas a polícia declarou que Alison estava morta há anos...

Enquanto Hanna percorria o guia de programação de tevê para ver o que mais estava passando, com as pálpebras inchadas de tanto chorar, considerou telefonar para seu pai — a história deveria estar no noticiário de Annapolis também. Ou talvez ele telefonasse para ela. Hanna ergueu o telefone silencioso para ter certeza de que ele ainda estava funcionando.

Ela suspirou.

O problema em ser a melhor amiga de Mona é que elas não tinham outras amigas. Assistir a toda aquela cena com Ali a fez pensar no seu velho grupo de amigas. Elas tinham tido seus momentos difíceis, horríveis, juntas, mas costumavam se divertir também. Num universo paralelo, estariam todas juntas agora, lembrando de Ali e rindo, ainda que também estivessem chorando. Mas, nessa dimensão, elas tinham ficado muito distantes umas das outras.

Elas tinham rompido por razões válidas, claro – as coisas tinham começado a se deteriorar bem antes de Ali desaparecer. No começo, quando elas estavam fazendo aquele negócio de caridade, era maravilhoso. Mas, então, depois que A Coisa de Jenna aconteceu, as coisas ficaram tensas. Elas estavam todas com muito medo de que o que acontecera a Jenna pudesse ser ligado a elas. Hanna se lembrava de ficar sobressaltada até se estava no ônibus e um carro de polícia passava por ela, seguindo em outra direção. Então, no inverno seguinte e na primavera, vários assuntos estavam proibidos. Alguém estava sempre dizendo "Shhh!" e então, todas caíam num silêncio desconfortável.

Os apresentadores do jornal das onze desejaram boa-noite e começou *Os Simpsons*. Hanna pegou seu BlackBerry. Ela ainda sabia o número de Spencer de cor e, provavelmente, não seria tarde demais para ligar. Quando digitou o segundo número, levantou a orelha e seus brincos Tiffany's tilintaram. Havia um barulho de algo raspando na porta.

Dot, que estava deitado aos seus pés, levantou a cabeça e rosnou. Hanna tirou a tigela de Cheez-It do colo e se levantou.

Era... A?

Com os joelhos tremendo, Hanna arrastou-se pela entrada. Havia sombras longas e escuras vindas detrás da porta e o barulho ficou mais alto.

– Oh meu Deus! – Hanna sussurrou com o queixo tremendo. *Alguém está tentando entrar!*

Hanna olhou ao redor. Havia um peso de papel redondo, de jade, na pequena mesa da entrada. Ele devia pesar pelo menos nove quilos. Ela o levantou e deu três passos inseguros para a porta da cozinha.

De repente, a porta se escancarou. Hanna pulou para trás. Uma mulher cambaleou pelo batente para dentro. Sua saia cinza de pregas, elegante, estava levantada em volta da cintura dela. Hanna segurou o peso de papel, pronta para jogá-lo.

Então, percebeu. Era a mãe dela.

A sra. Marin tropeçou na mesa do telefone, lânguida. Um sujeito estava atrás dela, tentando abrir o zíper da saia e beijá-la ao mesmo tempo. Os olhos de Hanna se arregalaram.

Darren Wilden. O sr. Abril.

Então, *aquilo* era o que sua mãe queria dizer com *cuidar de tudo*?

O estômago de Hanna se contraiu. Sem dúvida, ela parecia um pouco louca, persistentemente agarrando o peso de papel. A sra. Marin lançou um olhar demorado para Hanna, nem mesmo se dando o trabalho de se afastar de Wilden.

Os olhos da mãe diziam:

Estou fazendo isso por você.

34

BOM ENCONTRAR VOCÊ AQUI

Na segunda-feira de manhã, em vez de estar sentada na carteira da primeira aula, que era biologia, Emily estava ao lado dos pais, nos bancos da Abadia de Rosewood, com seu teto alto e chão de mármore. Ela puxava, desconfortável, a saia Gap preta, pregueada e muito curta, que tinha encontrado no fundo do armário, e tentava sorrir. A sra. DiLaurentis ficou na porta, usando um vestido preto de gola alta, saltos e minúsculas pérolas de água-doce. Ela caminhou até Emily e a afundou num abraço.

— Oh, Emily! — A sra. DiLaurentis chorou.

— Eu sinto muito — Emily sussurrou de volta, com os próprios olhos lacrimejando. A sra. DiLaurentis ainda usava o mesmo perfume Coco Chanel. Ele, instantaneamente, trouxe de volta todo tipo de lembrança: um milhão de idas e voltas ao shopping no Infiniti da sra. DiLaurentis, entrar escondida no banheiro para roubar comprimidos de dieta TrimSpa e experimentar sua cara maquiagem La Prairie, entrar no seu enorme closet e experimentar todos os seus vestidos de festa, tamanho 36, da Dior.

Outros garotos de Rosewood pululavam à volta delas, tentando encontrar lugares nos assentos de madeira de encosto alto da igreja. Emily não sabia o que esperar da cerimônia em memória de Alison. A abadia cheirava a incenso e madeira. Lâmpadas simples em forma de cilindros pendiam do teto; e o altar estava coberto com um bilhão de tulipas brancas. Tulipas eram as flores favoritas de Alison, Emily se lembrou. Ali ajudava a mãe a plantar fileiras delas no jardim de sua casa todos os anos.

A mãe de Alison finalmente recuou e secou os olhos.

— Eu quero que você se sente na frente, junto com todas as amigas de Ali. Está bem, Kathleen?

A mãe de Emily concordou com a cabeça.

— Claro. — Emily ouviu cada clique dos saltos da sra. DiLaurentis, e o arrastar de seus próprios sapatos volumosos, enquanto elas andavam pelo corredor. De repente, ocorreu a Emily a razão pela qual ela estava ali. Ali estava *morta*.

Emily agarrou o braço da sra. DiLaurentis.

— Ah, meu Deus. — Seu campo de visão estreitou-se, e ela ouviu um *uaaaah* em seus ouvidos, o sinal de que estava prestes a desmaiar.

A sra. DiLaurentis a segurou.

— Está bem. Venha. Sente-se aqui.

Às tontas, Emily deslizou pelo banco.

— Ponha a cabeça entre suas pernas — ela ouviu uma voz familiar dizer.

Então, outra voz familiar bufou.

— Diga isso mais alto, assim *todos* os garotos vão poder ouvir.

Emily olhou para cima. Ao lado dela estavam Aria e Hanna. Aria usava um vestido listrado azul, púrpura e fúcsia, com decote canoa, uma jaqueta de veludo azul-marinho, e botas de caubói. Era tão Aria – ela era do tipo que pensava que usar cores vivas em funerais celebrava a vida. Hanna, por outro lado, usava um minivestido com decote em V e meias pretas.

– Querida, você pode chegar um pouquinho para lá?

Acima dela, viu que a sra. DiLaurentis estava com Spencer Hastings, que usava um conjunto cor de carvão e sapatilhas tipo bailarina.

– Oi, garotas – disse Spencer a todas elas, naquela voz suave da qual Emily tinha sentido falta. Ela se sentou ao lado de Emily.

– Então, nós nos encontramos novamente – sorriu Aria.

Silêncio. Emily espreitava todas elas com o canto do olho. Aria estava remexendo em um anel de prata no polegar, Hanna fuçava dentro da bolsa e Spencer estava sentada muito ereta, encarando o altar.

– Pobre Ali – murmurou Spencer.

As garotas ficaram paradas e quietas por alguns minutos. Emily vasculhava seu cérebro procurando algo para dizer. Seus ouvidos estavam novamente tomados pelo *uaaah*.

Ela se virou para percorrer a multidão, procurando por Maya, e seus olhos pousaram direto em Ben. Ele estava sentado na penúltima fileira, com o restante dos nadadores. Emily levantou a mão num pequeno aceno. Perto de tudo aquilo, o que rolara na festa parecia insignificante.

Mas em vez de acenar de volta, Ben olhou para ela, seus lábios apertados, numa expressão de teimosia. Então, ele olhou para longe.

Tudo bem.

Emily virou-se de volta. A raiva encheu seu corpo. *Acabaram de descobrir que a minha antiga melhor amiga foi assassinada,* ela queria gritar. *E nós estamos numa igreja, pelo amor de Deus. E a coisa toda sobre o perdão?*

Então, ocorreu a ela. Ela não queria que ele a aceitasse de volta. Nem um pouco.

Aria bateu em sua perna.

—Você ficou bem depois de sábado de manhã? Quero dizer, você ainda não sabia, certo?

— Não, era outra coisa, mas estou bem — respondeu Emily, embora não fosse verdade.

— Spencer. — A cabeça de Hanna apareceu. — Eu, hum, eu vi você no shopping, um dia desses.

Spencer olhou para Hanna.

— Hã?

—Você estava... estava entrando na Kate Spade. — Hanna olhou para baixo. — Eu não sei. Eu ia dizer oi. Mas, hum, eu fico feliz que você não tenha mais que encomendar aquelas bolsas em Nova York. — Ela abaixou a cabeça e corou, como se tivesse falado muito.

Emily estava impressionada — ela não via Hanna fazer aquela expressão há anos.

Spencer franziu a sobrancelha. Então, um olhar triste e meigo veio ao seu rosto. Ela engoliu em seco e olhou para baixo.

— Obrigada — murmurou. Seus ombros começaram a tremer e ela os apertou com força. Emily sentiu sua própria garganta fechando. Ela nunca havia visto Spencer chorar.

Aria colocou a mão no ombro de Spencer.

—Tudo bem.

— Desculpe — Spencer secou os olhos com a manga da blusa. — Eu só... — Ela olhou em volta para todas elas e, então, começou a chorar ainda mais.

Emily a abraçou. Parecia um pouco estranho, mas pela maneira como Spencer apertou sua mão, Emily podia dizer que ela havia gostado.

Quando elas se sentaram de novo, Hanna tirou um pequeno cantil prateado de sua bolsa, e estendeu a Emily para passá-lo para Spencer.

— Aqui — sussurrou.

Sem nem mesmo cheirá-lo ou perguntar o que era, Spencer tomou um grande gole. Ela estremeceu, mas disse:

— Obrigada. — E passou o frasco de volta para Hanna, que bebeu e o estendeu a Emily. Ela tomou um gole, que queimou em seu peito, então, o passou a Aria. Antes de beber, Aria puxou a manga de Spencer.

— Isso vai fazer você se sentir melhor também. — Aria puxou para baixo a manga de seu vestido, revelando a alça de um sutiã branco tricotado. Emily imediatamente o reconheceu. Aria tinha tricotado sutiãs de lã pesada para todas as garotas no sétimo ano. — Eu o usei em memória dos velhos tempos — Aria sussurrou. — Está pinicando pra caramba.

Spencer deixou escapar uma risada.

— Ah, meu Deus.

— Você é tão imbecil — acrescentou Hanna, rindo.

— Eu nunca pude usar o meu, lembra? — disse Emily. — Minha mãe achava que era sexy demais para a escola!

— Sim! — sorriu Spencer. — Se você acha que coçar seus peitos o dia inteiro é sexy.

As garotas abafaram o riso. De repente, o telefone celular de Aria zumbiu. Ela o procurou em sua bolsa e olhou a tela.

— O quê? — Aria olhou para cima, percebendo que todas a estavam encarando.

Hanna brincou com o pingente de sua pulseira.

— Você, hum, acabou de receber uma mensagem de texto?

— Sim, e daí?

— Quem era?

— Era minha mãe — respondeu Aria, lentamente. — Por quê?

Uma música instrumental baixa começou a cadenciar através da igreja. Atrás delas, mais jovens entravam na nave em silêncio. Spencer olhou nervosamente para Emily. O coração de Emily começou a pular.

— Deixa pra lá — disse Hanna. — Estamos sendo intrometidas.

Aria lambeu os lábios.

— Espere. Sério. *Por quê?*

Hanna engoliu em seco, nervosa.

— Eu... eu só pensei que talvez coisas estranhas também estivessem acontecendo com você.

A boca de Aria se abriu.

— Estranho não define bem o que vem acontecendo.

Emily apertou os braços em torno de si mesma.

— Espere. Vocês também? — sussurrou Spencer.

Hanna concordou com um gesto de cabeça.

— Mensagens de celular?

— E-mails — acrescentou Spencer.

— Sobre... coisas do sétimo ano? — sussurrou Aria.

— Gente, vocês estão falando sério? — guinchou Emily.

As amigas se encararam. Mas antes que alguém pudesse dizer mais alguma coisa, o som sombrio do órgão encheu a igreja.

Emily virou-se. Um bando de pessoas estava caminhando vagarosamente pelo corredor central. Eram a mãe e o pai de Ali, seu irmão, seus avós e alguns outros, provavelmente seus parentes. Dois rapazes de cabelos vermelhos eram os últimos a vir pelo corredor. Emily os reconheceu como Sam e Russel, primos de Ali. Eles costumavam visitar a família todos os verões. Emily não os via há anos, e se perguntou se eles ainda eram ingênuos como costumavam ser.

Os membros da família deslizaram até a primeira fila e esperaram a música parar.

Enquanto Emily os observava, ela percebeu um movimento. Um dos primos espinhentos, de cabeça vermelha as estava encarando. Emily tinha quase certeza de que era aquele que se chamava Sam – ele era o mais estranho dos dois. Ele encarou as meninas e, então, vagarosamente, e de um jeito paquerador, levantou uma das sobrancelhas. Emily olhou para outro lado depressa.

Ela sentiu Hanna cutucar suas costelas.

– Isso não! – sussurrou Hanna para as garotas.

Emily olhou para ela, confusa, mas então, Hanna indicou os dois primos magrelos com os olhos.

Todas as garotas entenderam ao mesmo tempo.

– Isso não! – Emily, Spencer e Aria repetiram juntas.

Todas elas riram. Mas então Emily parou, pensando no que "isso não" significava de verdade. Ela nunca tinha pensado sobre aquilo antes, mas era um tanto cruel. Quando ela olhou ao redor, percebeu que as amigas tinham parado de rir também. Todas elas se entreolharam.

— Acho que antigamente era mais engraçado — disse Hanna, calmamente.

Emily sentou-se direito. Talvez Ali não soubesse tudo. Sim, aquele podia ser o pior dia da vida dela e estava terrivelmente devastada por Ali e completamente apavorada quanto a A mas, por um momento, ela se sentiu bem. Estar sentada ali com suas velhas amigas parecia o pequeno começo de algo.

35

ESPERE SÓ PARA VER

O órgão começou de novo com sua música sombria, e o irmão de Ali e os outros parentes saíram em fila da igreja. Spencer, meio tontinha depois de uns goles de uísque, notou que suas três velhas amigas haviam se levantado dos bancos que ocupavam e deu-se conta de que deveria fazer o mesmo.

Todo mundo do colégio Rosewood Day se dirigiu para os fundos da igreja, dos garotos da equipe de lacrosse aos *geeks* obcecados com jogos de computador a quem, com certeza, Ali deveria ter provocado no sétimo ano. O velho sr. Yew — que era encarregado pelos programas de caridade da Rosewood Day — ficou num canto conversando baixinho com o sr. Kaplan, professor de artes. Até mesmo os velhos amigos da equipe júnior de hóquei tinham vindo de suas respectivas faculdades e estavam aconchegados, chorando juntos, perto da porta. Spencer observou todos aqueles rostos familiares, lembrando-se de todas as pessoas que ela um dia conhecera, mas que não reconhecia mais. E depois, ela viu um cão, um cão-guia.

Ah, meu Deus.

Spencer puxou o braço de Aria.

– Olha ali, na saída – sussurrou ela.

Aria deu uma olhada.

– Será que é...

– Jenna – sussurrou Hanna.

– E Toby – acrescentou Spencer.

Emily empalideceu.

– O que é que eles estão fazendo aqui?

Spencer estava passada demais para responder. Eles pareciam os mesmos, embora totalmente diferentes. O cabelo de Toby estava comprido, e ela estava... linda, com longos cabelos escuros e óculos de sol Gucci.

Toby, o irmão de Jenna, flagrou Spencer os encarando. Um olhar amargo, de nojo, tomou seu rosto. Spencer desviou os olhos rapidamente.

– Não posso acreditar que ele tenha vindo – sussurrou ela, baixo demais para que as outras ouvissem.

Quando as meninas chegaram à pesada porta de madeira que levava aos degraus de pedra meios soltos, Toby e Jenna já tinham ido embora. Spencer ergueu os olhos para ver o céu azul, perfeito, que brilhava à luz do sol. Era um daqueles dias do começo do outono, sem umidade, nos quais se morre de vontade de matar aula, deitar na grama e não pensar nas responsabilidades. Por que era sempre em dias como aquele que alguma coisa horrível acontecia?

Alguém tocou em seu ombro e Spencer deu um pulo. Era um policial louro e forte. Ele fez sinal para que Hanna, Aria e Emily a acompanhassem.

– Você é Spencer Hastings? – perguntou ele.

Ela concordou com a cabeça, em silêncio.

O policial juntou suas duas mãos enormes e disse:

— Sinto muito por sua perda. Você era muito amiga da senhorita DiLaurentis, não era?

— Obrigada. Sim, eu era.

— Eu preciso falar com você — o policial enfiou as mãos nos bolsos. — Este é meu cartão. Como vocês eram amigas, você deve poder nos ajudar. Tudo bem se eu precisar de você por alguns dias?

— Hum, claro — balbuciou Spencer. — Tudo que eu puder fazer.

Feito um zumbi, ela foi para junto de suas velhas amigas, que estavam todas juntas, debaixo de um chorão.

— O que ele queria? — perguntou Aria.

— Eles querem falar comigo também — informou Emily, depressa. — Não é nada de mais, né?

— Tenho certeza de que é a mesma lenga-lenga de sempre. — disse Hanna.

— Ele não pode estar imaginando que... — começou Aria. Ela olhou aflita para a porta de entrada da igreja, onde Toby, Jenna e o cão dela haviam estado.

— Não — retrucou Emily, rapidamente. — Nós não poderíamos ter problemas por causa disso, poderíamos?

Elas se entreolharam, preocupadas.

— Claro que não — respondeu Hanna, por fim.

Spencer olhou em volta, para todos que conversavam baixinho pelo gramado. Sentiu-se enjoada depois de ver Toby, e não via Jenna desde o acidente. Mas era coincidência que o policial tivesse falado com ela logo depois que ela os vira, certo? Mais que depressa, Spencer apanhou seus cigarros de emergência e acendeu um. Precisava de alguma coisa para ocupar suas mãos.

Eu vou contar para todo mundo A Coisa que aconteceu com Jenna.
Você é tão culpada quanto eu.
Mas ninguém me viu.

Spencer soprou a fumaça, nervosa, e depois deu uma boa olhada para a multidão.

Não havia nenhuma prova. Fim de papo. A não ser que...

— Esta foi a pior semana da minha vida — confessou Aria de repente.

— Da minha também — concordou Hanna.

— Acho que podemos olhar isso tudo pelo lado bom — disse Emily, sua voz aguda, tensa. — Não dá para ficar pior que isso.

Quando seguiam o cortejo para fora do estacionamento de cascalhos, Spencer parou. Suas velhas amigas pararam também. Spencer queria dizer algo a elas — e não era sobre Ali, A, Jenna, Toby ou a polícia. Em vez disso, mais que tudo, queria dizer que sentira falta delas todos aqueles anos.

Mas, antes que pudesse dizer alguma coisa, o telefone de Aria tocou.

— Peraí — murmurou Aria, procurando o telefone na bolsa. — Deve ser minha mãe de novo.

Depois disso, o Sidekick de Spencer vibrou. E tocou. E apitou. Não apenas o telefone dela, mas os das amigas também. Os sons altos e repentinos pareceram mais estridentes ainda por causa do cortejo sombrio do funeral. Os outros acompanhantes olharam irritados para elas. Aria pegou seu celular para silenciá-lo; Emily lutava com seu Nokia. Spencer tirou seu telefone com violência do bolsinho de sua bolsa.

Hanna leu a tela do seu.

– Tenho uma nova mensagem.

– Eu também – sussurrou Aria.

– Aqui também – acrescentou Emily.

Spencer viu que ela também tinha uma mensagem. Todas apertaram LER. Um momento de silêncio perplexo se passou.

– Ah, meu Deus – sussurrou Aria.

– É de... – guinchou Hanna.

Aria murmurou:

– Vocês acham que ela quer dizer que...

Spencer engoliu em seco. Em duplas, as meninas leram os recados umas das outras. Todos diziam exatamente a mesma coisa:

Eu ainda estou aqui, suas vacas. E eu sei de tudo. — A

AGRADECIMENTOS

Devo muito a um incrível e imenso grupo de pessoas na Alloy Entertainment. Eu os conheço há anos e, sem eles, este livro nunca poderia ter acontecido. Josh Bank, por ser engraçado, atraente e brilhante... e por ter me dado uma chance, anos atrás, apesar de eu ter acabado com a festa de Natal da empresa dele. Ben Scharank, por me encorajar a fazer este projeto em primeiro lugar e por seu inestimável conselho sobre como escrever. Claro, Les Morgenstein, por acreditar em mim. E minha fantástica editora, Sara Shandler, por sua amizade e dedicação ao me ajudar a dar forma a este romance.

Sou grata a Elise Howard e a Kristin Marang da Harper-Collins por seu apoio, suas sacadas e seu entusiasmo. E enormes agradecimentos a Jennifer Rudolph Walsh, da William Morris, por todas as coisas mágicas que fez acontecer.

Obrigada também a Doug e Fran Wilkens por um verão maravilhoso na Pensilvânia. Sou grata a Colleen McGarry por me ajudar a lembrar das piadas do ensino fundamental e do ensino médio, especialmente aquelas sobre nossa banda fictícia, cujo nome não mencionarei. Obrigada aos meus pais, Bob e Mindy Shepard, por sua ajuda com os pedaços mais enrolados da trama e por me encorajarem, sem se importarem com minha esquisitice. E não sei o que eu faria sem minha irmã, Ali, que concorda que os meninos da Islândia são uns frutinhas que cavalgam em cavalinhos gays e que acha que está tudo bem com o fato de certa personagem deste livro ter seu nome

Por fim, obrigada ao meu marido, Joel, por ser adorável, bobo e paciente e também por ler cada rascunho deste livro (com muita alegria!) e por me dar bons conselhos – prova de que os garotos podem entender mais sobre os problemas das meninas do que pensamos.

O QUE ACONTECE DEPOIS...

Aposto que você pensou que eu era Alison, não foi? Bem, desculpe, mas não sou. Dããã. Ela está morta.

Nãããо, eu tenho muita vida pela frente... e estou muito, muito perto. E para certo grupinho distinto de quatro belas meninas, a diversão acaba de começar. Por quê? Porque eu disse.

Mau comportamento merece punição, afinal de contas. E a nata de Rosewood merece saber que Aria vem se envolvendo em atividades extracurriculares com seu professor de inglês, não é mesmo? Sem falar no segredinho sujo de família que ela vem escondendo há anos. A menina é um trem descarrilado.

E, já que estou nesse negócio, eu realmente preciso avisar aos pais de Emily o porquê de ela andar se divertindo tanto ultimamente. Ei, sr. e sra. Fields, tempo agradável, não? E por falar nisso, sua filha gosta de beijar garotas.

Depois, há Hanna. Pobre Hanna. De volta ao reino dos fracassados. Ela pode tentar escalar seu caminho até o topo, mas não se preocupe – eu estarei esperando para empurrá-la de volta, bem rapidinho, na direção dos jeans desbotados de cintura alta.

Ah, meu Deus, eu quase esqueci da Spencer. Ela está completamente ferrada! Afinal, a família dela acha que a garota é uma vagabunda. Isso deve doer. E, cá entre nós, vai piorar muito. Spencer guarda um enorme segredo sujo, que pode arruinar a vida das quatro. Mas quem iria revelar um segredo tão horrível? Ah, eu não sei. Tente adivinhar.

Bingo.

A vida é muito mais divertida quando você sabe tudo.

E como é que eu sei tanta coisa? Você provavelmente está morrendo de vontade de saber, não é? Bem, relaxe. Tudo a seu tempo.

Acredite em mim, eu adoraria contar a você. Mas qual seria a graça disso?

Estou de olho. — A

Impressão e Acabamento:
LIS GRÁFICA E DITORA LTDA.